MICHAEL RUF lernte Krankenpfleger und ist als stellvertretender Stationsleiter tätig. Die Liebhabereien des 49-Jährigen reichen von sinnigen wie unsinnigen Basteleien über Funk und Fernsehen der 1960er und 1970er bis zu gegrillten Schweinshaxen, Flohmarkt und Schreiben. Er ist seit 25 Jahren verheiratet und hat zwei Töchter, 21 und 17 – und seine drei Frauen bieten ihm sehr viel Erzählstoff ...

Michael Ruf

Drei Frauen und ich

Roman

Weitere Informationen über den Verlag und sein Programm unter
www.buchmedia.de

Januar 2011
© 2011 Buch&media GmbH, München
Umschlaggestaltung: Kay Fretwurst, Freienbrink
Herstellung: Books on Demand GmbH, Norderstedt
Printed in Germany · ISBN 978-3-86520-383-0

Inhalt

Danksagung · 6

Vorwarnung · 7

Wo bin ich? · 9
Orientierungshilfen zu Oben und Unten, Strumpfhosen-Filtern,
Likörproben und Überraschungseiern im Schlafzimmer

Ein Tag wie jeder andere · 20
Familiengeschichten um Heimwerker, Zucchini, Recyclinghof,
Rauchende Colts, Tupperware und Hochzeitstage

Luise – keine ist wie diese! · 55
Kindergeschichten über gefräßige Ziegen, Beinahe-Nobelpreise,
Schmusedecken, Penisneid und andere schiefe Türme

Einkaufen – The Last Adventure · 86
Private Milchstraßen, erotische Umkleidekabinen, Sonderangebote,
Altkleidersäcke, Angst vorm Zahnarzt und Hexen im Kofferraum

Balcony Island · 105
Am Pool mit Paprikaschiffchen, Flachbildschirmen und Ringelschwänzchen,
abgebissenen Mäuseköpfen, unschuldigen Schwammköpfen, Maultaschen,
Kleopatras Angelausflug, Dschungelprüfungen und Bratwürste an Dachrinnen

Köln für Insider · 143
Insider-Antworten auf Insider-Fragen wie: Wie kommt der Strom zum Dom?
Wer wird Millionär? Was macht Karl Valentin in Köln? Wo ist Mr. Spocks Pille
gegen spitze Ohren? Wer zieht im Schokoladenmuseum die Rollläden hoch?
Un en Kölsch för dä Doosch?

Danksagung

Kunst ist schön, macht aber viel Arbeit! Frei nach Karl Valentins hintersinniger Bemerkung möchte ich mich bei den unten genannten Personen für die Unterstützung an meinem Buch bedanken:

Der Autor Dieter Wunderlich war mir eine wichtige Anlaufstelle, um im Verlags- bzw. Agenturwesen die Spreu vom Weizen zu trennen. Dem langjährigen Kontakt mit dem Autor Harald Keller verdanke ich den Mut zu den ersten Gehversuchen. Und Dank schulde ich auch Fabian Leibfried, dem Chefredakteur und Verleger der Musikzeitschrift Good Times.

Ein besonderer Dank gilt Klaus Middendorf und seiner Agentur LKM. Mit professioneller Strenge und gleichsam väterlicher Güte hat er mir über die Schultern geschaut. Dabei hat er das Manuskript nicht einfach korrigiert, sondern sich in meine Geschichten wahrlich hineingelebt, um meine Verbindung zum Leser bestmöglich zu unterstützen.

Und natürlich danke ich euch drei Frauen, die ihr dieses Buchvorhaben mit so viel Humor und Geduld ertragen habt. Oft habe ich euch, im Spaß natürlich, gedroht, sämtliche Seltsamkeiten unserer Familie zu verpetzen, doch ihr habt (meist) tapfer bis zur Veröffentlichung durchgehalten.

Jetzt könnt ihr endlich erfahren, wer der wirkliche Herr in unserem Hause ist – wenn auch nur auf dem Papier...

Michael Ruf

Vorwarnung

Hochkonzentriert suche ich wieder mal in meinem Kleiderschrank nach frischer Unterwäsche. Linke Schiebetür auf, linke Schiebetür zu. Und nun das Ganze mit rechts. Nichts! Eigentlich weiß ich ganz genau, dass hier seit etwa einem Vierteljahr weder Unterhose noch Unterhemd zu finden sind. Aus gutem Grund sei das so, meint meine liebe Christine. Aus purem Trotz ist das so, meine ich! Leichtsinnigerweise prahlte ich, dass ich problemlos selbst meine eigene Unterwäsche im Trockner finden würde. Klüger wäre gewesen, ihr vier Wäschekörbe vorzuschlagen – beschriftet mit *Mike, Christine, Luise, Larissa* –, aber es ist anders gekommen.

Also suche ich mal wieder hoch konzentriert in dem rosa Plastikzuber auf dem Wäschetrockner nach meiner Unterwäsche. Mein Unterhemd erkenne ich sofort an der Breite der Träger. Neben BHs, Slips und Tangas finde ich auch endlich eine Unterhose mit Schlitz. Daran zeigt sich wieder mal: *Ich und nur ich bin der Herr im Haus!*

Das wissen auch meine Frau und die beiden Töchter – aber sie halten sich irgendwie nicht so daran!

Schätze wie Bohrmaschinen, Klick-Laminat, Gummikellen und den Baumarkt im Allgemeinen sind für sie quasi nicht vorhanden. Aber *Tupperware, C & A* und Richard Gere! Ja, ja – toller Schauspieler!

Nun will ich mich aber beeilen. Ich bin nämlich grad auf dem Weg (man könnte auch sagen: auf der Flucht) zum Baumarkt – dort, wo der Mann noch Mann sein darf! 6er Spax-Schrauben für die Hartfaserplatten. Vielleicht noch Fugenfüller und 'ne Gummikelle.

Also dann, bis gleich!
Euer
Mike

Wo bin ich?

Orientierungshilfen zu Oben und Unten, Strumpfhosen-Filtern,
Likörproben und Überraschungseiern im Schlafzimmer

Weil sich in diesem Buch noch einiges in unseren vier Wänden abspielen wird, ist es vielleicht sinnvoll, eine kleine Führung zu veranstalten.

Stellen Sie sich bitte eine unscheinbare Straße vor, die sich an einem Hang entlang zu einem südbadischen Ort namens Herbolshome schlängelt. Ich erwähne das nur deswegen, weil wir hier wohnen, und zwar in einem eigenen Haus. Sie können übrigens jetzt geradeaus zum Eingang gehen, oder Sie laufen zwischen den versetzten Buchsrabatten um den Steingarten herum, schnuppern nebenbei an Lavendel, Zierrosen und diversem Blühzeug, dessen Namen ich mir nicht merken kann, kleinen Sträuchern, Blümchen, Thujen. Alles auf ca. 40 Quadratmetern. Ich erinnere mich noch genau an meine dumme Frage, als ich 1986 zum ersten Mal dieses Grundstück meiner herzlichen Schwiegereltern in spe betreten hatte. Weil ich weit und breit keine Steine sehen konnte, fragte ich meine Freundin Christine völlig ungeniert, warum denn dieser Steingarten Steingarten hieße.

»Ja, sonst haben wir halt keinen Steingarten«, sagte sie daraufhin, was mich ratlos ließ.

Ehrlichkeitshalber muss ich verraten, dass sie im O-Ton im Dialekt gesprochen hatte:

»Ja, sunscht hämmr halt kei Schdeigarde.«

Im Interesse des allgemeinen Leseverständnisses habe ich mich im Übrigen bemüht, die wörtliche Rede ins Hochdeutsche zu schwindeln. Auch wenn es ein schmerzliches Opfer ist, denn wir beide lieben und pflegen den südbadischen Dialekt.

Ansonsten handelt es sich bei unserem Haus um ein kleines Zweifamilienhaus aus den Fünfzigern mit nostalgisch würdevollen Fensterläden (»altbacken«, pflegt Christine zu sagen) einem Anschluss für einen Gartenschlauch und einem Satteldach.

Also weiter. Am Hauseingang gibt's nichts besonders Erwähnenswertes. Dass das Außenlicht hier chronisch brennt, muss nicht betont werden, denn wenn ich meine drei Damen frage, dann war's eh wieder keine.

Hintenrum gibt's 'ne Terrasse, einige Reben für den Eigenverbrauch, einen Kirschbaum, Gemüse, Rasen, 'ne kleine Wiese und jede Menge Gartenarbeit, welche im Wesentlichen uns Eltern vorbehalten bleibt. Fürs Herumchillen in der Hängematte erklären sich jede Saison unsere Töchter Luise und Larissa bereit. Wobei ich an sich keinen zwingenden Grund darin zu erkennen vermag, ihr jährliches, in einem gemeinsamen, als Geburtstagsgeschenk deklarierten Gutschein garantiertes einmaliges Fegen der Terrasse als übertriebenen Arbeitseifer zu werten.

Übrigens, und das ist mir explizit wichtig, bin ich nebenbei Erfinder, obgleich meine liebe Gattin meine Kreativität eher mit »geizig« umschreibt.

Laufmaschen sind für mich nämlich noch lange kein Grund, die Strumpfhosen wegzuwerfen! Die werden unten verknotet, damit sie durch das Gewicht nicht reißen, und anschließend um das Regen-Fallrohr gespannt. Das verhindert Dreck und Laub im Wassercontainer. Im Herbst entsorge ich den Strumpffilter, der inzwischen prall gefüllt wie ein überfressener Dackel aussieht, auf dem Recyclinghof.

Apropos erfinden: Ich habe vergessen, bei unserem Rundgang die Garage zu erwähnen. Dort ist eine Schnappvorrichtung eingebaut, die eine Werkzeugablage an der Innenseite des Garagentors beim Schließen desselben wieder einzieht.

Ja, alles wichtige Sachen!

So, wir sind jetzt im Haus drin.

Na ja, Flur, Bilder, Schlüsselbrett – normal halt. Das ganze Stockwerk selbst renoviert. Mit einem Krankenpflegergehalt kann ich mir nicht für jeden Job einen Handwerker leisten.

Das Wohnzimmer ist toll geworden. Hier hatte ich übrigens zum ersten Mal meinen damals zukünftigen gemütlichen, glatzköpfigen Schwiegervater getroffen. In einer Hustenreiz auslösenden Staubwolke war er gerade dabei, aus zwei kleineren Räumen einen großen zu klopfen. Er hatte mich wie selbstverständlich in seine Pläne mit einbezogen. Die menschliche Güte in seinen Augen werde ich ein Leben lang nicht vergessen. Fünf Jahre durfte ich ehrfürchtig sein handwerkliches Geschick begleiten, mich an seinem geselligen Wesen erfreuen und ihm zusammen mit seiner einzigen Tochter wenigstens für gute zwei Jahre ein Enkelkind an seine Seite stellen.

Meine liebe Gattin hat ein geschicktes Händchen dafür, das Wohnzimmer mit alten Erinnerungsstücken sowie zeitgemäßen Möbeln zu mischen. Unter dem Vorwand, eine schwarze Ledercouch zu kaufen, hatte sie mich durch eine Allee von Möbelhäusern geschleust – schon das war eine Leistung, denn es gehört schon ein gnadenloses Selbstbewusstsein dazu, um mich zum Einkaufsbummel zu überlisten! Unter Aufbietung allergrößter Toleranz hätte ich mich sogar statt zu einer schwarzen zu einer dunkelbraunen Ledersitzgruppe überreden lassen. Seither dominiert eine knallgelbe die komplette Wohnzimmerhälfte!

Ich fress 'nen Besen, wenn sich meine liebe Christine nicht vor dem Kauf mit dieser raffinierten Verkaufshypnotiseurin abgesprochen hat!

Im Bad sehe ich noch immer die liebe Hausherrin Christine vor mir, napoleonisch am seinerzeit noch nicht vorhandenen Türrahmen lehnend, ungeduldig stöhnend:

»Sag mal, wird das denn irgendwann mal fertig?!«

Gut, knapp anderthalb Jahre für den Estrich und eine Wand zu fliesen, spricht eben für sorgsame Arbeit. Immerhin gilt es, auch wenn meine Damen es nicht zugeben, sogar familienintern als verbürgt, dass ihre Gäste das Badezimmer als kleines Prunkstück unserer Wohnung bewundern. Weißer Grundton, aufgelockert mit verspielten dreieckigen blauen Fliesenornamenten, Bordüren und Fischmustern. Auf die Fische bin ich so stolz, dass ich am liebsten ein Gebrauchsmuster-Patent darauf anmelden möchte. Dazu ragt über dem Waschbecken eine selbst gemauerte 18 Zentimeter tiefe und 2 Meter breite Ablage in den Raum hinein.

Diese Fläche durfte zum feierlichen Ende meiner Badrenovierung meine liebe Frau bestücken, um ihr das Gefühl einer gemeinschaftlichen Sanierung zu gönnen. So hatten wir mein Rasierzeug, meine Zahnpasta, ein Fläschchen Eau de Toilette sowie ihre ganze Drogerie an Kosmetik, Püderchen, Peelings, Cremes für Falten am Montag, Make-up für den Teint am Mittwochnachmittag bei Regenwetter und die gesamte Chemie, ohne die eine Frau keine Frau wäre, auf dem Küchentisch versammelt.

Dort sollte alles aussortiert werden. Bei dieser Aktion wurde mir bald die Berechtigung ihres Vornamens bewusst: Christine (griech. = *die Gesalbte*).

Einen alten, ramponierten Schuhkarton hatte ich für Verpackungsmüll daruntergestellt. Ein Service für die Chefin, sodass niemand sagen konnte, ich würde sie nicht verwöhnen.

»Lass dir ruhig Zeit, Schatzele«, küsste ich ihr noch jovial die Backe und schleppte das Werkzeug in den Keller, derweil mich zwei mal kurz hintereinander ein leises, doch hörbares Klacken begleitete. Es klang, als ob sie den Tisch nach beiden Seiten ausgezogen hätte.

Während sie nach einem System, das ich ja nicht verstehen muss, ihren Drogeriemarkt dekorativ auf der Ablage platzierte, lief mein Part nach dem klassischen Muster des Heimwerkers ab: die Baueimer auswaschen, Kellen sauber klopfen, restliche Baustoffe versorgen usw. In freudiger Erwartung auf das neu eingerichtete Bad hatte ich mir im Keller Zeit gelassen.

Der Küchentisch war leer gefegt. Die liebe Christine stand aufrecht vor dem Badeingang. Ihre rechte Hand hinterm Rücken verschränkt. Die Linke stolz in Richtung Badablage ausgestreckt, ähnlich einer Museumsführerin, die die Mona Lisa präsentiert.

»Ta-ta-ta-taaa«, rief sie stolz.

»Hey, super«, platzte es aus mir heraus, als mir die funkelnden Flakons, Glasschälchen, Deos und süße Cremedosen-Pyramiden entgegenstrahlten, dabei hatte ich angesichts dieser Vielfalt an kosmetischen Eindrücken im ersten Moment meinen bescheidenen Beitrag an Rasierzeug auf den ersten Blick gar nicht entdecken können. Auf den zweiten Blick eigentlich auch nicht! Noch zwei bis drei Mal defilierten meine Augen die 200 cm breite Ablage von rechts nach links und umgekehrt, tapfer bemüht, ein Lächeln zu bewahren. Mit einem *Schön, gell?* forderte sie meine Begeisterung zurück.

»Äh, also ...«

»Ach so, du suchst dein Rasierzeug?«, fragte sie zwar formal korrekt. Jedoch ohne eine Antwort abzuwarten, bestimmte sie:

»Das brauchst du ja nicht so oft. Ich hab die Sachen alle schön in den Karton gelegt, den du mir freundlicherweise bereitgestellt hattest. Schau, hier unten in dem Waschbecken-Schränkchen steht alles. Jetzt musst du endlich nicht mehr so arg suchen.«

Ich versuchte, mich kurz an das Vorgängermodell des Waschbereichs zu erinnern, wo links »ein paar Tübchen« meiner Frau, wie sie die Kosmetikhalde zu bezeichnen pflegte, standen und rechts, ganz an den Rand gedrängt, mein Rasierzeug. In der Mitte unsere Zahnbürsten, farblich unverwechselbar. Mit »arg suchen« hatte ich genaugenommen nie Schwierigkeiten.

Interesse heuchelnd öffnete ich das Türchen. Da führte mein Rasierzeug tatsächlich ein wenig emanzipiertes Eigenleben zwischen Tampons, WC-Papierrollen und einer Ersatz-Klobürste.

Wo man sich im Badezimmer als Herr im Haus doch etwas verdrängt fühlt, da sollte doch wenigstens in Sachen Schlafzimmergestaltung ein Ausgleich geschaffen sein. Der Anstrich, ursprünglich in einem erotischen Rot geplant, war schließlich dann doch als zartes Milka-Lila entartet. Hierbei zeigte meine liebe Gattin abermals ihr unnachahmliches Talent, eine Kritik so zu verpacken, dass diese zwar wehtut, man aber nicht orten kann warum.

»Die Farbe ist anders als bei normalen Leuten, gell?«

Genauso gut hätte sie auch wie ein Personalchef sagen können: »Er hat sich bemüht – im Rahmen seiner Möglichkeiten!«

Das Interieur ist in Echtholz-Kiefer gehalten. Die Aufteilung wohl vergleichbar mit den meisten Eheschlafzimmern: ein großer Dreitürer mit Aufsatz plus dem Aufsatz des Zweitürers für Sie – den Rest für Ihn. Teppichboden blau meliert. Was in der Ecke zwischen den beiden Fenstern auf der ebenfalls aus hellem Holz gehaltenen Kommode steht, wirkt auf den ersten Anschein wie eine vorbereitete Likörprobe für einen mittelgroßen Fußballverein. Es sind aber nur die etwa 120 Parfumfläschchen und Flakons, die ja in Wahrheit nur ca. 60 an der Zahl sind, aber vor dem Kommodenspiegel eben doppelt erscheinen. Mit *Anaïs Anaïs* hatte der Rausch begonnen, damals, 1986: München–Mombasa/Kenia, Duty-Free. Inzwischen gehören solcherlei teure Mitbringsel zum Standard jedes Urlaubs. Auch beim Camping am Bodensee vor drei Jahren hatte meine liebe Ehefrau eine Pulle *CK One* angeschleppt. Gleich 100 ml. Die Kleineren waren angeblich ausverkauft. Sonderpreis!

Ich bezweifle heute noch, ob zwischen Friedrichshafen und Überlingen tatsächlich Duty-free-Shops stehen.

Nun sind wir inzwischen 22 Jahre verheiratet. Deshalb weiß ich wenigstens die relevantesten weiblichen Geheimcodes zu entschlüsseln:

»Kauf mir zu Weihnachten bloß kein Parfum! Schau mal ins Schlafzimmer. Ich hab echt genug!«

Frauentechnisch heißt das entkodiert: *Kauf mir viele schöne Sachen, aber vergiss bloß das Parfum nicht! Schau mal ins Schlafzimmer – irgendwo finden wir schon noch ein Plätzchen!*

Von meiner Mutter kenne ich noch die klassische Fensterverkleidung mit Stores, davor Übergardinen, die auch wirklich Licht abhielten, wenn sie zugezogen waren. Unsere Gardinen sind gar keine. Eher so lange Stoffwürste aus blaugrüner Gaze. Sechs Meter davon vom Stoffballen abgeschnitten, dann über die Vorhangstange gewurschtelt und an beiden Enden herunterhängend bis kurz oberhalb der Fensterbank – wie die Hochwasserhosen von früher.

In der Hoffnung, dass Larissa diesen Bericht nicht in ihre wunderfitzigen Finger bekommt (sie würde umgehend die Fahndung einleiten), verrate ich Ihnen den Platz meiner Überraschungsei-Figuren: in zwei flachen Kartons von alten Videorekordern unter dem Bett! Gerade Pumuckel wird relativ teuer gehandelt. Sein rotes Regenschirmchen habe ich leider verloren.

Das Doppelbett stammt noch aus unserer ersten Wohnungseinrichtung. Solide Ware macht sich halt doch bezahlt. Immerhin wurden darin schon zwei hübsche Mädchen mit viel Liebe und Mühe gezeugt. Mit der detaillierten sportlichen Berichterstattung, wie das vonstatten ging, will ich Sie hier nicht inkommodieren. Wahrscheinlich lief's ähnlich ab wie bei Ihnen zu Hause. So viel zum Thema Überraschungseier.

Die Küche gilt bei uns als zentrales Zuhause. Hier kocht die Mutter für die Familie, hier wird das Taschengeld ausgehandelt, Unterwäsche zusammengelegt, Zeitung gelesen und lustlos der Schulranzen in die Ecke geworfen. Hier steht der Napf von Mausi, der angesichts penetranten, anschwellenden Miauens immer gefüllt sein muss.

Aber hauptsächlich wird hier geredet, hauptsächlich von der weiblichen Fraktion. Kein Novize bräuchte ein klösterliches Konvent aufzusuchen, um sein Schweigegelübde abzulegen. Hier, unter der Schwadronierwolke von drei temperamentvollen Damen, hätte er eh keine andere Wahl. Wie auch immer: Auf die Küche als Ort der Liebe und gelegentlichen sozialen Brennpunkt muss ich unbedingt noch einmal zurückkommen, wenn wir mit unserer Führung durch sind.

Also dann Treppe hoch ins Reich der Mädels.

Eigentlich führt noch eine weitere Holztreppe zum Speicher hinauf. Und auf eben dieser Treppe warten Putzeimer, Besen und Staubsauger auf die Einhaltung unserer Abmachung, dass die Mädels für die Reinigung ihres Stockwerkes selbst verantwortlich sind. Da die genannten Gerätschaften jedoch eher zurückhaltend frequentiert werden, dürfen wir sogleich zum nächsten Zimmer übergehen.

Luises Jugendzimmer war früher unser Wohnzimmer, immer schön aufgeräumt, damals. Beginnen wir doch gleich mal mit dem allernotwendigsten Möbel – dem Fernseher. Seit ihrem 13. Geburtstag ragt er aus dem Kieferregal. In orthopädisch so bequemer Höhe und leicht nach vorne gekippter Position, dass vom Bett aus nur ja keine Ermüdungserscheinungen auftreten können.

Ich weiß nicht mehr, wie sie uns den existenziellen Bedarf der Flimmerkiste eingeredet hatte. Ihre Mutter wollte das Gerät eigentlich nicht. Ich warnte vor der familiären Entfremdung, wenn wir uns nicht mehr im Wohnzimmer treffen würden. Ihre neunjährige Schwester war ebenso strikt dagegen, nach dem Motto: Was ich nicht hab, braucht *die* erst recht nicht! Stattdessen ahne ich inzwischen, warum landläufig der Zahl 13 Unglück unterstellt wird! Larissa bewies nämlich ihr gutes Gedächtnis, als sie wiederum zu ihrem 13. was wohl einforderte?

Luises handwerkliches Talent, welches ich gern als Erbgut aus meinen Genen betont sehen will, war schon als Kind erblüht. Sie konnte kaum laufen, da hatte sie schon den Luftfilter am Rasenmäher ausgetauscht, Landjäger im Videoschacht gelagert und beim Streichen des Hoftors geholfen. Wobei sie gern ihr mickriges Pinselchen, mit dem sie nach meiner Vorstellung weniger Schaden anrichten konnte, gegen meinen großen Rundpinsel eintauschte. Auch den geminderten Spaßfaktor der ihr zugewiesenen Farbdose, die nur einen ungefährlichen Bodensatz an Farbe beinhaltete, hatte das kleine Lieschen schnell erkannt. Leichtes Eintauchen bis zur Hälfte der Borsten hatte ich gepredigt. Lustvolles Einstampfen des ganzen Pinsels bis zur Stielhälfte in meinen vollen Farbtopf bescherte ihr dagegen weitaus mehr Vergnügen. Ihr zufriedenes Kindergesichtchen, wenn die Farbe bis zum Ellbogen an ihr runterlief, ließ sogar einen akkuraten Heimwerker wie mich sämtliche Vorsichtsmaßnahmen vergessen.

Das Nippesregal hat sie selbst aufgehängt oder das Futonbett zusammengeschraubt. Futonbett!? Sie hat seit etwa zwei Jahren einen Freund ... Und es ist immer noch der Gleiche. Irgendetwas Solides scheint sich doch in ihre sprunghafte Entwicklung eingenistet zu haben.

Auch Larissa entwickelt sich weiter. Die Hundepuzzles und Pferdeposter mussten *US 5* und diversen Superstars weichen. Falls diese in Deutschland immer noch gesucht werden – hier hängen sie alle!

Die Beschreibung ihres Zimmers geschieht von hier aus, vom Büro, am Computer sitzend. Es bietet sich an, mal kurz aufzustehen, mich in ihr Zimmer zu stellen und ungezwungen die Eindrücke auf mich wirken zu lassen. Dies passiert unter argwöhnischem Blick der kleinen Mieterin. Stirngerunzelt dreht mir Larissa ihr zur weiteren Kommunikation ablehnendes Haupt entgegen. Die ansonsten so klaren blauen Äuglein zu zornigen Sehschlitzen zusammengekniffen:

»Waß?!«

(Klar, weiß ich, dass *was* mit weichem »s« geschrieben wird – dennoch scheint mir im vorliegenden Fall, das scharfe »ß« ihre momentane Ungastlichkeit wesentlich treffender auszudrücken). Mir bleiben für die Antwort wenige Millisekunden, bis sie noch schroffer hinzusetzt:

»Waß ißt!«

(Orthografisch wäre statt dem Ausrufe- ein Fragezeichen korrekt, doch es war keine Frage, sondern ein Befehl.)

»Du weißt ja, ich möchte ein Buch über ...«, schaffe ich gerade noch, bevor sie vom Schreibtischstuhl aufspritzt, an mir vorbeihuscht und mit kritischem Blick ungefragt vor dem PC Stellung bezieht. Nachdem sie ihren Vornamen auf dem Bildschirm entdeckt hat, prüft sie den Text, als hätte ich sie als Lektorin eingestellt.

»Mensch Vadder (mein bevorzugtes *Papa* wird zurzeit konsequent vernachlässigt), wie oft muss ich dir das noch erklären!«

Dabei bezieht sie sich unter strengem Fingerzeig auf das Wort *Superstars*. 20.000 seien gecastet, nur soundsoviel in der Endausscheidung, dann folgten Entscheidungsshows, wo stetig die Kandidaten rausfliegen. Die verbleibenden zehn hätten zwar mit Dieter Bohlen ein Lied gesungen, wobei sie mir professionell die entsprechend blaue *Love Songs*-CD vom Vorjahr unter die Nase hält. Aber Superstar gebe es nur einen einzigen pro Staffel!

»Ja gut, weißt du, für mich sehen die halt alle irgendwie gleich aus«, gebe ich leichtfertig zur Antwort.

Mein Töchterchen weiß sich zu wehren. Sie führt jene Waffe ins Feld, von der sie genau weiß, wie schmerzlich sie meinen Beatmusik-Geist der Sechziger mitten ins Vinylherz trifft.

»Da vorne rechts unten auf dem Album, das ist Tobias Regner ...«

ALBUM! Sobald ich das Wort nur höre, könnte ich, und das weiß Lissi ganz genau, einen Anfall kriegen, weil die schönen großen Bilder auf den Vinyl-Covers, ohne den Schallplattenfreund zu fragen, in mickrige Booklets gesperrt wurden. Digital rauschfrei. Pah! Was heißt das schon, ohne lebendig nostalgisches Knistern unter der tänzelnden Nadel!

»Ein Album, das ist wie beim Fotoalbum, Larissa, das kann man aufschlagen und anschauen und sich die Bilder angucken und sich freuen«, sage ich, dabei völlig die Tatsache vernachlässigend, dass sie damals im Vinylzeitalter noch gar nicht auf der Welt war.

Der Leser, der vermutet, dass Larissa kontern könnte, dass man das »CD-Büchlein« ja auch aufschlagen und sich die Bilder anschauen könne, kennt unsere Vater-Tochter-Beziehung nicht. Sie weiß, sie genießt bei mir fast sämtliche Freiheiten; sie darf mit jedem Problem zu mir kommen und jede Klassenkameradin ist bei uns willkommen, aber wenn sie sich über die Beatles oder andere Veteranen meiner Generation lustig mach, hört der Spaß auf!

Als ob ich mich trösten müsste, lege ich *The Sweet – Greatest Hits* ins PC-Laufwerk. Bei *Ballroom Blitz*, *Wig Wam Bam* oder *Co-Co* ist auch für mich die Welt wieder in Ordnung. Dass sich dieser Vorgang mit der CD viel unkomplizierter darstellt im Vergleich zur LP, muss ich meiner Tochter ja nicht ausgerechnet in diesem Moment auf die Nase binden!

Generell braucht ein Krankenpfleger nicht zwingend ein Büro in seiner Wohnung. Wogegen eine OP-Schwester dann auch kein Bügelzimmer haben muss! Diese konträren Positionen sorgten in Umbauzeiten zu manch hartnäckigen Verhandlungen der beiden Interessengemeinschaften. Natürlich war Christine das einzige Mitglied der Bügel-Fraktion.

Um meine Büro-Idee erfolgreich zu promoten, versprach ich meinen beiden Töchtern im Falle meines Wahlsieges Zugang zum dort geplanten Computer …

Was sollte also mit der ehemaligen Küche oben geschehen? Bügelzimmer oder Büro, das war hier die Frage.

Meinem Tarifgegner wurde zunächst zur Last gelegt, den schon von ihrer Mutter geforderten Bügelraum im Keller nicht zu nutzen.

»Ich gehe doch nicht in den Keller zum Bügeln«, konnte von der Gegenpartei als sachliches Argument vernachlässigt werden.

Mein großzügiges Entgegenkommen, ihr gern ein Radio runterstellen zu wollen, damit sie dort einen vollwertigen Sozialraum vorfände, wurde von der lieben Gattin zwar verflucht, von mir und den Mädchen – also von der Mehrheit – jedoch befürwortet. Ferner vermochte unsere Gegnerin zur Frage, wo denn in Zukunft der Rechner und Zubehör stehen solle, lediglich unbefriedigende Vorschläge zu machen. Dagegen waren wir der Meinung, dass Bügeln im Wohnzimmer den zusätzlichen Vorteil habe, bei der Arbeit fernsehen zu können. Zappelnd wie ein Wurm am Haken stellte sie dann zur Bedingung:

»Dann will ich aber im Büro Platz für die Hexen!«

Dazu muss ich erläutern, dass sie Kassenwartin und Vorstandsmitglied der Abteilung *Rotwein-Hexen* der örtlichen Karnevalsgesellschaft ist.

Ihrer Forderung wurde wohlwollend stattgegeben, sodass ihr heuer ein schmaler Hängeschrank zur freien Verfügung steht. Hängeschrank deshalb, weil der Kernteil der heutigen Büroeinrichtung aus der alten L-Form der belassenen Küchenzeile besteht. Die PC-Ecke befindet sich an der gegenüberliegenden Wand. So war der ganze Funktionsraum mit einem recht überschaubaren Budget realisiert worden.

Sie erinnern sich noch meines Sammel- und Erfindergeschickes?

Sammeln: Den alten Arbeitsplatten-Ausschnitt für die Kochmulde finde ich blind in der durchstrukturierten Holzwerkstatt.

Erfinden: Einen etwa 25 Zentimeter langen und einen Zentimeter breiten Schlitz mittels Stichsäge in das Ausschnittstück sägen, Platte wieder einsetzen, mit verschraubten Kanthölzern stützen, Fugen mit beiger Acrylmasse ausspritzen, jetzt Reißwolf unter dem Schlitz befestigen – fertig. Schon habe ich wieder was, was keiner hat: einen in der Arbeitsfläche eingelassenen Aktenvernichter!

Die Bürowände ringsum sind recht stilungebunden geschmückt: Muster von Edelsteinen aus aller Welt, diverse Duden, Glückwunschbriefe unserer Kinder, als sie noch *geburzdag* schrieben, das futuristische Motherboard vom letzten Rechner, ein paar Hochzeitskarten mit Danksagungen für meine Hochzeitsfilmerei, die rigorose Computernutzungs-Agenda in Kinderschrift, wonach wir Eltern gönnerhaft gleich zwei Zeitfenster zugewiesen bekommen: während der Schulzeiten, zusätzlich ab 21 Uhr – ach ja, und ein Puzzle von Beate Uhse.

Die Ordnung im großen Badezimmer-Hochschrank muss man sich vorstellen, als hätte ihn jemand samt Inhalt kopfüber umgedreht. Das liegt daran, dass die eine Tochter nach Auskunft der jeweils anderen ständig die Sachen der anderen durcheinanderbringt.

Nicht dass hier oben Drogeriefachmarkt-Verhältnisse wie bei uns unten herrschen würden, allerdings musste ich schon drei zusätzliche Regalböden anbringen. Dort, wo früher auf der Waschmaschine die Wickelauflage nach Windeln gemüffelt hatte, da düftelt nun Yves Rocher in drei Etagenbrettern vor sich hin.

Was mich weiterhin irritiert, sogar nach zwei Jahren immer noch, das ist der dritte Handtuchhaken. *Luise* nebst *Larissa*, okay. Hingegen *Remo*? Sein Eau de Toilette steht zudem auf der ohnehin schon knapp bemessenen Spiegelablage. Der darf das, beneide ich ihn! Er ist durchaus ein lieber Kerl, lernt Informatik und ist der höflichste junge Mensch, den ich kenne, sodass man auf die Jugend wieder hoffen darf. Er zeigt sich nicht mit einem schnöden *Danke!* erkenntlich, sondern mit einem *Vielen Dank für das Essen, war sehr lecker!* Oder nach der Übernachtung: *Vielen Dank, dass ich bei euch übernachten durfte!* Was soll ich machen? Sie ist 17. Was soll sie machen? Warten bis zur Hochzeitsnacht?

Jetzt, wo ich in diesem Bad stehe, erinnere ich mich, als wäre es gestern gewesen, wie Lissie mir vom Wickeltisch purzelte. Ihre Mama war Gott sei Dank nicht daheim. Nur eine Sekunde aus den Augen gelassen! Da unser Nachbar Achim gleichzeitig Stadtangestellter ist, hatte ich ihn beim Ablesen der Wasseruhr im Keller nur kurz gefragt, ob er mir in den nächsten Tagen beim Garagentor helfen könnte. Das Fundament der Schienen hatte sich gelockert. Wir hatten Schnellbinder sowie Verankerungen kurz im Hof besprochen und eine Schorle getrunken. Diesen Augenblick muss das Baby oben wohl ausgenutzt haben. Gottlob war sie weich im Windeleimer gelandet. Unverzüglich prüfte ich – man ist schließlich Krankenpfleger –, ob Ausfallerscheinungen zurückgeblieben waren, doch zum Glück konnte ich eine beruhigende Diagnose stellen. Sie boxte nach wie vor schusselig die Babyölflasche zu Boden und strampelte sich die Söckchen von den Mäusefüßchen.

Und heute?

»Danke, dass ich hier sein durfte«, sagt der junge Mann, der mir eines Tages den kleinen Windelkacker wegnehmen wird. Aber der weiß wenigstens, was sich gehört.

Die Freundinnen der Kleinen dagegen schleichen geduckt zum Frühstück an mir vorbei, als müsste ich mich entschuldigen, weil ich hier wohne. Jedenfalls war das bisher so. Bis vor ein paar Wochen! Bevor Larissa bei ihren Kameradinnen vorlaut herumposaunte, dass ihr Papa (wahrscheinlich eher ihr »Vadder«) ein lustiges Buch über seine Familie schreiben will. Seither benehmen sich die Schulfreundinnen so sonnig mir gegenüber. Ich vermute fast, nach dem ganzen TV-Casting-Gehopse in Larissas Zimmer fühlen die sich wie bei *Germanys Buchautoren suchen die next Superfreundin*. Die Botschaft lautet also: Sei freundlich zu dem Mann – vielleicht wird er dich im nächsten Buch erwähnen ...

Für diese Besuche ist extra das Gästezimmer eingerichtet worden. Theoretisch! Aber nein, die Matratze wird aus dem Bett gehievt, um sie ins Kinderzimmer zu wuchten.

»Papa, kannst du mal helfen?«

Aha: *Papa* – plötzlich geht's! Diese Bitte betrifft ausschließlich den Hinweg. Zurück muss ich die Unterlage selber zerren, sonst habe *ich* für die nächste Nacht nichts zum Drauflegen.

Es ist nämlich so – nach gereizter Auskunft meiner lieben Frau –, dass mir das Laster des Schnarchens nachgesagt wird. Insofern wäre das Gästezimmer als kurzfristige Alternative ja durchaus akzeptabel. Allerdings liegen bekanntlich – Sie werden mir da vermutlich recht geben – in einem Gästezimmer gemeinhin vorzugsweise Gäste! Aber, ehrlich gesagt, es ist schon ein blödes Gefühl, Gast im eigenen Haus zu sein. Obwohl: Gast ginge ja eigentlich noch! Wenn ich abends so daliege, sehe ich einzig karg bebilderte Wände und einen leeren Tisch. Die beiden Nachwuchskünstlerinnen gegenüber schlummern wenigstens mit ihren Plüschtieren. Ich armer Schlucker habe den ganzen Tag auf meiner Station malocht, im Garten geschuftet oder mir das Kreuz beim Keller fliesen fast ausgerenkt – unterbrochen von lediglich einer warmen Mahlzeit zwischendurch. Kein Wunder, dass mich der Vergleich zum Knecht in seiner Schlafkammer übermannt. Es ist dringend an der Zeit, ich muss mein weibliches Gefolge, vor allem mich selbst, unbedingt wieder mal erinnern: *Ich* bin der Herr im Haus!

Ich denke, wir haben fürs Erste genügend Eindrücke unseres trauten Heims gesammelt. Auf die konkreten Definitionen der diversen Kellerräumlichkeiten wollen wir noch kurz eingehen – die werden Sie doch sicher brennend interessieren!
Die Waschküche (mit dem bekannten Trockner) als Arena weiblicher Grausamkeiten, dürfte Ihnen aus dem Vorwort noch in Erinnerung geblieben sein. Von der Werkstatt sei hier nur kurz die Rede. Nur aus Rücksicht auf die weibliche Kundschaft – Pardon: weiblichen Leser – verzichtet der Autor, also ich, ungern, aber trotzdem, einen Vortrag über die Geheimnisse des Heimwerkers abzuhalten. Er, der Autor (also ich), fasst stattdessen grob zusammen: Vorratskeller mit Getränkekisten, Marmelade für die nächsten drei bis vier Generationen. Das Bügelzimmer hat, wie gesagt, noch niemals ein Bügeleisen gesehen – aber haben muss man's. Dann zwischendrin ein Flur. Hier stehen ein paar alte Schränke und Regale mit allerlei Kruscht, Gummistiefeln die keinem passen, altes Winzerzubehör, Gebrauchsanleitungen vom längst entsorgten Heizkessel. Also alles wichtige Utensilien, die man vielleicht irgendwann mal brauchen kann. Zeugs, das zarte Frauenfingerchen höchstens unter Strafandrohung freiwillig anfassen würden – und das ist gut so! Wissend um die Omnipräsenz neugieriger Frauenhände, lagere ich hier das ganze Jahr über Geburtstags- oder Weihnachtsgeschenke. Ebenso ist ständig eine Notpackung Pralinen vertreten, da ich dazu neige, den Hochzeitstag zu vergessen. Ehrlichkeitshalber muss ich gestehen, dass dieser Vorrat schon für so manch eigenen akuten Schokoladenanfall herhalten und so vier- bis fünfmal jährlich aufgefüllt werden muss.
    Aber nicht weitersagen!

Ein Tag wie jeder andere

Familiengeschichten um Heimwerker, Zucchini, Recyclinghof, Rauchende Colts, Tupperware und Hochzeitstage

Der Radiowecker, den ich vom Recyclinghof (Abteilung Elektroschrott) in fast ungebrauchtem Zustand erworben hatte – O-Ton Christine: »Der kommt mir aber nicht in unser Schlafzimmer!« –, musiziert nicht um sechs Uhr morgens wie sonst. Muss er auch nicht: Ich habe heute, am Samstagmorgen, keinen Frühdienst. Meine innere Uhr weckt ebenso präzise auch ohne technische Erinnerungshilfen.

Workaholic beschreiben meine Bekannten und Kollegen voreilig und schmalspurpsychiatrisch meine doch eher vorbildliche Tugend der Selbstdisziplin. Ja, meinen die etwa, das Laminat verlegt sich heute von selbst?!

Die fleißigen Gedanken an das heutige Tagwerk begrüßend, ziehe ich den laut knatternden Rollladen des Gästezimmers hoch. Gleich noch den vom Büro sowie die beiden Badezimmerrollos.

»Vadder!«, schallt ein deutlich unwirsches Echo zurück.

Im anderen Nebenzimmer fliegt Luises Kopfkissen laut vernehmlich gegen ihre Tür.

Oh, war ich zu laut?

Die Treppe elastisch hinunter, Zeitung reinholen, am gemeinsamen Schlafzimmer vorbei (gemeinsam – dass ich nicht lache! Was kann ich denn dafür für mein Schnarchen!). Ich entschließe mich kurzfristig, die Läden bei uns unten doch nicht hochzuziehen: Gefährlich ist's, den Leu zu wecken ...

Frühstück?, frage ich mich selbst ein wenig verzagt. Aber nein, heute lasse ich es ausfallen: wie immer keine Zeit. Na ja, vielleicht doch *Workaholic* – beziehungsweise *Wöehli*, wie wir Badenser zu sagen pflegen.

Zähneputzen klappt wieder superschnell. Die meisten Leute stehen dabei sinnlos vor dem Spiegel – als müsste man dort nachsehen, wo sich denn wohl heute die Zähne wieder versteckt halten. Ich hingegen habe währenddessen schon den Lokalteil durch.

Die Arbeitshose hängt noch in der Garage. Eigentlich kann ich heute auf diese verzichten, denn bei dem wenigen Laminat zusägen wird nix dreckig. Also rein in die bequeme schwarze Jogginghose; frisches T-Shirt leise wie ein Einbrecher aus dem Schlafzimmerschrank gefischt: Die werte Gattin schläft noch. Los geht's! Seit dem gestrigen Feierabend liegt noch alles griffbereit rum. 15 Pakete Laminat, Hand-Gehrungssäge, Sockelleisten mit Eckprofilen, Winkel, Zollstock, Kunststoffkeile, 2,5-kg-Hammer sowie diverses Zubehör, für das ich Bares im Baumarkt tauschen musste. Ausgenommen das Schlagholz und das Zugeisen. Man ist schließlich Bastler – aber hallo!

Das Eisen zu finden war einfach. In der Schrottkiste im Keller brauchte ich gar nicht lange nach einem dickeren Blech zu suchen ... beide Enden in entgegengesetzter Richtung per Schraubstock krumm klopfen wie ein Fragezeichen, und schon sind wieder acht Euro gespart!

Beim Schlagholz war's im Prinzip ähnlich. Ich im Baumarkt ... Laminatparkett, Fugenfüller in gleichem Bucheton usw. auf dem Einkaufswagen, Schlagholz leichtsinnig dazugelegt. Hartholz: links genutet, rechts gefedert, das kann ich auch selber daheim basteln – also wieder schööön zurücklegen. So folgte ich einer listigen Idee, zog einen Zettel aus der Hosentasche (einen Zettel trage ich immer bei mir – sinnvollerweise, wie man sieht). Nun presste ich diesen Zettel fest auf das Holzprofil des Schlagholzes, mit Kuli (ohne den ich ebenfalls nicht das Haus verlasse) *Schlagholz* draufkritzelnd. So, nach diesem Abdruck kann ich später Nut und Feder selbst ausfräsen.

An die Kasse, auflegen, zahlen. Betont langsam und mit philanthropischem Lächeln schob ich den Wagen, dessen Inhalt mich schier ein Vermögen kostete, in Richtung Kassiererin.

Wir waren schon auf Augenhöhe, und die reagiert noch immer nicht, stellte ich beunruhigt fest. Zeitschindend unbeholfen zerrte ich den Geldbeutel aus der identischen Hosentasche, in der bis dahin das Schlagholz-Geheimpapier versteckt war, bis es nun unbemerkt zu Boden fiel. Mit unnötig laut vernehmbarer Ironie dringt die vertraute Stimme meines Nachbarn Klaus (der Schwager von Achim) in meine Ohren.

»Du hasch dein Schlagholz vergessen.«

Er scheint hier im Baumarkt ebenfalls seinen zweiten Wohnsitz angemeldet zu haben. Die Situation war für mich zwar leicht peinlich, gleichwohl von zeitlichem Vorteil.

»Hier trifft man sich wieder, gell?«, stimmt der eine von uns ein – welcher, spielt genaugenommen keine Rolle –, der andere antwortet jeweils routiniert:

»Hat sie dich daheim auch rausgeworfen? Haha!«

Ja, liebe Damen, so kurz kann Konversation sein – freundlich, sachlich, zeitsparend!

Die Kassiererin versäumte es, diesen Zeitgewinn für die Rückbesinnung ihrer Dienstobliegenheiten zu nutzen. Mein Blick stierte nun deutlich, gleichsam aus einem Laserschwert, auf die ineinander gestapelten Präsente hinter ihrem Rücken.

Ich glaub, die mag mich nicht leiden, war mein interner Eindruck. Na und?

Das tut hier nichts zur Sache, korrigierte ich folgerichtig meine Überlegungen und ging in die Offensive.

»Ach, was kosten denn diese Eimer?«, fragte ich in betont vornehmer Tonlage, die man bei Frauen gerne als zickig zu umschreiben pflegt.

»Ja, Sie dürfen gerne wieder einen davon mitnehmen – steht ja klar drüber: *1 Eimer gratis ab einem Einkaufswert von 50 Euro*.«

Das mit dem *wieder* hättest du dir sparen können! Sogar in der Männerdomäne Baumarkt müssen die Frauen das letzte Wort haben. Zicke!, stellte ich freundlich nickend intern fest.

Die Kreissäge steht auf der Terrasse, um Laminatstaub und den dazugehörigen Ärger mit der lieben Christine zu vermeiden. Rein rechnerisch sind es nur ungefähr 12 Quadratmeter, die verlegt werden sollen. Aber wegen Treppen, Schwellen und Hindernissen wie Gitterstäbe vom Geländer wird die Realisierung zwischen Küchenhinterausgang und Terrasse zur fummeligen Sisyphusarbeit.

Darunter der Kellerhals, so nennt man diesen Bereich jedenfalls bei uns. Der Begriff stammt aus einer Epoche vor den 1950ern, als man ebenerdig den Keller betrat – darüber führte eine Stein- oder Holztreppe zur Küche – zum Hintereingang quasi.

Die Dampfbremse ist ausgelegt (für die Frau: Plastikfolie zur Vermeidung aufsteigenden Kondensates zwischen Untergrund und Parkett). Das Klickverfahren macht richtig Spaß.

Bezüglich Wasserdichtigkeit sagt jeder Bodenleger was anderes. Ich habe mich entschieden, keinen Holzleim zuzusetzen. Obgleich ich zuvor noch nie Laminat paneeliert hatte, staune ich über den zügigen Fortschritt meines Debüts. Mit Müsliriegel im Mund, der Illusion eines Frühstücks folgend, Bleistift hinterm Ohr, läuft die Sache wie geschmiert.

Im alten Kofferradio, das ich von meiner Konfirmation bis in den heutigen Tag hinüberrettete, läuft *39* von *Queen* – eines meiner Lieblingsstücke. Der Moderator erklärt, was ich als ehemaliger Bravoleser schon weiß: *Aus der Platte A Night at the Opera, Produktion von Brian May*. Ob hingegen May oder Mercury die Leadstimme sang, erfahre ich wieder nicht!

Übrigens, die *Bravo*-Hefte hatte ich schon als Zehnjähriger damals meiner Schwester gemopst. Graham Bonney oder Barry Ryan waren damals *in* – und die fesche Wencke Myhre in ihrem knallroten Gummiboot. Den Bonney und den Ryan habe ich zudem schon persönlich gesprochen – vor der Toilette. Auch mit der Suzi Quatro bin ich auf einem Bild. Sogar einen Kuss von der blonden *Middle-Of-The-Road*-Sängerin Sally Carr habe ich schon gekriegt. Von Chris de Burgh persönlich, vielmehr von seiner Patricia, *the best strip-*

per in town, hängt ein Slip in der Sammel-Vitrine (neudeutsch: Memorabilia). Dabei fällt mir auf: Irgendwie scheint das Thema Unterhosen einen gewissen Stellenwert in diesem Buch einzunehmen.

Aber wenn ich anfange, von der Konzertleidenschaft zu erzählen, dann kommen wir hier nicht weiter.

Das Schlagholz, Marke Eigenbau traut sich nicht mehr zu klemmen, nachdem die Nut eine Abreibung mittels Kerzenstummel erfuhr. Allerdings, das Zugeisen meutert ein wenig. Um ehrlich zu sein: Es ist Mist! Es liegt weder plan auf, noch hält es beim Behämmern still. Stattdessen federt es nach und hat mir auf diesem Wege schon die Oberseiten der linken Zeige- und Mittelfinger blutig gekratzt. Während ich mit dieser Fehlproduktion kniend weiterklopfe, schieben die Fußsohlen unbemerkt peu à peu die Wasserwaage zur Treppe herunter. Peng! Nur ein einziger Aluwinkel liegt einsam dort unten im Kellerhals. Exakt diesen hat sich das Glasauge der Waage ausgesucht – Sch …! Hätte ich gezielt darauf geworfen, so hätte ich im Leben nie getroffen! Dass das Stemmeisen sich erst nach fünfminütiger Sucherei unter den Plattenabschnitten wiederfindet, trägt ebenso wenig zur Erheiterung bei. Solche mittelprächtigen Anfälle leichter psychischer Unausgeglichenheiten, sprich Sauwut, führen dazu, dass die Platte, von der falschen Seite abgesägt, sprachlos vor mir liegt. Gott sei Dank hat der Bleistift wenigstens seinen festen Platz hinterm Ohr – ich hätte bloß *vor* dem Suchen daran denken sollen.

Paul McCartney verehre ich über alle Maßen. 2003 durfte ich sein Konzert, zusammen mit meinem Kumpel Bertram, auf seiner *Back-to-the-World-Tour* in München erleben. Dass er aber ausgerechnet in meiner jetzigen Stresssituation mit *Let it be* per Radiowellen daherkommt, wirkt auf mich leicht zynisch – jedenfalls nur bedingt witzig! Ebenso wenig, wie die zornige Silhouette hinter mir!

Mein freundliches *Guten Morgen, Christine* wäre noch vertretbar gewesen – nicht jedoch der Zusatz:

»Na, schon ausgeschlafen?«

Christine schweigt! Doch Obacht, lieber Leser, Schweigen = stumme Wut = Ruhe vor dem Sturm = oberstes Gebot: nicht reizen!

Mit militant in die Hüften gestützten Fäusten steht Frau General in der Negligé-Uniform vor mir! Stillgestanden!

»Was heißt hier ›schon ausgeschlafen‹?«

»Kannst du nicht mehr schlafen?«

»Erstens …«,

Oh je, wenn sie schon mit *erstens* anfängt, dann wird das ein fulminantes Heidenspektakel! Und tatsächlich, als stünde ich unter einem Schlammstrom im Hochgebirge, schüttet sie noch unnachlässig *zweitens*, *drittens* und *vier-*

tens hinzu. Irgendwann höre ich auf zu zählen. Mit meiner desillusionierten Herr-im-Haus-Theorie, die Augen ratlos aufgerissen wie bei Mausi, wenn der Spatz kurz vor'm Zugriff an ihr vorbeiflattert, die Ohren inwändig schon abgedunkelt, vernehme ich schemenhaft Vorwürfe wie *Und das Samstagmorgen ... einmal ausschlafen ... lautes Gehämmere ... kann kein Mensch schlafen ...!*

Als Zeichen meiner bemühten Toleranz trumpfe ich auf:
»Aber ich hab doch extra die Rollläden bei uns unten nicht aufgemacht.«
Es war kein Trumpf – eher eine Provokation.
»Ja, und dann hat irgendein Idiot die Schlafzimmertür offen gelassen!«, erregt sie sich, während sie entlarvend an meinem T-Shirt herunterschielt.

Um eventuell mildernde Umstände zu erwirken, halte ich affektiv schmerzverzerrt die blutigen Fingerknöchelchen in ihr Blickfeld. Ihr *Das geschieht dir gerade recht!* vermag da wenig Beistand zu leisten.

Um neun Uhr kann man doch wohl langsam aufstehen, sage ich mir spontan – aber das behalte ich besser für mich, bis die Luft rein ist. Das Knallen der Küchentüre gibt endlich das Signal dazu.

Rührt euch!
Von wegen *Morgenstund hat Gold im Mund!*
Apropos neun Uhr: Samstagmorgen neun Uhr? Richtig, der Recyclinghof öffnet!

Ich meine, im Sinne der Leserin/des Lesers, ist es angemessen, hier einen kurzen Break zu machen. Ich möchte der Autor aller meiner Leserinnen und Lesern sein. Deshalb nachfolgend eine grobe Selektion, um nicht eventuell aufkommende Langeweile gewisser Leserklientelen (mutmaßlich weiblicher) beim Thema *back to the roots – der Mann und sein Recyclinghof* zu provozieren.

Sie sind männlich? Ja? Schon mal gut!
Sie sind männlich, tragen Krawatte und Lackschuhe? Ja? Könnte schwierig werden!
Sie sind männlich, tragen zusätzlich drunter ein sauberes Hemd? Ja? Sehr schwierig!
Sie sind weiblich? Ja? Im Prinzip noch Hoffnung!
Sie sind weiblich, haben lackierte Fingernägel? Ja? Analog Krawatte und Lackschuhe!
Sie sind weiblich und Millionärstochter? Ja? Ganz schwierig!

Um das ganze an einem Beispiel zu illustrieren, zeige ich an dieser Stelle ein Erlebnis auf, womit mich neulich meine liebe Gattin beglückte.
Sie stand fragend mit der kaputten Glühbirne in der Hand in der dunklen

Küche vor mir. Das bedeutete, sie hatte diese eigenhändig herausgedreht, demnach das Maximum ihrer elektrotechnischen Fertigkeiten beinahe übertroffen.

»Du hast doch so ein Gerät, so ein Ding, so ein Ladegerät. Kann man damit die Birne nicht wieder aufladen?«

Wir wollen es geradewegs heraussagen: Diesem Menschenschlag wird eine Führung durch das städtische Paradies des Recyclinghofes kaum Genugtuung verschaffen.

Sollten Sie sich, ob Männlein oder Weiblein, in einem der oben genannten als *schwierig* deklarierten Gefahrenbereiche wiederfinden, so bin ich sicher fürs nächste Thema *nicht* der Autor Ihres Vertrauens. Das bedeutet jedoch nicht, dass ich Sie vernachlässige, nein, im Gegenteil! Für Sie habe ich einen besonderen Service eingerichtet: Überblättern Sie einfach das Thema ab diesem Zeichen: * 3 T * und beginnen mit dem Weiterlesen einfach beim nächsten Erscheinen des Symbols.

* 3 T * steht übrigens als Synonym für das böse Klischee, Frauen würden sich nur für drei Dinge interessieren: Tupperware, Tampons und Tüllgardinen!

Mein Verlag zeigte sich etwas verunsichert. Der freundliche Mitarbeiter, der sich u.a. für das Ressort *Exposé-Eingang und Volontärbetreuung* verantwortlich zeigte, fragte vorsichtig stirnrunzelnd spitz, ob ich schon öfters Bücher geschrieben hätte, schließlich entspräche es nicht der Philosophie der schreibenden Zunft, ein Schriftwerk anzubieten, um anschließend vom Lesen abzuraten. Daraufhin musste ich den Agenten (früher glaubte ich, die spielten nur in James-Bond-Filmen eine Rolle) fragen (er trägt übrigens Krawatte *und* ein sauberes Hemd), wie oft er sich pro Monat auf dem örtlichen Recyclinghof aufhielte. Daraufhin verformte sich sein Gesichtsausdruck, als ob ich mit E. T. verwandt sei.

»Na, Baumschnitt, Bauschutt, kaputte Rasenmäher«, versuchte ich anschaulich zu erläutern, gleichwohl spürend, wie solcherlei Details seine ungläubige Konfusion noch verstärkten.

»Ich bewohne ein hübsches Appartement – ohne Bäume«, antwortete er, bemüht, mit im Schoß gefalteten Händen sich stolz im Ledersessel zurückzulehnen.

»Und außerdem ... Wissen Sie, den Flokati muss man selten mähen«, setzte er angestrengt witzig hinzu.

»Und nebenbei ... Ihr Recyclinghof interessiert mich nicht die Bohne«, mault er genervt weiter.

»Bingo, manche Leute interessiert das nicht. Kein Problem!«, strahlte ich ihm entgegen.

»Ich möchte mal so sagen«, grinste er süffisant zurück, »ich fürchte, Sie haben recht.«

Falls Sie also, liebe Leserin, der hochinteressanten Thematik von Altglasverwertung, dem kulturellen Austausch am Elektroschrottcontainer oder der Urform des Mann-Seins unbedingt unaufgeschlossen gegenübertreten wollen, dann überfliegen Sie bitte ab jetzt die nächsten Seiten.

* 3 T * 3 T * 3 T * 3 T * 3 T * 3 T * 3 T * 3 T * 3 T * 3 T *

So, die Männer in den dreckigen Hosen, den blauen Arbeitsmützen sowie den stolprigen Sicherheitsschuhen seien hiermit aufs Allerherzlichste begrüßt!

Samstagmorgen, neun Uhr: Laminatparkett ablegen – auf geht's!

Grundsätzlich bleibe ich zwar bevorzugt an der Arbeit dran, damit ordentlich was weggeschafft wird, denn möglicherweise zeigt sich meine Aurora versöhnlich, sobald sie ein paar Quadratmeter fertig verlegt vorfindet. Aber darauf kann mein Instinkt keine Rücksicht nehmen, wenn das Paradies ab neun geöffnet hat.

Ich ziehe den Anhänger unter dem halben Vordach raus, kupple ihn an den roten Astra meiner lieben Gattin. Die mit ihrem Baumarkt-Werbeaufdruck bescheuert aussehende Abdeckplane war 49 Euro günstiger als die ohne Werbung.

Kurz vor dem Autobahnzubringer reihe ich mich ein in den Trupp gleichgesinnter Anhängerfahrer, Pritschenwagen, Traktoren und Ein- oder Zweiachser. Allesamt beladen mit verbeulten Blechzubern, rostigem Maschendraht und alten Teppichen – also Wertgegenständen, die teilweise durchaus geeignet sind, von bereitwillig wartenden Tauschpartnern auf eventuelle nochmalige Verwertbarkeit im eigenen Heim überprüft zu werden.

Links abbiegen durch das Tor. Genaugenommen täuscht dieses schlichte Tor allenfalls das Auge des Banausen – oder derer mit den lackierten Fingernägeln. *Pforte* wäre die treffendere Umschreibung – *Himmelspforte* sozusagen.

Petrus vom Stadtbauamt nimmt uns freundlich auf. Er weist uns den Weg zu den in den rostigen Pfützen stehenden Schrottcontainern, dem gleichsam reich gedeckten Gabentisch auf Wolke sieben. Seine Schutzengel schweben als Gemeindearbeiter verkleidet durchs Gelände. Sie beschützen uns davor, dass wir mit unseren weltlichen Gefährten, zwischen rangieren, abladen, rückwärtsfahren, nicht zusammenpoltern.

Gerade will ich mit meinem Anhänger zurücksetzen, schon erschreckt mich mein eigenes Gesicht im Rückspiegel. Dabei entdecke ich gleich mehrere Katastrophen auf einmal:

1. Gekämmt!
2. Gewaschenes Gesicht!

Ich Depp trage noch immer das frische T-Shirt aus dem Kleiderschrank von heute früh! Dermaßen geschniegelt kann ich unmöglich aussteigen. Genauso gut könnte ich hier mit Stöckelschuhen antanzen.

Mit etwas Spucke auf die Hand sind die wenig verbliebenen Haare flüchtig zerzaust. Nur einen minimal erforderlichen Spalt öffne ich die Fahrertür und lange verstohlen mit der Linken in die ölverschmierte Türaufhängung. Jeder Maskenbildner würde kopfstehen vor Begeisterung, wie sich aus etwas Türfett eine dreckige Visage vorgaukeln lässt. Noch hektisch den blauen Arbeitsmantel vom Beifahrersitz geschnappt, anziehen im Auto, *full dressed*, aussteigen, fertig.

Zweimal hupen direkt hinter mir! Wer steht da?

Klaus!

»Hier trifft man sich wieder«, sage ich wie immer.

»Hat sie dich zu Hause auch rausgeworfen? Haha!«

Hab ich auch schon mal gehört.

Instinktiv dem Ruf der Nachbarschaftshilfe folgend, helfe ich ihm beim Abladen seines Schnittgutes, unterdessen wir interessantes Kleingärtnerwissen austauschen.

»Ah, hesch dü oi vu däm schiss Dorneziegs uffm Rase?«

Verzeihung, hier draußen in freier Wildbahn fällt es mir schwer, mich um korrektes Schriftdeutsch zu bemühen.

»Ach, wachsen in deinem Garten auch diese stacheligen Akazien?«, frage ich artig. »Das Zeug verbreitet sich wie verrückt.«

»Mir wachsen die fast in die Himbeeren rein.«

»Apropos, Himbeeren – die kommen immer weniger bei mir.«

»Was nimmst du denn?«

»Wie?«

»Zum Düngen, meine ich.«

Bevor ich mir eine oberschlaue Antwort überlegen kann, gibt er weiter den Agrarexperten:

»Musst ihnen Holzasche geben, das mögen die. Und nur leicht unterharken – sind Flachwurzler, weißt du.«

Die Geschichte mit der Holzasche muss er vor Jahren in sein Nachtgebet mit eingeschlossen haben – ich kriege die nämlich schon zum dritten oder vierten Mal vorgepriestert. Möglicherweise hat sie auch aggressive Methode. Als langjährig erfahrener Psychiatriekrankenpfleger sind mir solche versteckten psychischen Bosheiten durchaus geläufig. Denn *er* heizt mit Holz. Wie soll *ich* bitteschön aus Heizöl Holzasche zaubern?!

Zielstrebig wackelt er um meinen Wagen, um ebenfalls mein (vermeintliches) Grünzeug abzuladen und schaut dabei verwundert in den leeren Anhänger.

»Bin schon fertig«, bremse ich seinen Tatendrang.

Bevor er kehrtmacht, bleibt sein Blick unter meinem Hänger kleben, wo sich ein übersichtlicher Haufen vergammelter Zucchini tummelt, den Klaus offensichtlich als meinen abgeladenen Biomüll ansieht. Es vergehen drei Sekunden ... Klaus glotzt mich vorwurfsvoll mit aufeinandergepressten Lippen an, dreht sich um, schüttelt nochmals zornig den Kopf, steigt in seinen Wagen, mein mangelndes Schuldgefühl abermals mit verbiesterter Zornesröte durchbohrend, braust davon und lässt mich verstört zurück.

Ich bin mir keiner Schuld bewusst und untersuche mittels rechter Fußspitze arglos den Zucchinihaufen. Ich habe keine Ahnung!

Zwar noch nicht vollständig Herr meiner Sinne, doch schon zum Containershopping aufgebrochen, spähe ich wie vom Donner gerührt in den Schrottbehälter. Hatten Sie schon einmal ein Déjà-vu, die beklemmende Ungewissheit, eine Situation schon früher einmal erlebt zu haben? Man setzt sich mental mit einem Gegenstand intensiv auseinander, und plötzlich liegt er vor einem – das Zugeisen! Das in blau lackierte Flacheisen schien mir im Baumarkt zu teuer, während des Laminatverlegens war es mir ständig in den Sinn gekommen – hätte ich doch nur ... Und nun liegt es in dem Schrottcontainer, zwar verbeult, aber immer noch blau.

Was die Leute so alles wegwerfen! Und wieder erfuhr meine Sparsamkeit eine Bestätigung, wie sie ihr zugegebenermaßen in dieser sensationellen Form, doch eher selten zuteil wurde.

Leider entgeht mir ein Schrottmitbewerber, der, während ich mein Zugeisen bewundere, zwei kleine ca. einen Quadratmeter große verzinkte Gartentorelemente in seinen Anhänger rettet. Wer zuerst kommt, mahlt zuerst – basta! Mit dem sittenverderblichen Ellbogenverhalten unserer weiblichen Freunde am Kurzwarenwühltisch zu Schlussverkaufzeiten also nicht vergleichbar. Unsereiner akzeptiert neidlos das darwinistische Vorbild und seine natürliche Auslese.

Alternierend zwischen Fortüne und Hochmut stecke ich mein Eisen nicht etwa geringschätzig in die Manteltasche, sondern verschließe es standesgemäß, als wär's ein Goldbarren, sicher im Kofferraum, ehe ich das dort gelagerte Papier und Glas seiner korrekten Bestimmung zuführe.

Doch auch der Papiercontainer ist mir heute großzügig gesonnen. Die Ausgabe des *Playboy* scheint schon älteren Datums, was mich nicht hindert, darin nach Bildern von schnellen Autos und guten Berichten zu blättern. Hefte en masse wie bei Ebay – nur billiger!

Die Gemeindearbeiter, die eben noch zu viert um diesen Altpapierbehälter standen, verschwinden mit ein paar abgegriffenen Hochglanzmagazinen unterm Arm derb lachend in ihrer Hütte. Müssen wohl grad akut Vesperpause haben.

Der Gewinner der beiden Gartentörchen liest auch vertieft im Männermagazin und lässt dabei seinen Hänger unbeaufsichtigt.

Das Aluminiumbecken enttäuscht heute. Kein Lochblech, das als Abtropfgitter für die Farbwalze zweckentfremdet werden will, nirgends ein Topf als Untersetzer für den Oleander auf der Terrasse. Meine liebe Christine duldet den letzten Untersetzer vom Recyclinghof einzig und allein, weil Mausi selbigen als Trinknapf mitbenutzt.

Zum Abschluss der Inspektion noch ein Rundgang durch das Spielwarengeschäft alias *Container für haushaltsübliche Kunststoffe*. Wie ein großes Kinderzimmer mit Plastikstühlen, Plastiktischen, altem Spielzeug, zerbrochener Micky-Maus-Figur und Barbie-Badewännchen. Darin hätte man locker noch ein paar Setzlinge einpflanzen können. Schon so manchen Gartenzwerg habe ich im Laufe meines Recyclinglebens aus diesem »Kinderzimmer« gerettet – und ebenso manchen hat die liebe Gattin wieder entsorgt!

Zwischen Balkonchaiselongue und Wäschezuber erfüllt sich mein Wunschzettel nach einem Ersatzschlauch, falls die Swimmingpool-Pumpenleitung mal leck werden sollte. Vom Containerrand hier oben komme ich an das gute, vergilbte Schlauchstück jedoch nicht ran. Fremde Besucher müssten die Arbeiter jetzt bitten, den Container betreten zu dürfen. In meinem Fall reicht ein vertrautes Nicken zum Fundort völlig aus: Die kennen mich schon! Letztes Mal hatten die sich köstlich amüsiert, wie ich in dem ganzen Plastikzeug fast ersoffen wäre.

Heute gibt es nix zu lachen – schon gar nicht bei mir daheim. Ich habe mir nämlich eben mein rechtes Jogginghosenbein vom Knie abwärts an so einem blöden kaputten Kunststoff-Weinregal aufgeschlenzt!

A cappella, ohne instrumentale Begleitung, höre ich schon in Gedanken den Song, den mir meine liebe Frau Gemahlin vorsingen wird. Na ja, einen Trost habe ich: Lausiger als ich aus diesem Container wird sie auch nicht aus der Wäsche gucken.

Vor dem Schraubstock in meiner Werkstatt stehend, bekomme ich gelegentlich kalte Füße. Da kann ein kurzer Schlenker zu der Teppichresteabteilung nicht schaden. Die Menagerie an Kakerlaken, Maden sowie diverser Kleinlebewesen, die mir entgegenmiefen, als ich das trügerisch passende Teppichstück aufrolle, rät mir allerdings:

Dann frier lieber!

So, jetzt aber genug getrödelt. (Kennen Sie das Sprichwort *So sehr man auch trödelt, es wird nicht früher*?) Genug Flohmarkt. Die kostenfreie Teilnahme an der Tombola, bei der man sich Preise aussuchen darf, so viele man will, werde ich nächste Woche wieder aufsuchen. Während ich den Fetzen einer schwarzen Stofffahne am rechten Hosenbein gleich einem Trauerflor nachziehe, blicke ich noch einmal wehmütig zurück auf die überdimensionalen Wühlkisten des städtischen Schlaraffenlandes. Als würde man seine Geliebte am Bahnhof verabschieden. Das Winken kann ich mir gerade noch verkneifen …

* 3 T * 3 T * 3 T * 3 T * 3 T * 3 T * 3 T * 3 T * 3 T * 3 T *

Das erste und momentan einzige Geschöpf, das mich zu Hause empfängt, ist Mausi. Wie so oft mitten im Hof sich in der Morgensonne aalend, sodass ich wieder mal voll bremsen darf. Mit Anhänger lässt es sich am Berg ja so schön anfahren! Heimlich stelle ich mir bei dieser Gelegenheit vor, wie wunderbar wärmend sich ein Katzenpelz vor dem Schraubstock ausnehmen würde … Aber das arme Vieh kann ja nichts dafür, dass es taub ist.

Der akute Heimwerkerdrang, das Zugeisengeschenk sogleich auszuprobieren, muss zurückstehen. Der Pumpenschlauch wird später getestet. Unterm guten alten Vordach findet der Anhänger, samt zwei kleiner Gartentorelemente schließlich seinen Platz.

Ich habe momentan allerdings ganz andere Sorgen: die Jogginghose!

Schritt eins, und zwar zackig: schwarzes Teil ausziehen, blaues anziehen.

Schritt zwei: Wohin mit der schwarzen Hose?

So kreise ich desorientiert im Hof ums Auto rum, mit einer zerrissenen schwarzen Pluderhose überm Arm.

Rrrrattrrr!

Hausmeisterin Christine zieht den Rollladen hoch – zu schnell, um mir irgendeine Fluchtmöglichkeit zu gönnen! Das Fenster vom Schlafzimmer kippend belfert sie:

»Was treibst du denn da, mitten im Hof?«

»Äh …«

»Und was ist mit der Hose los?«

Es ist nur sekundär die xanthippische Schärfe, mit der sie meinen Tag begrüßt sowie meine schöne erfolgreiche Erfinderlaune verdirbt. Was mich viel mehr fuchst, ist die einseitig vom geöffneten Fenster ausgehende Diskussionsbereitschaft, die letzten Endes ein einseitiges Kommunikationsangebot an die Nachbarn darstellt. Die freuen sich natürlich über das Tratsch-Sonderprogramm.

Generell, liebe Leserin/lieber Leser, muss man um die gravierende Morgenmuffeligkeit meiner lieben Frau wissen, um die Situation richtig einzuschätzen. Berücksichtigt man diese aber, wird sich niemand trauen, in dieser kritischen Zeit mit ihr ein Gespräch anzufangen oder gar leichtsinnigerweise eine Frage zu formulieren, bevor sie die erste Tasse Kaffee geschlürft und die Todesanzeigen hinter sich gebracht hat.

Einmal hatten wir am Vortag vereinbart, am nächsten Morgen das Kletter-Efeu an der Fassade zu stutzen, ich würde schneiden, sie die Leiter halten. Also fragte ich wohlgelaunt bei Madame an. Da war sie allerdings noch nicht mit den Traueranzeigen durch.

»Wann wollen wir loslegen?«, so lautete meine Frage.

Während ihrer unverzüglich folgenden empörten Belehrung, die mich innerhalb von 30 Sekunden vom Hausherrn zum Hausklaven deklassierte, war ich dem Himmel unverzüglich dankbar, dass sie in diesem Augenblick noch nicht die Leiter hielt, denn sonst wären die Todesanzeigen zwei Tage später um meinen Namen reicher gewesen!

Aber jetzt, umgekehrt kann man's machen! *Sie* darf mich selbstverständlich in Diskussionen verwickeln, wenn *ich* keine Lust habe. *Ich* habe ja keine Rechte! Auf *mich* braucht *sie* ja keine Rücksicht zu nehmen! *Ich* bin hier ja nur der Knecht! Was Jupiter darf, darf ein Ochse noch lange nicht!

So steht meine in flagranti degradierte Wenigkeit, bar einer dringlichst gesuchten Antwort auf die Hosenfrage, immer noch nervös im Hof. Ausgerechnet jetzt kommt Mausi, dieses oftmals unschuldige, gehörlose, dennoch dankbare Argument für so mancherlei familiäre Misslaune, punktgenau vorbeigeschlichen.

»Mausi!«, brülle ich in verlogener Betroffenheit zum Fenster, derweil ich das stark verformte Kleidungsstück hoch halte.

»Ich steige aus dem Auto, da fällt die mich doch total überraschend von hinten an und beißt mich voll in die Wade! Ich versuche noch, sie *vorsichtig* loszuschütteln, damit ihr und der schööönen Hose nix passiert, da schlitzt die mir tatsächlich mit ihren scharfen Krallen glatt das Hosenbein auf!«

»Und dann?«

Diese Frage impliziert keinesfalls ein Interesse an meinem Gesundheitszustand, wie die sich anschließende Frage eindeutig beweist.

»Du wirst das arme Kätzchen doch nicht etwa gescholten haben?«

Mit stark nachlassender beziehungsweise nicht existenter Lust auf weitere Konversation humple ich decouragiert zum Kellerhals in Richtung häuslicher Baustelle. Mit den Scherben vom Wasserwaagen-Glasauge ziehe ich mir ein paar senkrechte Kratzer in die Wade: Man kann ja nie wissen, wenn man *Miss Columbo* zur Ehefrau hat.

Rod Steward krächzt *First Cut is the Deepest* aus dem alten Kofferradio.

Larissa, unsere Frühaufsteherin, meldet sich mit einem neutralen *Morgen, Va...* Mein spielerisch böser Blick weckt ihr Lächeln.

»Morgen, va-dammt lieber Papa! – Was! Schon so viel?«, erkennt sie lobend die bereits verlegte Bodenfläche an.

»Ich wäre schon fertig, aber schau mal: da!«, sage ich und strecke ihr den »schwerverletzten« Fuß entgegen.

Ich krempele das Hosenbein hoch, gewiss, dass sie das Leid ihres Vaters keinesfalls für sich behalten wird.

»Soll ich ein Pflaster holen?«, erkundigt sie sich aktiv, tröstend ihr Händchen um meine Schulter legend.

Nach einem kurzen Besuch bei der Hausapotheke eilt Lissie samt Pflaster und Mama zurück ins Lazarett – bereit zur Visite.

»Ach herrje, du Ärmster!«, entäußert Frau Doktor ihr Mitleid, während die Bee Gees *You Win Again* im Radio singen.

Mit dem billigen *Wenn wir gleich operieren, können wir das Bein eventuell noch retten*, scheint die Therapie meiner lieben Hausärztin abgeschlossen und beendet die Sprechstunde.

Während Larissa und ihr kranker Papa sich über die Unberechenbarkeit von Wildkatzen einig sind, schwebt die liebe Frau Doktor leichtfüßig mit gewinnendem Grinsen sowie einer vertrauten dunklen Beinbekleidung zum Verletzten und seiner Ersthelferin zurück.

»Schau mal, Larissa!«, flötet sie, das Corpus delicti übertrieben breit auf dem jungfräulich neuen Parkett auslegend, »wusstest du, dass wir ein Zauberkätzchen haben?«

Tochter mustert Papa – Papa mustert Tochter – beide mustern Mama ungläubig.

»Siehst du, Kindchen, da hat Zaubermausilein das rechte Hosenbein zerrissen.«

Alle drei starren auf selbiges.

»Und der arme, arme Papa blutet am *linken* Unterschenkel …«

Larissa ist nicht von gestern, sie kapiert sofort die Botschaft ihrer augenzwinkernden Mutter, und ergänzt frech:

»Du, vielleicht trug Vadder ja auch ein Zauberhosilein!«

Die Damen geben sich souverän, hauen sich augenzwinkernd »alle Fünfe« und verschwinden unter an Spott nicht zu überbietendem Gelächter in der Küche.

Übrigens, die Bee Gees habe ich noch nie richtig leiden können …

Auf Parkettieren habe ich jetzt irgendwie keine Lust mehr. Die halbe Stunde bis zum Mittagstisch soll dem aus dem Plastikcontainer erworbenen Poolschlauch gehören. Die Dreckbrühe aus dem ergatterten Pumpenschlauch entleert sich prächtig aus dem einen Ende in meinen rechten Schlappen, derweil das andere mit dem Durchmesser der vorhandenen Leitung verglichen wird. Immerhin: Es passt.

Auf der Terrasse verbringe ich die restlichen Minuten mit so lustigen Tätigkeiten wie säuberlich abgebissene Mäuseköpfe den Hang runterwerfen, eine eingeweichte rechte Socke aufhängen oder zum x-ten Mal die Gummibälle aus dem Ablauf fummeln, den die Kleine mit ihren Freundinnen als Minigolfloch missbraucht. So, noch schnell ein paar rote Schnecken vom Blumenkohl zur letzten übriggebliebenen Zucchini übersiedeln, schon ruft Luise – sie muss also auch schon wach sein – lauthals zum Mittagessen.

Luise fragt mich in ihrer burschikosen Art:

»Und? Warst wieder auf dem Recyclinghof? Hast was gefunden? Langsam müsstest du 'ne VIP-Karte für dort haben, oder?«

Mein Lieschen interessiert sich nicht wirklich für das Thema – immerhin tut sie wenigstens so. (Das könnte der lieben Frau Köchin auch nicht schaden!)

Es ist immer noch Samstag, das heißt, zum Mittagessen braucht man sich nicht wirklich auf ausgefallene kulinarische Experimente einlassen. Wir nennen das *Restetag*, wobei ich als Bezeichnung allerdings *Wochenschau* bevorzuge, was allerdings bei der Frau Köchin nicht besonders gut ankommt und sogleich eine ausführliche Rechtfertigung ihres schmucklosen Daseins nach sich zieht.

»Koch *du* doch das nächste Mal. Wenn *du* einkaufen gehst, dann reicht's höchstens für einen Tag. *Ich* kann dann am nächsten wieder losziehen. *Du* würdest ja wegen jedem Käse in den Supermarkt rennen. *Ich* kann mir das nicht leisten. Auch wenn ich nur halbtags im OP stehe. *Ich* habe halt noch andere Sorgen. *Wer* bringt *deine* Jacke in die Reinigung, hä? *Wer* besorgt den Kindern die Winterklamotten. Und *wer* muss hier an alles denken, hä?!«

Also bleiben wir lieber bei *Restetag*.

Was riecht denn hier so komisch? Luise, Larissa und ich rümpfen zeitgleich die Nasen, als hätte ein Dirigent den Takt dazu gegeben. So langsam und Böses ahnend, wie wir drei die Rüssel in Richtung Herdplatten dirigieren, so missmutig ziehen wir selbige wieder zurück. In sechs erschrockenen Augen ist das schlimme Wort mit »Z« zu lesen: *Zucchini*! Oha! Meine grauen Zellen fassen den heutigen Vormittag kurz zusammen: Ehefrau mit Sägearbeiten geweckt, Hose zerrissen und heilige Hauskatze verleumdet. Nun sich obendrein noch geringschätzig über das Festbankett äußern? Ich bin doch nicht lebensmüde!

Mensch, Papa, sag was, so ähnlich starren mich die Mädels an, *sonst müssen wir das Zeug auch noch essen*. Mein halbherzig zugeflüsterter Trost, wonach wir froh sein können, keine langhalsigen Giraffen zu sein, hilft da leider nicht wirklich.

Diplomatie ist angesagt. Meine langjährige Erfahrung mit psychisch Kranken lehrt die Aufwertung von Menschen, die in ihrem Selbstwertgefühl gestört sind. Ressourcen fördern nennen wir das. Christine scheint da weniger gefährdet, was mangelndes Selbstvertrauen betrifft. Vielleicht hilft Psychologie ja trotzdem!

»Die Salzkartoffeln sehen aber lecker aus heute«, beginnt meine taktisch behutsame Ouvertüre.

»Wieso *heute*?«

»Hmm ... und knusprige Schnitzel«, flöte ich weiter.

»Tja, ohne Zucchini kein Schnitzel!«

Erpressung!, denken zwar alle Anwesenden, aber niemand spricht es aus. Auch versteht keiner der drei Zucchini-Abstinenzler, wenn Christine gegenüber Dritten behauptet, dieses Gemüse sei *unser* Lieblingsgemüse.

Christine leitet den Lunch ein, schöpft großzügig. Luise, an der schmalen Tischseite lädt den Schöpfer voll, lässt diesen jedoch in einer unbeobachteten Sekunde, als ihre Mutter ihr Fleisch von der Gabel zerrt, zur Hälfte wieder herausschwappen.

»Nimm nur«, ermutigt Mama zur zweiten Portion.

Larissa bohrt auffällig mit der Zunge um die Zahnspange herum, als würde sie dort ein Argument suchen, wie weiches Gemüse dentaltechnisch kontraindiziert sein könnte. Aber sie findet keins und versteht, zurückhaltend schöpfend, die Ironie ihrer Mutter:

»Achtung, Achtung – könnte gesund sein!«

Als letztes Opfer ist die andere schmale Stirnseite dran, also ich. Während ich langsam, sehr langsam, mein Schnitzel von der Platte spieße, versuche ich mein Glück mit verbaler Ablenkungstaktik.

»Sag mal, Christine, woher hast du eigentlich die vielen Zucchini? Unsere im Garten haben doch alle diese hinterhältigen Schnecken gefressen?«

Bei *hinterhältig* schüttle ich deutlich verächtlich den Kopf.

»Von Lisa«, klingt die Antwort lakonisch stolz.

»Wie?«, schaue ich verblüfft, mich noch nicht trauend, das Fleisch ohne Gemüsebeilage anzuschneiden.

»Na, wie viele Lisas haben wir wohl in unserer Nachbarschaft, hm?«

Mein Verstand arbeitet hin in eine signifikante Richtung, die ich sicherheitshalber durch weiteres Befragen zu bestätigen suche.

»Lisa Gerber? Die Frau von Klaus?«

Christine lehnt sich leicht ungeduldig mahnend zurück, mit beiden Handflächen herrisch auf den Tisch hauend.

»Ja sag mal, hast du sie noch alle? Hast du Amnesie?! Lisa Gerber, die Frau von Klaus – Ja! Ja! Ja!«

»Wann? Ich meine, wann hast du die Dinger von ihr gekriegt?«
»Was für Dinger?«
»Na«, mit der rümpfenden Nase in den Gemüsetopf zeigend, »die Rübendinger da ... die Zucchini halt!«
»Kommst du neuerdings von der Lebensmittelkontrolle, oder was? Gestern Vormittag war sie da und hat mir einen ganzen Korb aus ihrem Garten mitgebracht. Du hattest Frühdienst. Wir hatten uns über Schnecken unterhalten.«

Ein Wortspiel, welches mir grad auf der Zunge liegt, als ich mir die beiden Damen vorstelle, halte ich tunlichst zurück.

»Ich sagte Lisa, dass in unserem Garten ganz besondere Feinschmecker tafeln würden. Da lägen ringsherum runtergefallene Tomaten oder wüchse leckerer Blumenkohl und Gurken – aber unsere fressen ausschließlich Zucchini.«

Sie stockt und prüft mich mit ungläubigen Blicken. Dann kehrt sie mit ihrer typischen, vermeintlich harmlosen Oberinspektormimik in die Gegenwart zurück.

»Mensch, du hast ja noch gar keine auf dem Teller!«, ruft sie aus und ertränkt mit drei großzügig beladenen Kellen das bis dahin so schön knusprige Schnitzel.

»Da werden sich Lisa und Klaus aber freuen, wenn dir das so gut schmeckt, mein Schatz! – Guten Appetit!«

»Gute Idee«, antworte ich. »Dürfte ich mir ein bisschen davon in einen Tupper einpacken?«

Die liebe Christine hätte wohl mit jeder Bemerkung gerechnet – nicht jedoch mit dieser. Schließlich weiß sie nichts von der ganzen Recyclinghof-Verwechslungskomödie – und das ist gut so.

Klaus dachte, ich hätte die von seiner Frau Lisa geschenkten Zucchini geringschätzig auf dem städtischen Komposter entsorgt.

So beabsichtigte ich, dem zu Unrecht beleidigten lieben Klaus von *seinen* Zucchini, die selbstverständlich niemals auf dem Recyclinghof landen würden, kosten zu lassen. Christine zeigte sich hocherfreut über die neu entdeckte Wertschätzung ihrer Kochkunst – sogar gegenüber den Nachbarn macht der Gatte neuerdings Werbung.

Der Hauspsychologe hat wieder mal ganze Arbeit geleistet und lädt seine zufriedene Gattin auf die Terrasse ein. Eine rauchen. Während ich den Qualm der Zigarillo inhaliere und die Mentholzigarette von Christine vor sich her dampft, räumt der Nachwuchs das fragwürdige Bankett weg. Die Große deckt den Tisch ab, etwaige Reste kommen in die Tupperdose. Larissa ist grundsätzlich für die Spülmaschine zuständig. Wir gucken von draußen durch das Küchenfenster zu, wobei wir uns einig zunicken, dass Kinder auch was ganz Praktisches sein können.

Luise plärrt durch das gekippte Fenster:
»Da liegt noch 'ne Tierarztrechnung. Soll ich die am Montag mitnehmen?«
»Oh ja«, antworte ich. »Was war das noch gleich für 'ne Rechnung«, füge ich scheinbar interessiert am Wohlbefinden von Mausi hinzu.
»Für meine tierärztlichen Leistungen am ... blabla«, liest Luise, »Impfungen: Katzenseuche, Schnupfen ... blabla, Krallenschneiden ... blabla, erlaube ich mir ein Honorar von ... blabla zu berechnen.«
Beim *Krallenschneiden* fängt Inspektor Christine vielsagend an zu grinsen.
Zielstrebig klemme ich mir unbemerkt von der gestrengen Frau Gemahlin die Tupperschüssel Marke *Party-Sonne* aus der Modellreihe *Party-Trio* samt Zucchini und Schnitzelresten unter den Arm und stopfe hastig einen kleinen Frühstücksbeutel in die Jeanshosentasche. Vor der Haustür stopfe ich das Schnitzel, gedacht als kleines Vesper für mich, in den Frühstücksbeutel. Man will ja nicht, dass sich die lieben Gerbers um so ein kleines Schnitzelchen streiten müssen, schließlich trägt man als Nachbar Verantwortung!
Klaus öffnet die Garagentür, als alter Bastler ist auch er dort meist zu finden. Im Moment feilt er an einem selbst geschweißten Schaukelhaken für Sven herum – so heißt sein Dreijähriger. Entgegen seiner gewohnten unkomplizierten Freundlichkeit, wir domizilieren immerhin schon gute 20 Jahre Haus an Haus, wirkt er noch immer reserviert.
»Hier trifft man sich wieder, was?!«, klopfe ich ihm kumpelhaft auf die Schulter, wohlwissend um den achselseitigen Trumpf im *Party-Trio*.
Mit »Du, ich hab was Feines hier für euch«, öffne ich den Plastikdeckel und halte ihm das Horrorgemüse unter die Nase.
»Bäääh! Sind das etwa Zombini?«
»Zombini?«, wiederhole ich verstört.
Klaus:
»Entschuldige, aber weißt du, so nennen Sven und ich die Dinger heimlich. Wir beide mögen das gar nicht. Aber Lisa erzählt bei jedem Kaffeekränzchen, dass dieses Rübenzeugs das Lieblingsgemüse von uns sei!«
Mein schallendes Lachen wird allenfalls mit angepasster Höflichkeit erwidert. Nach der Auflösung unseres heutigen Recyclinghof-Missverständnisses und meiner familieninternen Zucchiniphobie bricht auch er in lauthalses Lachen aus.
»Grüß dich, Mike«, ertönt unvermittelt hinter uns auftauchend die angenehme Stimme der rassigen Lisa.
Ich grüße die ebenso sympathische wie hübsche Nachbarin, die von Beruf Gärtnerin ist und immer ein freundliches Wort für ihre Mitmenschen übrig hat, zurück.

»Schöne Grüße von Christine. Ich habe euch hier was Feines …«, will ich bei ihr punkten, doch Klaus' entsetzte Zucchinihasser-Fratze lässt mich verbal umdisponieren.

»*Feines!* Was sag ich! *Feiles* wollt ich sagen, also, ähm, *Feile*. Klaus war so freundlich, mir seine Feile auszuleihen.

»Na ja, ihr zwei Oberbastler werdet schon wissen, was ihr tut.«

Klaus ist zu beneiden um so viel uneingeschränkte Toleranz, denke ich mir.

»Übrigens«, fährt Lisa mit ein paar Rosen, Gerbera und ähnlich bunter Flora unterm Arm fort, »hier, die darfst du für Christine mit hoch nehmen, hab ich gestern von der *Oase* mitgebracht. Wir dürfen mit heimnehmen, was nicht mehr so ganz frisch ist, weißt du? Ich find, die sehen noch ganz gut aus. Die halten bestimmt noch 'ne Woche. Und sag ihr schöne Grüße.«

Klaus tritt wieder entspannt zur Seite; sein Hinterteil muss die geheime Tupperschüssel nicht mehr verdecken.

Liebe Leserin/lieber Leser! Keine Angst, ich werde Sie fürs Nächste nicht mehr mit nachbarlicher Namensflut verwirren – etwas konzentrieren sollten Sie sich halt schon!

Zu Ihrer Information hier ein Nachbarschaftsüberblick:

Klaus Gerber ist eigentlich Werbekaufmann – aber seit vielen Jahren bei einem acht Kilometer entfernten Fensterbau tätig. Seine Frau Lisa, eine hübsche Blumenfee, verkauft und berät in der *Blumen-Oase*. Beide sind in unserem Alter, also Anfang 40. Und dann wollen wir natürlich nicht ihren munteren dreijährigen Junior Sven unterschlagen.

Sie haben den zweiten Stock für sich ausgebaut (oder erstes OG, wie Sie wollen – von OG spricht im Badischen eh kein Mensch). Unten wohnt Edith, die Mutter von Klaus und Andrea.

Achim, der Stadtangestellte und seine Freundin Andrea sind 30 beziehungsweise 32. Sie haben noch keine Kinder, obwohl Andreas Mama permanent drängt. Die beiden wohnen im eigenen Neubau gegenüber – mit angedachtem Kinderzimmer. Immerhin halten sie sich Marko, den etwa zweijährigen weißen West Highland White Terrier. Vielleicht tut sich doch noch was bei Achim und seiner Freundin – wäre doch zu schade um das kinderliebe Hundchen. Klaus und Achim sind ergo fast Schwäger, weil Andrea Klaus' Schwester ist. Wir »Alten« leben hier auf dem Sonnhof sozusagen in der zweiten Generation.

Ich spiele das Ersatzherrchen von Marko wahrscheinlich aus dreierlei Gründen: Erstens habe ich oft ein Leckerli für ihn bereit. Marko ist Nutznießer meiner Sparsamkeit, denn selbst eine abgenagte Hähnchenkeule wandert bei mir nicht in den Müll, sondern zu Marko. Zum Zweiten scheint er mein heimlicher Sohnersatz zu sein. Würde ich mich mehr mit Sven abgeben, wären mutmaßlich meine Töchter eifersüchtig. Einmal in meinem Leben hatte ich ehrlicherweise die Frage meiner drei Damen, ob ich gerne einen Sohn gehabt hätte, nicht eindeutig mit Nein, sondern mit einem ansatzweise unentschlossenen *Ach!* beantwortet. Seither muss ich höllisch aufpassen und mir jede Bemerkung in eine genspezifische Richtung verkneifen. Zum Beispiel harmlose Äußerungen wie *Ist zwar die falsche Zange, macht ja nichts, geht trotzdem ...* oder *Ich weiß, dein Sohnemann, den du ja nicht zustande gebracht hast, der kennte natürlich sofort den Unterschied zwischen Kombizange und diesem blöden Seitenschneider.*

Als dritten Grund der vertrauten Nachbar-Hund-Beziehung sehe ich Markos Bemühen, sagen wir: sein Bemühen, positiv auf mich einzuwirken und sich von seiner Schokoladenseite zu zeigen. Ich soll ein gutes Wort für ihn einlegen, hat er mir bedeutet, und zwar bei Mausi! Marko erinnert sich nämlich ungern jedoch stets präsent an die erste Begegnung mit ihr, als er gerade ein paar Wochen alt war. Er tapste damals unbeaufsichtigt in Herrchens Hof rum, wackelte zum Tor hinaus und wollte den *Sonnhof* betreten, ungeachtet des ungeschriebenen Gesetzes. Eigentlich ist Mausi das einzige Wesen, das diese Regel kennt. Mausi gilt demnach als alleinige tierische Königin der Straße. Marko muss das wohl noch nicht so ganz realisiert und sich tierische Arroganz angemaßt, sprich: gegen »ihre Hoheit« gebellt haben. Na, jedenfalls hatte seine empfindliche Nase die Krallenhiebe von Mausi bis dato im Hundehirn als ACHTUNG KATZE! gespeichert. In seinem treudoofen Hundeblick las ich: *Sag deinem lieben Kätzchen schöne Grüße von ihrem allseits treu Untergebenen. Ein dreifach Hurra auf* ihr *Königreich Sonnhof!*

Also, zurück in die Garage. Achim ist immer da, wo was geht, und gesellt sich zu uns Männern. Nicht Marko, sondern er selbst nimmt naserümpfend Witterung auf.

»Zucchini? Nee, oder?!«

Seine geringschätzig abwinkende Gestikulation lässt ebenfalls auf vertraute Abneigung schließen. Mit ausgestreckten Zeigefingern, als wollten wir einen Schwerverbrecher der Gendarmerie überführen, zeigen Klaus und ich auf das Plastikteil.

»Pfui Deiwi, eigentlich habe ich uns das neue Schlossbräu mitgebracht – und ihr nebelt hier die Garage voll!«

Ich muss dazu erklären, dass sich an Klaus' Garage ein schmaler Flur anschließt, der wiederum in seinen Hobbyraum führt. Hier hat er auf der langen Glasbaustein-Fensterbank seine Bierflaschensammlung aufgereiht; jede Flasche eine andere Sorte.

»Mit der vollen Schüssel kann ich aber nicht heimkommen, Jungs!«, wende ich ein. Christine würde mich enterben, wenn sie erführe, dass ich ihr hochheiligen Tuppergral als Fressnapf anbiete.
Nun, Marko ist da nicht wählerisch.
»Hmm, feines Fresschen«, stimmen wir höhnisch ein.
Marko scheint satt – aber auch beunruhigt! Er schnüffelt gierig an meiner Hosentasche und scharrt am Hosenladen rum.
»Marko ist doch kein Vegetarier: Jetzt will er noch dein Würstchen«, höhnt Klaus.
»Davon wird er kaum satt werden!«, quietscht Achim vergnügt.
Doch Mike Copperfields linke Hand macht zeigefingerdrehend Abrakadabra, während die rechte gestenreich in der Hosentasche raschelt. Schwupp zieht diese ein leckeres Schnitzelchen heraus. Begeisterter Applaus zwischen Klatschen und Gelächter. Im Gegensatz zu Marko, den es nicht im Geringsten zu interessieren scheint, wo das Leckerli wohl herkommt, wollen Klaus und Achim es doch genauer wissen. Natürlich weiß ich mein Vorhaben in tierliebenden Patriotismus umzudefinieren.
»Das habe ich mir heute Mittag vom Mund abgespart – extra für Marko!«
Westie Marko streckt sich gesättigt in den Flur: mit Nachbars ein Schlossbräu geleert und Zucchinis samt Missverständnis vernichtet.
Post festum lenke ich meine Schritte in die heimatliche Hütte. Lisas Bouquet im Kellerhals vergessend, das leer geschleckte Teil aus *Party-Trio* von der Trio-Party unter dem Arm, wittere ich um halb fünf nachmittags Morgenluft. Denn für den Notfall, falls meine liebe Köchin nach dem fehlenden Tupperinhalt fragen würde, wurde unter uns drei Männern ehrenhaft einstimmig ein Kommuniqué vereinbart, dergestalt wir drei Gierhälse dem verführerischen Duft nicht hätten widerstehen können und alles alleine aufgegessen hätten – sogar ungewärmt!
Kaum zum Hintereingang reingeschlichen: *Hannibal ante portas* (Christine steht vor den Toren)! Ich suhle mich in der Schilderung der manischen Begeisterungsstürme, die die »drei Musketiere« beim Genuss der Zucchinis übermannt hätte, was meiner lieben Frau irgendwie flattiert und die Sache auf sich beruhen lässt. Puuuh! Ich hätte Chiropraktiker werden sollen: so, wie ich Probleme wieder einrenken kann ...
Ich nutze die Nachmittagssonne auf der Terrasse aus und säge dort ein paar Reststücke Laminat plus Sockelleiste zurecht. Während das Kabel der Handkreissäge vom Bock herunterbaumelt, passe ich ständig die Zuschnitte an. Das vom Schrottcontainer gesicherte Zugeisen leistet beste Dienste. Zugleich bellt ein vertrauter Kläffer unter der Säge. Marko muss das Kabelspiel von seinem Hof aus beobachtet haben – entsprechende Hundehalter wissen, dass

39

Westies kreative Spiele ihrer Herrchen und Frauchen lieben. Nun, mein liebes Frauchen gehört nicht zu jener Spezies, die Vierbeiner unbedingt frenetisch liebt – Mausi ausgenommen. Marko toleriert sie immerhin, aus Rücksicht auf gute Nachbarschaft.

Ich hatte dem Hundchen schon Schäufeleknochen an den Kirschbaum gehängt, Fangen gespielt, den Ball in ein Schlammloch geworfen, was Andrea in ihrer anschließenden Badewut als wenig lustig empfunden hatte, oder wie im Zirkus durch den Feuerring, ihn durch das offene schmale Kellerfenster reinspringen lassen, was unseren Vorrat an Marmeladengläsern empfindlich reduzierte.

Jetzt scheint das Elektrokabel seine Vergnügungssucht geweckt zu haben. Christine stört das nicht, wohl weil sie mental noch immer von der nachbarlichen Zucchinibegeisterung getragen wird. Nebenbei, es scheint wieder an der Zeit für das Thema »Unterhosen«, denn die Unterwäsche, die sie neben dem Hundezirkus aufhängt, scheint Markos erhebliches Interesse auszulösen, insofern er daran hochspringt, wenn auch nur ein einziges Mal, da streng von der Wäschegeneralin zurechtgewiesen. Beim zweiten unerlaubten Salto schafft er es doch, Christines Unterhemd runterzureißen. Wobei die Peristaltik seines Magen-Darm-Traktes vor lauter Begeisterung ebenso zu saltoartigen Bewegungen überging, die den Inhalt seines Verdauungsapparates den Zentrifugalkräften der Naturwissenschaften überließ, zu Deutsch: Er kotzt voll auf Christines Unterhemd! Mit spontanem *Elendes Dreckvieh!* sowie angedeutetem Fußtritt folgte stante pede ein striktes Terrassen-Embargo!

Aus meiner handwerklichen Betriebsamkeit herausgerissen, stehe ich angesichts der drakonischen Unerbittlichkeit der geifernden Frau Gemahlin auf der Terrasse bei Fuß! Ihr strenger Gesichtsausdruck lässt ohne Umwege auf die stark angesäuerte Laune schließen. Ihre angesäuerte Laune ist nicht wirklich das einzig Säuerliche. Ebenso stinkt Markos zentrifugal herausgeschleuderter Inhalt gedärmergreifend grün-gelblich zum Himmel! Im selben Moment überlege ich, wen sie mit dem *elenden Dreckvieh!* gemeint haben könnte, denn ihr strenger Blick ist schon seit einer gefühlten Ewigkeit nun auf mich gerichtet!

»Äh, ja, das kommt davon, mir die schönen Zucchini vom Teller wegzufressen!«, versuche ich zu retten, was nicht mehr zu retten ist. »Und mir dann auch noch das Schnitzel klauen!«, setze ich hinzu.

»Welches Schnitzel?!«

Ich meine gesehen zu haben, dass sie die Augen verdrehte.

»Das Schnitzel hast du ihm also auch noch hingeworfen?!«

Es schließt sich eine Predigt an, deren Einzelheiten meine Aufmerksamkeit lediglich fragmentarisch zu speichern willens ist:

»Bei mir zwar kein First-Class-Hotel … aber dem Hund vorwerfen …

Koch *du* doch mal! *Du* würdest natürlich wegen jedem Käse in den Supermarkt rennen! *Ich* muss halt jeden Tag was auf den Tisch bringen! Nicht wie der Herr Bodenleger, der Monate braucht, um die paar Quadratmeter Parkett zu verlegen!«

Oha!

Den Hausherrn an seiner empfindsamsten Stelle verletzen! *Du* hast die Büchse der Pandora geöffnet – auf in den Kampf!, kocht es in mir hoch.

Folgender Dialog entspann sich, bei dem die Rolle des Herrn im Hause übrigens nicht eindeutig zugeordnet werden konnte:

Mike: »Während *ich* mir Mühe gebe, meiner Familie ein schönes Dach über dem Kopf zu gönnen, könntest *du* uns wenigstens mit dem Zucchinifraß verschonen!«

Christine:»Würdest *du* konsequenter bei der Arbeit bleiben, wärst du schon lange fertig! Aber der Herr Dompteur muss ja Marko dressieren!«

Mike:»Jedenfalls hat Marko einen feinen Gaumen. Bei deiner Kochkunst muss der sogar kot...!«

Selbst in größter Not deute ich das böse Wort nur an, denn 22 Ehejahre hatten auch angenehme Seiten (die mir momentan nicht präsent sind).

Christine: »Das Einzige, was hier zum Kot... ist, ist deine Rechthaberei!«

Auch sie bewahrt sich einen Rest von Respekt vor dem einstigen Jawort – von wegen *In guten wie in schlechten Zeiten ...*«

Mike: »Pah! Das einzige Mal, wo du mir nicht widersprochen hattest, war nach meiner Antwort *Du hast ja recht!*«

Die Kinder mögen das lautstarke Zweipersonenstück zwar registriert, andererseits aber keine Notwendigkeit gesehen haben, ihre augenblickliche Tätigkeit deshalb zu unterbrechen. Schlichtung scheint noch nicht nötig. So dröhnt bei der Älteren weiterhin Rammstein, die Kleine telefoniert ausführlich mit der Freundin. (Man hat ja schon so lange nichts mehr voneinander gehört – seit der Schule gestern!)

Ja, ja, das mit der Telefonflatrate war schon 'ne gute Idee, ebenso die Telefonanlage, welche mehrere Mobilteile erlaubt. Man stelle sich vor: drei Frauen und nur ein einziges Telefon – geradezu sittenwidrig!

Christine macht beleidigt in der Küche auf Aktionismus. Ihr missvergnügter Ehemann knallt letzte Sockelleisten lustlos in die Kanten.

»Mensch Papa, du bist ja schon fast fertig«, lobt Luise hinter mir stehend meine Arbeit, bevor sie mit dem Jute- und Geldbeutel ihrer Mutter an mir vorbeihuscht.

»Bis gleich!«

Seit wann gehen wir um kurz vor sechs noch einkaufen? Wir essen doch gleich, denke ich, frage jedoch nicht nach, schon gar nicht bei der lieben Squaw drinnen, sonst fuchtelt die wieder mit dem Kriegsbeil rum.

Larissa hilft geschäftig ihrer Mama Toastbrote zu schmieren, wie ich heimlich durchs gekippte Küchenfenster beobachten kann. Irgendetwas tuscheln die beiden Frauenzimmer, irgendetwas scheint nicht für meine Ohren gedacht.

Nicht dass mir die Gebrauchsanleitung der Handkreissäge unerwartet neue handwerkliche Informationen bieten könnte, es ist viel mehr das vorgegaukelte Lesen derselbigen. Das gewährt mir erstens höchste Aufmerksamkeit auf die geheime Kommandosache im Kücheninneren, ohne zweitens bei der Observation entdeckt zu werden.

Parallel zur Drehrichtung der Sägeblattmutter erfährt hier Mister Bond, diskret über die vorgehaltene Anleitung schielend, interessante Neuigkeiten familieninterner Verschwörung. Mit der Lizenz zum Lauschen gelingt es 007, trotz Scheppern vom Backofenrost oder Zuschlagen der Besteckschublade, wesentliche Gesprächsfetzen zu dechiffrieren:

»... Darf ich den Ananassaft dann austrinken ... Hawaiitoast hatten wir schon lange nicht mehr ... Papa isst das doch so gern, gell ... Luise stinkt's ganz schön, dass sie extra wegen dem Käse einkaufen gehen muss ...«

Derweil stutzt Larissa die runden Hinterschinkenscheiben in passende Quadrate, sodass sie wie von einem technischen Zeichner geplant exakt auf den Toastscheiben Platz nehmen. Die akkurate Arbeitsweise hat sie von mir!

»Haha, da hast du recht, haha, das Einkaufen hätte ich tatsächlich Papa überlassen sollen, haha, der geht doch wegen jedem Käse einkaufen, haha.«

Die Kleine scheint den vermeintlichen Witz der Frau Mama, den ich persönlich als persönliche Boshaftigkeit betrachte, verstanden zu haben, da sich beide amüsiert wieder »alle Fünfe« geben.

»Nee, aber weißt du ... jetzt mal im Ernst«, fährt Christine jetzt mal im Ernst fort. »Ich glaube, ich hatte vorhin deinen lieben Papa ziemlich verletzt, als ich ihn mit *Herr Bodenleger* und so provoziert hatte. Er bemüht sich ja wirklich ... hat ja auch noch andere Sorgen ... muss Geld verdienen, renovieren, Rasen mähen, damit wir's schön haben. Ich bin halt mehr bei euch zu Hause ... Hausaufgaben ... deshalb Hawaiitoast als Wiedergutmachung ...«

Schade, dass diese Erkenntnisse auf dem Wege der Datenschutz-Umgehung meinerseits erworben wurden, und somit beim nächsten Kriegsbeil-Gefuchtel nicht verwertbar sind. Trotzdem, ihre Reue, ihre durchaus angemessene Reue, sollte nicht so schnell zwischen den Toastscheiben verdampfen ...

Aus Versehen gerate ich immer mehr in die Säge-Anleitung, während zeitgleich die Küchenarbeiterinnen ihre Toasts vollenden.

Tragen Sie geeignete Arbeitskleidung! Ja, ja, wenn man sich mit meinen Damen anlegt, muss man sich warm anziehen. *Maximale Leerlaufdrehzahl 4.000/min.* Von wegen! Wenn meine liebe Gattin »leerläuft«, dann sind 4.000 Umdrehungen gar nix! Eine *Einschaltsperre* hat meine Holde leider auch nicht - die redet halt einfach drauf los, sobald ich den Raum betrete. Da wünschte ich mir so manches Mal einen *Maulschlüssel*. (Ein 13er wie in der Beschreibung würde aber garantiert nicht ausreichen!) *Der Zweihandgriff ermöglicht eine gute Führung.* Pah! Lang Christine mal an, wenn die per *Parallelanschlag* von ihrem anstrengenden Tagwerk vorjammert und gleichzeitig mein Engagement schmälert und meine Autorität beschneidet – und das alles ohne *Schnitttiefeneinstellung!*

Aus dem Hof ist das poltrige Knarren des alten Garagentores deutlich zu hören. Fünf Sekunden später müsste dann eigentlich das Scheppern eines Fahrrades zu hören sein, weil dies nicht an den Ständer gelehnt, sondern schwungvoll zu den übrigen Rädern geschubst wird ... vier, fünf, PENG! Der Papa wird's schon richten, wenn die Vorderlampe zum x-ten Mal hinüber ist!

Bevor Luise luftig mit voller Jutetasche an mir vorbeihuscht, erlaube ich mir, sie mit Hinweis auf die herauslugende *Merci*-Packung vor der Küche abzufangen.

»Na, da hat es Mama aber wieder gut mit dir gemeint«, sage ich auf die Schokolade schielend. »Ist das deine Gratifikation fürs Einkaufen? Jawohl, hast du dir verdient«, bestätige ich gönnerhaft, väterlich stolz über das Dickköpfchen meiner Großen streichelnd.

Meine doch so lieb gemeinte Zuwendung findet sich in versteinerter Miene der Tochter wieder.

»Is was?«, frage ich einigermaßen betreten.

»Is was, is was!«, echot sie wirsch zurück. »Wenn du schon so blöd fragst: Das Geschenk haben Larissa und ich vom Taschengeld zusammengelegt – für euch!«

»Wie für uns?«

Ich blicke nicht durch.

»Wie für uns, wie für uns!«, beginnt sie schon wieder mich mit ungeduldigem Unterton zu zitieren.

Mit *Was ist heute?* startet sie erneut zum Angriff.

»Samstag«, antworte ich zeitlich gut orientiert.

»Und was für ein Samstag, hä? Du hast ihn wieder mal vergessen!«

GING-GONG! höre ich es im Oberstübchen läuten: HOCHZEITSTAG! Oioioioi!

Ein panischer Adrenalinschub weckt meine Fantasie. Jetzt bloß nichts

Falsches zu sagen, indes mir Elvis leise aus dem Kofferradio mit *You're the Devil in Disguise* recht gibt.

»Ach so, du meinst unseren 23. Hochzeitstag …«

Luise zeigt sich verblüfft, dass ich sogar die Jubiläumszahl aufsagen kann, die ich mit selbstsicherer Spontanität geschätzt habe.

»Das finde ich jetzt aber wahnsinnig nett von euch zwei Schätzchen. Sag bitte Mama nichts davon – es soll doch eine Überraschung werden«, vertraue ich ihr listig an, denn ich bin mir sicher, dass sie diesmal den Hochzeitstag vergessen hat. Sonst wäre in den letzten Tagen schon die eine oder andere Bemerkung gefallen, von wegen Essen gehen oder so. Lieschen schmuggelt ihr *Merci*-Präsent nach oben, um es dort festlich zu verpacken, nachdem sie bei uns unten den Käse abgeliefert hat. Die beiden Hawaii-Bäckerinnen schieben zwei Backroste voll belegter Brote in die Röhre. Ich vermute hintersinnig, dass das für die liebe Christine heute nicht der letzte Blick in die Röhre gewesen sein wird.

In der Zwischenzeit holt der Hausherr Lisas gebundene Pflanzenwelt von vorhin plus die Notration Pralinen aus dem alten Kellerschrank und versteckt beides griffbereit hinter die Putzregalecke vor der Küche. Auf dem Weg zum Bad, in Absicht der Händereinigung, schlendere ich vergnügt durch die Küche, wo ich mittels emporgestreckter Nase ein anerkennendes »Hmm!« verliere. Frisch gewaschen sitzen kurz darauf die Eheleute nebst beider Vertreterinnen der Soap-Generation am gedeckten Tisch. Wo anschließend die Töchter für die Eltern eine schokohaltige Überraschung planen, greift die Frau Mama, noch immer desinformiert, in hässlich orangebraune Topflappen, um die Ofentür kippend etwas zu öffnen. Der Herr Papa eröffnet derweil die subtile Jagd …

»Ich hol grad noch schnell 'ne Flasche Wein aus dem Keller – zur Feier des Tages.«

Ich gestehe, diese Ouvertüre meines Rachefeldzuges nicht ohne Grund gegen die unerbittlichen Vorwürfe der Frauen gewählt zu haben, die in der Behauptung gipfeln, dass wir Männer an Hochzeitstagen grundsätzlich von Blackouts heimgesucht werden. Sie wird der vergesslichen Gattin einerseits genügend Zeit verschaffen, bei ihren Töchtern den Hintergrund für die »Feier des Tages« zu erforschen, andererseits bleibt ihr zu wenig Zeit, ein Gegengeschenk zu besorgen. Nun, das werde ich für sie erledigen …

Mit einer Flasche rotem Spätburgunder lächle ich feierlich in die schon deutlich verwirrte, um Seriosität bemühte Damenrunde. Als Höhepunkt weiterer Verwirrung lasse ich ein entspanntes »Na, wie geht es meinen Lieblingen?« fallen. Während ich zum Korkenzieher greife, mustern die Mädchen verunsichert ihre Mutter, als wenn sie fragten, ob die Antwort *gut* wohl erlaubt sei.

Die Linke hinter dem Rücken verschränkt, schenke ich gentlemanlike mit der Rechten Christines Glas ein. Meines wird ebenfalls gefüllt; die Kinder trinken Sprudel. Mit dem Wortspiel »Ich möchte einen Toast auf deinen Toast aussprechen!« amüsiere ich die Mädchen. Christine schluckt schon auffällig, bevor sie trinken kann, an ihrem schlechten Gewissen. Ihre zunächst auf den Mundwinkel beschränkte zuckende Unruhe, überzieht schließlich ihren ganzen Körper.

»Also zuerst, lieber Schatz, möchte ich mich entschuldigen für meine abfällige Bemerkung vorhin, wegen der Zucchini. Im Grunde kocht niemand so gut wie du. Am liebsten mag ich ja die Langen in der ledrigen Schale, so mit fadem Doppelrahmfrischkäse und Tomatenwürfel, und dann die frischen italienischen Kräuter drauf – hmm!«

Die Angesprochene wirkt ob der melodramatischen Laudatio kurz zwischen ohnmächtig gerührt und hektisch, wegen ihrer noch immer misslichen Gegenleistung. Also, was bleibt ihr anderes übrig, als sich zumindest für ihren zynischen *Bodenleger* zu entschuldigen, obgleich sie wegen meines Zucchini-Lobgesangs sich einer gewissen Ironieunterstellung nicht ganz erwehren kann.

»Du kannst ja nichts dafür ... Das ist halt auch 'ne große Fläche ... Schön ist er geworden, der Laminatfußboden, ganz toll«, stottert sie süßsauer. Ihr schlechtes Gewissen beginnt offenkundig zu gären. Um davon abzulenken, schaufelt sie die durch partnerschaftliche Entschuldigungen unbeabsichtigt länger geparkten und damit stark gebräunten Kanapees auf die Servierplatte. Nur der Schwerkraft ist es zu verdanken, dass sie nicht blamiert hinwegschwebt, als die Mädchen eine viereckige Geschenkpackung unter der Eckbank hervorzaubern.

»Alles Gute zum Hochzeitstag! Wir sind froh, dass wir euch haben!«, tragen sie uns liebevoll vor.

Nach herzlichem Bedanken, Küsschen sowie »gespanntem« Auspacken fahre ich fort:

»So, auch ich wünsche dir und uns alles Liebe zum heutigen Hochzeitstag! Schön, dass wir uns haben! Nun wollen wir aber unsere Geschenke holen.«

Gewiss weiß ich um die perfide Wirkung des Wortes *unsere*. Die sonst so extrovertierte Familienministerin lässt plötzlich ganz introvertierte Züge auf ihrem immer bleicher werdenden Gesicht zu.

Mit der Choreografie eines Tanzregisseurs zu vergleichen, lege ich den einen Arm um der Liebsten Schulter, derweil der andere feierlich die Pralinen übergibt. Ihr *Danke!* wirkt unfreiwillig gehemmt. Der Blumenstrauß, den ich mit leicht vorgebeugter Geste kavaliersmäßig überreiche, betäubt ihr eigentlich so reizbares Wesen nun endgültig. Sie hatte sich schon ausführlicher über

Blumen gefreut, aber diese Erkenntnis lässt sich der Kavalier nicht anmerken. Er beginnt sein angebranntes Brot zu tranchieren und denkt sich listig: Der Appetit kommt beim Essen.

Mit dem Messer rasple ich die winzige Rußstelle von der Toastecke. Normalerweise stört mich krosses Essen nicht – heute mache ich eine Ausnahme!

»Fehlen auch die Kräfte, so ist der Wille doch zu loben«, lasse ich meine Gedanken laut auf den Teller bröseln.

»Hä?!«

»Ach, nur so ...«

»Was?!«

»Ach, nur so ... Ich dachte ja nur, wo du dir mit deinem Hochzeitstaggeschenk solche Mühe gegeben hast.«

Die liebe Jubilarin zieht wieder ihren vorlauten Kopf ein – so ist's recht!

»Ich dachte ja nur«, setze ich neu an, »wo du doch extra zu unserem Hochzeitstag Hawaii-Toast gebacken hast. Ehrlich gesagt, für einen Augenblick hatte ich die Vermutung, dass du dieses freudige Datum vergessen hättest, aber das würde *dir* ja nie passieren, gell?!«

Ich koste von der heißen ausgetrockneten Ananasscheibe, mit der Bemerkung, dass wir ja genügend Wein zum Befeuchten hätten.

»Prost, liebe Chris! Der Käse ist auch schön gratiniert ... Ich meine das, was davon übrig geblieben ist.«

Die Luft in der Küche wird etwas neblig. Ob dies an der offenen Herdtüre liegt, aus der der Ananassaft dampft, oder an der langsam köchelnden Ehefrau, ist nicht klar auszumachen.

Arrogant schiele ich in Mausis Fressnapf, der zur Feier des Tages Larissas abgeschnittene Schinkenränder enthält.

»Na, Mausi, *dein* Schinken ist noch genießbar, was?«

Ein kurzer Tritt von Luise gegen das linke Schienbein mahnt mich zur Mäßigung. Schade, macht grad so Spaß!

Halali!

Ob sie wohl irgendwann entdeckt, dass die Pralinen seit zweieinhalb Jahren abgelaufen sind?

Reumütig dient Christine ihrem Herrn und Meister die Zigarilloschachtel an. Sie darf sich eine *Menthol Light* gönnen. Unter dem Wigwam des Abendhimmels raucht eine kleine zweiköpfige Hochzeitsgesellschaft die Friedenspfeife.

Um etwaig aufschwappendes Oberwasser der psychologisch geschundenen lieben Frau Gemahlin schon im Ansatz zu stoppen, entschließe ich mich, die Friedensverhandlungen im Sinne mittelfristiger Sicherheit zu gestalten.

Da sich die Braut, konträr der 22-jährigen Auswärts-essen-Tradition, für ein lukullisches Festmahl im trauten Heim entschieden hat, kommt diese Wahl durchaus auch meiner sparsamen Art entgegen. Letztes Jahr waren wir beim Griechen. Zuerst ein kleiner Pflaumenschnaps, anschließend leckeres Knoblauchbrot, danach ein schöner Hirtensalat. Als Hauptgericht das Mixed Grill mit Souvlaki, Bifteki, Cevapcici sowie diverse gebratene Variationen von leblosem Getier. Alles mit reichlich Tzatziki. Und als Verrisserle – so nennen wir Badenser die finale destillierte Verdauungshilfe – einen milden Ouzo. Yiamas! Und heute? Hawaii-Toast nach Art des Hauses – da möchte man die Köchin aber nicht bei schlechter Laune an den Herd lassen! Ganz früher gingen wir danach noch tanzen, bevor wir im trauten Heim endlich die strapazierten Füße hochlegten. Noch ein wenig Fernsehen, noch ein bisschen Sex. Dann war's ein gelungener Hochzeitstag!

Nach dem griechischen Füllmaterial überspringen wir gerne (primär ich) heutzutage die Foxtrotteinlage und setzen uns gleich zur Ruhe aufs gelbe Kanapee.

Nun, die heutigen hawaiianischen Kanapees (die glänzten ebenso gelb, wenn die Käsedächer nicht verbrutzelt gewesen wären) besetzen einen eher mittleren Rangplatz, mit starker Tendenz nach hinten im Klassement der 23 Hochzeitsmenüs. Aber billig war's!

Die paar schwarzen Kräcker weiten den Magen nicht übermäßig. Von einer gesundheitsrelevanten Gefahr beim Tanzen zu platzen kann man also nicht sprechen. Etwaige Anstalten meiner lieben Gattin, ihre Pläne aufs Tanzparkett zu lenken, lassen sich mit der beiläufigen Bemerkung *Boah – bin ich satt, bin ich froh, dass ich heute nicht mehr aus dem Haus muss!*, prophylaktisch im Keim ersticken.

Ergo darf man sogleich zum gemütlichen Fernsehabend übergehen und das Bouquet auf den Esstisch stellen, damit die liebe Hochzeitstag-Vergesserin beim Fernsehen den Strauß permanent mahnend vor Augen hat.

»Schön, gell?«, versichere ich mich der griesgrämigen Dankbarkeit. »Ganz frisch gekriegt heute Morgen. Hat mir Lisa persönlich in der *Blumen-Oase* gebunden. Ach ja, schöne Grüße auch.«

Ich könnte mich selber küssen, wie clever ich doch lediglich die Wahrheit verkürzte, ohne dabei richtig gelogen zu haben. Die Pflanzen standen zwar schon seit ein paar Tagen im Laden rum, dennoch habe ich sie tatsächlich heute Morgen gekriegt. Dass Lisa sie persönlich gebunden hatte, stimmt ebenso. In der *Blumen-Oase* stimmte ursprünglich auch. Mann, bin ich cool!

Wie immer, wenn es die Dienste zulassen, sprich Christine und ich zu Hause sind, schauen wir *Tagesschau*. Die Mädchen dürfen oben nicht verpassen, welches der Stimmwunder wieder eine TV-Runde weiterkommt. Herrn Bohlens kleine Philharmoniker lassen uns keine Chance auf familiäre Zusammenkunft.

Nach dem Wetter beginnt wie immer, da man ja aus Fehlern nicht zwingend schlau werden muss, das Geraschel in der Programmzeitung. Bis wir uns einigen beziehungsweise uns gegenseitig erinnern, dass SIE Science-Fiction oder übertriebene Action ablehnt. Dokumentation? Nein, danke. Wenn schon Geschichtsunterricht, dann als epochaler Zweiteiler. ER im Gegenzug empfindet Richard Gere, Brad Pitt oder Linda de Mol als entbehrlich. TV-Geschichte mag ER gerne mit Guido Knopp – SIE mit Schmalz. Es vergehen gut und gerne fünf Minuten. Das mag bei Richy, Brad und Linda unwichtig sein – da kann man trotzdem weiterträumen, findet ER. Bei 'nem Thriller ist's halt blöd, wenn da einer durchs Parkhaus braust und der Zuschauer verpasst, ob der Typ auf der Flucht oder selbst der Jäger ist!

Heute ist Hochzeitstag. Heute mache ich einen auf Kavalier. Eine Neuverfilmung der uralten amerikanischen Westernserie *Rauchende Colts* lässt der Schnulze von 1999 *Die Braut, die sich nicht traut* den Vortritt. Wer spielt die männliche Hauptrolle? Richtig: Richy Gere. Ich beginne mit »Na, mit der Julia würde ich auch mal gerne ... gute Gespräche führen, haha!« die Fernsehromantik subtil auszuhöhlen.

Sie, liebe Leserin/lieber Leser, haben ja inzwischen von meinem Faible zur Beatmusik erfahren. Dieser Ausschnitt weist jedoch allenfalls auf die Gesamtleidenschaft für das Thema *Funk und Fernsehen* der Sechziger und frühen Siebziger hin.

Ich verpasse kaum eine *Beat-Club*-Wiederholung von Radio Bremen, wenngleich sie erst nach Mitternacht ausgestrahlt wird. Dieselbe sentimentale Begeisterung erfasst mich bei *Bonanza*, *Mit Schirm, Charme und Melone* und *Raumschiff Enterprise*.

Ein ganzes Bücherregal steht mir inzwischen zum Thema Kultserien griffbereit im Wohnzimmer zur Verfügung. Da könnte ich Ihnen Sachen erzählen - ha!

Wenn ich schon *Gunsmoke* (Originaltitel von *Rauchende Colts*) nicht gucken darf, so lassen Sie mich wenigstens etwas Hintergrundinformation an Sie herantragen.

Wussten Sie zum Beispiel, dass *Gunsmoke* die längste TV-Serie war, die je gedreht wurde? Von 1955 bis 1975. (*Bonanza* im Vergleich dagegen »nur« von 1959 bis 1973.) Die Rolle des Marshall Matt Dillon war zunächst für William Conrad vorgesehen. Conrad schien zu füllig, also bewarb man sich bei keinem Geringeren als John Wayne – der wollte aber wohl nicht. So verpflichteten die Produzenten den damaligen Nachwuchsschauspieler James Arness für den Sheriff. Bei dieser Gelegenheit: Arness ist im richtigen Leben der Bruder von Peter Graves, also dem TV-Herrchen vom Fernseh-Klepper *Fury*, dem späteren Chef des *Mission: Impossible*-Teams von *Kobra, übernehmen Sie* Jim Phelps (1967 bis 1973).

Okay, dieser kleine Ausflug meiner juvenilen Erinnerungen mag Sie nicht sonderlich bewegt haben. Sie verfolgen lediglich den Sinn, Ihnen zu illustrieren, welches altruistische Opfer ich für die eheliche Fernsehharmonie erbracht habe.

Zurück also zu Herrn Gere und Frau Roberts. Mit »Wenn man bedenkt, dass Miss Maggie Carpenter zu Deutsch Frau Margret Zimmermann hieße ...« diskreditiere ich massiv die Schnulze.

Während Julia im Brautkleid auf dem Pferd dahergaloppiert, äußere ich laut und vernehmlich: »Da können wir ja von Glück reden, dass es bei unserer Hochzeit schon Autos gab, haha!«, was die Misslaune meiner Holden prompt auf Stand-by setzt.

»Ach jetzt weiß ich wieder, den haben wir doch schon einmal gesehen, das ist doch der Film, in dem die Frau immer, vor dem Jawort aus der Kirche abhaut. Da warst du damals sicherer, gell? Du hast dir gleich den Richtigen geschnappt – der ist dir heute noch treu. Der denkt sogar nach 23 Jahren immer noch an den Hochzeitstag. Soll ja nicht bei allen Menschen so sein!«

»Dann schauen wir halt diesen Scheißwestern an«, zischt sie mit despotischem Unterton und greift wütend zur Fernbedienung.

»Oh Schatz, Entschuldigung, ich sag jetzt nichts mehr. Komm, lass uns weiter Julia Roberts' geilen Knackarsch bewundern.«

»Dieser Sheriff hat aber 'ne Mordsknollennase«, versucht die Unterlegene sich vergeblich zu rächen. Mein Konter, dass man als Marshall 'nen guten Riecher haben muss, demobilisiert die Gegenpartei jedenfalls fürs Nächste.

Obwohl noch keine Werbepause, holt Grandseigneur Mike die angebrochenen Rotweinflasche aus der Küche und angelt zwei Gläser – von den guten – aus der Vitrine.

»Prost Schatzele – auf uns!«

Das Naturschauspiel, wenn ihr der Burgunder in voller Röte in Wangen und Ohren schießt, ist wie immer herrlich anzuschauen! (Denken Sie bitte nichts Falsches, liebe Leser! Eigentlich sind wir alle Sprudeltrinker. Alkohol gibt's eher selten – für die Kids gar nicht.Und wir benehmen uns dabei immer anständig!)

Zum Zwecke der Blasenentleerung verschwindet meine private Julia Roberts auf entsprechendem Etablissement. Beim Wiedereintritt in die wohnzimmerliche Umlaufbahn bleibt sie kurz nachdenkend bei dem noch immer in der Essecke befindlichen Jubiläumsstrauß stehen. Sie läuft um den Tisch und untersucht die Pflanzen von allen Seiten, zupft nachdenklich an diversen Stängeln herum, als stünde sie vasenmäßig vor einem Weltkulturerbe. Ich kann mich der Vorstellung nicht erwehren, dass das geflügelte Wortspiel *Lasst Blumen sprechen* von Christine direkt heraufbeschwört wird. Irgendwas sagen sie ihr, was sie mir nicht verraten haben! Da wird doch der Hund in der Pfanne verrückt (um mit Festus zu sprechen), denke ich und richte meine Aufmerksamkeit wieder auf das eigentliche Geschehen. Ihre hinterspinnige Grübelei rasch durchbrechend, serviere ich meine Zur-Feier-des-Tages-Pralinen. Sie erinnern sich: Die alten aus dem Keller! An der Arbeitsplatte der Küche stehend schnappe ich meine Festgabe irritiert mit beiden Händen, schüttle den Inhalt ein wenig, schüttle abermals und bin beharrlich unzufrieden mit dem kompakten Echo. Ebenso bereitet mir das missliche Gleichgewicht der Schachtel physikalische Sorgen: Warum ist der Karton auf der einen Seite deutlich schwerer? Und woher stammt eigentlich die Delle in der Schachtelmitte, die ich vor Stunden in eiligem Kellertransport nicht registrierte?

Und dann fällt es mir wie Schuppen von den Augen – der kleine Kompressor! Der handliche Hochdruckreiniger – ein Erbstück meines Vaters – hatte ich als Zweitgerät auf dem Regal deponiert und noch etwas weiter nach hinten geschoben, damit vorne mehr Platz bleibt. Ja, und da hat's hintendran so komisch geknistert ...

Aha, dabei sind wohl ein paar zerdrückte Pralinées ausgelaufen – deshalb also die mittige Delle und die Gewichtsverlagerung!

»Miau!«, klagt Mausi aufdringlich, vor dem leeren Napf Stellung beziehend.

»Du kommst mir wie gerufen«, rufe ich, obwohl sie ja taub ist. Trotzdem, schön dich zu sehen!

»MAUSI!«, schimpfe ich überdeutlich aus der Küche, denn Mausi hört ja nicht – im Gegensatz zu Christine!

»Jetzt ist die mir doch voll auf die Pralinen gelatscht!«, klage ich im Wohnzimmer, die Schachtel in ausgestreckten Armen aufgebracht der Beschenkten wie ein Mahnmal hochhaltend.

Die Beschenkte lächelt verhalten.

Ich komme mir vor wie auf dem Bahnhof: Christine aufs Klo – wieder zurück, ich in die Küche – Mausi schleicht rein –, ich ins Wohnzimmer zurück – Mausi will auf die Terrasse. Die Kinder merkt man gar nicht. Jetzt klingelt auch noch das Telefon. Es ist Claudia, Christines Cousine. Sie war unsere Trauzeugin. Eigentlich haben wir schon auf ihren Anruf gewartet – sie denkt fast immer dran. Christine telekommuniziert mit ihr inzwischen eine gute halbe Stunde. Wie jedes Jahr die gleichen Themen:

»Ja, ja, damals waren wir noch jung und knusprig – jetzt sind wir nur noch knusprig, haha.«

Claudia ist von Haus aus Friseurin und zurzeit arbeitslos. Trotzdem ist sie nicht untätig. Sie ist recht unkompliziert und geht ohne Ängste an jeden Job heran, hilft in der Landmaschinenwerkstatt ihres Bruders und dreht im Call-Center unbedarften Leuten unnötige Telefonverträge an. Seit einem

Dreivierteljahr hilft sie in der bereits erwähnten *Blumen-Oase* aus. Samstags! Samstags, weil Nachbarin Lisa am Wochenende für ihr Söhnchen Sven keinen Babysitter bekommt.

Sie ahnen das drohende Debakel? Ich nicht – noch nicht!

Wir erinnern uns: Heute ist Samstag, und gestern habe ich die Blumen in Klaus' Garage von Lisa geschenkt bekommen, die sie aus der *Oase* mitgebracht hatte, weil sie schon etwas welk und nicht mehr zu verkaufen waren. Und wegen Sven arbeitet Lisa samstags nicht. Und ich habe Christine allerdings gesagt, dass ich die Blumen heute (Samstag) bei Lisa persönlich in der *Oase* gekauft habe. Oha!

Noch ahne ich nichts von den telefonischen Machenschaften, in denen die Frau Kommissarin ermittelt und bin nur etwas erstaunt, weil sie, nachdem der Hörer aufgelegt ist, das Blumengebinde samt Vase ergreift und auf den kleinen Fernsehtisch platziert – genau zwischen uns beiden. Sodass uns nichts anderes übrig bleibt, als wortgetreu durch die Blume zu sprechen.

»Schön, gell?«, fragt sie impertinent, den Strauß gehässig anstarrend.

Mein Versuch, den Roten zu goutieren und ihn mit dem Bardolino, den wir am Gardasee gekostet haben, zu vergleichen, scheitert kläglich. Frau Derrick grinst süffisant.

»Prost!«, stoßen wir an, »Auf unvergessliche Hochzeitstage!«, ergänzt meine bessere Hälfte prickelnd. Mit einem gespielt lässigen Fingerzeig weise ich auf die Pralinenschachtel und beginne, diese zu öffnen, nicht ohne vorher auffallend kopfschüttelnd den respektlosen Katzentrampel zu schelten. Ein latentes Händezittern macht sich, wegen Frauchens unvermutet wiedererstarkten Selbstbewusstsein bei mir bemerkbar. Der heutige Playboy-Abend scheint in akuter Gefahr!

Mit dem Herbeistellen der Blumen hat sie den Karabiner herausgeholt. Wann wird sie das Bajonett aufpflanzen?!

Ich starte einen neuerlichen Ablenkungsversuch mit den Pralinen. Er soll den Feind zunächst milde stimmen. Noch ist es viel zu früh für Kapitulation.

»Und? was spricht Claudia so?«, bemüht sich der Galan, während er versucht, den Konfektdeckel abzuheben, was einfacher klingt, als es ist, denn Deckel, Raschelpapier und Billigtrüffel an sich sind ein Konglomerat eingegangen. Einzelne goldene Folien sind mit einem Branntwein-Zuckerguss kandiert, als hätte man drei bunte Socken übereinander angezogen, um anschließend die innere nach außen zu stülpen. Die Schokolade war sicher einmal dunkelbraun gewesen – das verraten zumindest die Bilder auf der Verpackung. Die hell angelaufene Schicht weist die kluge Hausfrau auf Schokolade älteren Datums hin. Sollte womöglich der weiße Belag ein Index für mich sein, nun die weiße Fahne zu schwenken?

»Mensch Mausi, da hast du aber ganze Arbeit geleistet! Ich glaube, das schmeißen wir alles weg!«

»Aber nicht doch«, lädt mein Gegenüber den Karabiner durch, »wo du dir doch solche Mühe mit deinem Hochzeitsgeschenk gemacht hast! Das kann man teilweise sicher noch essen. Lass mal sehen«, tröstet sie zickig, während sie den karamellisierten Boden umdreht.

»Haltbar bis …«, liest sie laut vor und rechnet dabei zweieinhalb Jahre zurück, dabei schimpft sie, kaum überzeugend, über das infame Geschäftsgebaren des Einzelhandels, das nicht davor zurückschreckt, abgelaufene Produkte zu verkaufen!

»Das bringen wir gleich am Montag zurück – du hast sicherlich noch den Kassenbon – du hebst ja immer alles auf, gell?!«, stichelt mir ihr Bajonett vor der Nase rum.

»Sie hatte heute Morgen gearbeitet.«

Außer Stirnrunzeln kann ich dieser Message nichts Inhaltliches abgewinnen.

»Claudia meine ich. Du wolltest doch wissen, was Claudia so gesprochen hat. Es war heute in der *Blumen-Oase* wohl nicht viel los – nur sie und ihre Chefin … Lisa arbeitet samstags ja nicht …«

So kratzt die liebe OP-Schwester mit ihrem scharfen Skalpell die Fassade von der Legende des Ehemannes ab, der sich von selbst an den Hochzeitstag erinnert. Sie kommentiert fortwährend voller Genugtuung meine Körperreaktionen mit ihrer OP-Erfahrung und benutzt dabei ihre Zunge wie ein kleines Chirurgenmesserchen. *Kardiospasmus* (Speiseröhrenkrampf) diagnostiziert sie triumphierend mein Bemühen, ein Gammelpraliné hinunterzuwürgen.

»Soll ja oft vorkommen bei *Konfabulationen* (freies Ausfüllen von Erinnerungslücken).«

Die ausgetrocknete Schnapsbohne zwingt mich zum Husten, der wiederum entweder als »Schwindelhusten« wahlweise »Lügenkatarrh« differenzialdiagnostisch offen verhandelt wird. Dabei beneide ich Major Nelson, der in den TV-60ern seine freche *Bezaubernde Jeannie* bei Bedarf in die Flasche zurückjagen durfte.

Jedoch ein Gemütsathlet wie ich weiß, und sei es auch mit dem letzten Atemzug, dem exekutiven ehelichen Flaschengeist mit Humor zu trotzen.

»Der Husten kommt doch nicht von den Pralinen. Mir muss noch eine Ecke von dem nekrotischen Hochzeitstagstoast in der Kehle stecken!«

Unter herzlichem Lachen spülen wir mittels Spätburgunder alles an Resten von Toast, Pralinen, Vorwürfen und Gemeinheiten herunter.

»Danke, dass du nicht mehr sauer auf mich bist«, reagiert die liebe Christine wohlwollend. »Aber immerhin war's bei mir das erste Mal«, korrigiert sie mit der zarten Tönung eines Dementis.

»Ja, von mir auch – merci für deine gnädige Gnade«, erwidere ich konfliktlösungsorientiert.

Kaum dass ich mich für ihre gnädige Gnade gnadenvoll bedankt habe, ziehen wir beide im Gleichklang die Augenbrauen hoch und beginnen deckungsgleich zu grinsen, während unsere Köpfe in Richtung Küche nicken.

Während 22 Ehejahren – oh Verzeihung: 23, wir wollen den heutigen Tag nicht schon wieder vergessen! – hatten wir uns schon so manches Mal beim selben Gedanken ertappt.

Händchen haltend wie frisch Verliebte verharren wir vor der Kücheneckebank und strahlen in die Ecke, in der das Radio steht. Vor dieser kleinen Stereo-Sound-Maschine (für 29,95 Euro mit CD und Kassettenteil) schmeichelt eine unscheinbare aber doch wunderschöne Packung *Merci*-Schokolade uns entgegen – das einzig ehrliche Hochzeitsgeschenk!

Wir verweilen noch eine gefühlte Ewigkeit mit feuchten Augen ob des Reichtums von zwei gesunden Töchtern. Wie oft sind uns die beiden Teenager schon auf den Keks gegangen mit ihrem Rummaulen, ihrer Besserwisserei und Arbeitsscheu. Doch dieser Anblick entschädigt für alles. Ich selbst vermag nicht, obwohl ich mich in diesem Buch an vielerlei Wortspielen verlustiert habe, unser im Bild einer Pralinenschachtel symbolisiertes Glück in Worte zu fassen. Nur wer selbst Kinder hat, versteht den Segen, den ich ausdrücken will.

»Lass uns nach oben gehen zu unseren Kindern, von uns traut sich ja jetzt eh keiner, die *Merci*-Packung aufzumachen. Es ist das schönste Hochzeitsgeschenk, geschenkt von unserem allergrößten Hochzeitsgeschenk, unseren Kindern nämlich, und das wollen wir alle gemeinsam vernaschen!«

»Na, was machen denn unsere Popstars?«, begrüße ich die beiden bequem auf dem Futonbett der Großen liegend.

Selbstverständlich habe ich vorher angeklopft!

»Mensch, Vadder!«, maßregelt mich die Kleine.

»Klar, ich meine natürlich: Superstars!«, korrigiere ich mich.

»Sind Mark und Lauren noch dabei?«, fragt ihre Mutter fachmännisch – Pardon: fachweibisch.

Da kann ich natürlich nicht mithalten. Trotzdem beweist sie mir gegenüber Fairness und verzichtet auf allzu hinterspinniges Namedropping um Voting, Ranking *and things like that*, sondern legt die Pralinen mitten auf den Futon. Wie um ein Lagerfeuer sitzt jetzt eine vierköpfige Familie um den Futon herum und referiert über den Unterschied von Nuss und Noisette, tauscht herbe Sahne gegen Marzipan, lutscht an Mokka oder Edelrahm, so lange, bis

400 Gramm vollständig verputzt sind. Zwischendurch lachen drei weibliche sowie eine männliche Kehle herzhaft über erwachsene Dummheiten eines vergesslichen Hochzeitspaares. Mit »Schlaft gut, ihr Schätzer!« und einem Reigen dicker Küsse trennt sich zu später Stunde Jung und Alt.

Jetzt fehlt nur noch das Bisschen, wovon es heute Nacht ruhig ein bisschen mehr sein darf ...

Ich will es mal folgendermaßen formulieren: Zwei Milkaherzen wollen in den vier Milka-Lila-Wänden miteinander verschmelzen, um für einen entlastenden Ausgleich für diesen zeitweise unbefriedigenden Crazy-Samstag zu sorgen ...

Als Belohnung darf ich für diese Nacht mein Nomadenleben aussetzen, sprich: Ich muss nicht ins Gästezimmer emigrieren. Ob ich tatsächlich schnarche, ist anschließend ziemlich unerheblich ...

Luise – keine ist wie diese!

Kindergeschichten über gefräßige Ziegen, Beinahe-Nobelpreise, Schmusedecken, Penisneid und andere schiefe Türme

Sie haben eben miterlebt, wie erquicklich es sein kann, Kinder zu haben. Aus diesem Grunde sei hier ein ganzes Kapitel der Erstgeborenen gegönnt.

Selbstredend gab es schon vor dem Januar 1991 ein Eheleben, ohne Kinder, mit Berufsausbildung beiderseits, Bundeswehr, Umzüge, Disco, Urlaub und diversen mehr oder minder freudigen Lebensinhalten. Mit den Schwiegereltern sowie den beiden Katern Freddy und Peter – die zwei waren damals die heimlichen Herren im Haus –, war die Großfamilie zwar zu sechst, dennoch ohne echte Menschenkinder.

Freddy hatte den Übergang vom Katzenkind zum Baby recht nahtlos gestaltet, als er in der bereitgestellten Säuglingswippe Platz nahm. Der Umstand, dass selbiges Gerät am warmen Heizkörper der Küche (heutiges Büro, oben) stand, nahm er kuschelig an.

Peterle, der etwas introvertierte Tiger, musterte den zukünftigen Dauergast aus der Gynäkologie aus sicherer Distanz unter der Kücheneckbank.

Die herzliche Begeisterung von Oma und Opa über ihren Enkel-Schatz muss ja nicht sonderlich betont werden. Jeden Tag brachten sie dem Nachwuchs neue Vokabeln bei: *Ja was!* oder *Ei-ei-ei!* Schon bald wussten sie die Lektionen zu steigern und kombinierten sie mit leichtem Händeklatschen und wilder Gestik wie *Ja, ei-ei, wo isch sie denn?*

Zur Ehrenrettung meiner Schwiegereltern muss ich betonen, dass die heutigen Gebrauchsworte von Luise – zum Beispiel *voll geschmeidig* oder *dumm wie Brot* – nicht zum Wortschatz von Oma und Opa gehörten.

Aber zurück zum Januar 1991, als ein kleiner Wurm von edelster Abkunft – sprich von mir und Christine – aus allen Kräften seines schrumpeligen Leibes schreiend, das Neonlicht der Krankenhauswelt erblickte.

Den Zeitpunkt vor dem Mittagessen fand ich etwas unpassend, zumal mir die Geburt dann auch noch das Mittagsschläfchen verdorben hatte! Nun gut, somit hatte auch ich ein schmerzliches Opfer zur Entbindung beigetragen.

Er sollte Oliver heißen. Darauf hatten Chris und ich uns schließlich nach Benjamin, Sebastian und diversen semimodernen Stammhaltervornamen geeinigt. Leider konnte ich meinen »Notfall«-Favoriten *Rebecca* nicht durchbringen; zum Trotz gestattete ich Christine auch nicht ihre *Larissa* – noch nicht, denn viereinhalb Jahre später hatte sich das sogenannte schwache Geschlecht wieder einmal durchgesetzt, doch dazu später!

Klar, war ich bei der Geburt dabei – bin ja schließlich ein aufgeschlossener Mensch!

Schon während der Fahrt in die Klinik vermittelte mir Christines unentspanntes Stirnrunzeln sowie der schubweise angespitzte Mund, einhergehend mit unästhetischen Zischlauten, dass die ganze Situation irgendwie von Eile getrieben schien.

Während des Entspannungsbades der Schwangeren im Krankenhaus probierte ich heimlich in dem als freundliches Schlafzimmer eingerichteten Entbindungsraum eine leicht freizeitbetonte Schonhaltung einzunehmen, um meinen Mittagsschlaf nachzuholen. Die deutlich missbilligende Mimik der plötzlich eintretenden Schwesternschülerin bedeutete mir so etwas wie klares Fehlverhalten. Kaum hatte die liebe Mutter in spe wieder Platz genommen, nahm sie eine gebärfreudige Stellung ein, die ich so hektisch mit der letzten gemütlichen Schwangerschaftsgymnastikstunde für Paare gar nicht in Erinnerung brachte. Dann ging's los – pressen, hecheln, pressen, hecheln. Die genaue Reihenfolge habe ich nicht mehr im Kopf. Das gequälte Säuglingsköpfchen guckte mittlerweile schon raus.

Hinter der blut- und schleimverschmierten Schutzmaske konnte ich bereits klare männliche Gesichtszüge erkennen! Hurra, es ist ein Junge! Gott sei Dank hatte ich diese vermeintliche Gewissheit für mich behalten – was hätte Hebamme Irene sonst von mir gedacht?!

Derweil krallte die werdende Mutter beim Pressen ziemlich unfein ihre Nägel in meinen Unterarm. Ja, ja, die Schmerzen bei der Geburt waren nicht leicht für mich, aber ich hielt tapfer durch! Selbst nach der psychischen Aufregung und den einschneidenden Fingernägelabdrücken war ich mir nicht zu schade, dem Baby die Nabelschnur durchzuschneiden; die Hebamme hatte mir dabei Gut attestiert. In stolzer Erwartung blinzelte ich dabei dem neuen Familienmitglied dorthin, wo es sich schlagartig als Familienohneglied strampelnd präsentierte! Per Reflex scannten meine Blicke das Leintuch danach ab, ob dort vielleicht nicht irrtümlich etwas verloren gegangen war.

Die routinierte Hebamme muss meine Verwirrung registriert und mich mit einem *Sie haben ein gesundes Töchterchen – herzlichen Glückwunsch!* in die Realität zurückgezerrt haben.

Na gut, dachte ich dann irgendwie doch zufrieden. Vielleicht wächst in der Pubertät ja auch noch was nach – bis dahin werden wir ihn jedenfalls Luise nennen.

Schon beim anschließenden Baden (was ihr wenig Spaß zu bereiten schien) –

hab natürlich auch ich gemacht – hatten wir beide, der frisch gebackene Papa und seine Tochter, Freundschaft geschlossen, und ich das Badewasser um ein paar Freudentränen aufgefüllt.

Obwohl ich der neuen Mama den meisten Stress abnehmen konnte, wirkte auch sie etwas mitgenommen. Es muss wohl hauptsächlich von der Freude um ihr kleines Baby hergerührt haben.

Sie kennen Rooming-in im Krankenhaus? Das Wöchnerinnenkonzept, wonach Mutter und Kind ständig im gleichen Zimmer sein dürfen? Wo sich beide intensiv kennenlernen können? Wo die innige Verbindung erlebt und gefördert wird? Wo der Mama permanent das Krakeelen der Babys um die Ohren dröhnt? Wo sie nie Ruhe findet? Wo sie 24 Stunden täglich darüber grollt, wer ihr dieses Konzept eingeredet hat?

»Ein paar Tage wenigstens möchte ich noch Ruhe haben«, gegenargumentiert die erfahrene Krankenschwester recht bodenständig. *Anlegen* (für Männer: das bedeutet Stillen; Anm. d. Verf.) und schmusen – gerne. Aber Wickeln kann ich sie zu Hause noch oft genug.«

Gesagt, getan! (Entspricht ja auch der Tradition, dass vorzugsweise das getan wird, was die liebe Christine sagt.)

Andererseits war es etwas nachteilig, bei jedem meiner zahlreichen beiden Besuche, den Anblick auf das Kindchen hinter einer Glasscheibe zu erbetteln!

Nach sechs Tagen dann durften Mutter mitsamt kleiner Reproduktion, unser gesamtes Haus zum Rooming-in erklären.

Kaum von der Plazenta getrennt, befehligte das winzige Fräulein Oma, Opa, Mama, Papa, ihm stets zu Diensten zu sein. Außer Freddy und Peter. (So weit kommt's noch, dass sich Katzen von Menschen erziehen lassen!, haben die beiden, nun etwas in den Hintergrund gedrängt, womöglich gedacht.)

Dass Katzenhaare, Flöhe oder andere unheilvolle Kollekten in der Babywiege der kleinen Luise gesundheitlich schaden könnten, das ging zwar zum einen Katzenohr hinein, doch ohne bleibende Spuren zum anderen wieder raus. Was blieb uns also anderes übrig, als die Schlafzimmertür permanent geschlossen zu halten (das Kinderzimmer war zwar schon eingerichtet – die Wiege stand vorerst im elterlichen Schlafgemach)! Freddy, der es gewohnt war, als graue Eminenz (obwohl eigentlich schwarz-weiß gefleckt) zu jeder Ecke vom Sonnhof Zutritt zu haben, bedankte sich für die Enklave aufs Herzlichste mit spendablen Pfützen vor der Schlafzimmertür!

Kennen Sie den Unterschied zwischen Psychologie und Pädagogik? Nein? Ich, ehrlich gestanden, auch nicht so hundertprozentig. Jedenfalls dürfen Sie bei der Psychotherapie bei Katzen nie den Eindruck einfließen lassen, sie erziehen zu wollen – sonst geht's garantiert schief!

Es war also keinesfalls so, dass Freddy nicht mehr in der Wiege nächtigen sollte. Nein, wir hatten ihn so schrecklich lieb, dass er fortan im großen Ehebett schlafen durfte. Machte ja nichts, wenn ich mich nicht mehr zudecken konnte; auch an Katzenpupse auf dem Kopfkissen gewöhnte man sich!

Ja doch, es muss sich schon prima anfühlen, der Herr im Haus zu sein!

Beim täglichen Badetag war stets Highlife! Selfmademan Mike kreierte ad hoc eine Holzauflage auf dem Badewannenrand für das Zuberchen, mit Brauseschlauch-Aussparung sowie Abflussloch – in Bahamabeige, wie alles im damaligen Bad (oben). Der Ablauf erwies sich übrigens als völlig unnötig, denn das hydrophobe Lieschen hatte, sobald die ersten Tropfen ihre Fersen nässten, dermaßen panisch das Schreien und das Strampeln angefangen, dass am Ende der Waschzeremonie kaum noch ein Tropfen im Zuberchen war. Das meiste schwappte in unsere Klamotten und Pantoffeln.

Endlich zurück auf dem Wickeltisch – endlich in Sicherheit! (Na ja, wie man's nimmt – Sie erinnern sich an den Freiflug, während ich mit Achim nur kurz über das geplante Garagentor im Hof diskutierte.)

In der völlig überhitzten Dampfgrotte Badezimmer wurde Baby trockengeknuddelt, eingepudert, gekämmt, gestriegelt und gespornt. War ja auch einfach, denn wer hat wohl über dem Wickeltisch ein praktisches Windel- und Wickelutensilien-Regal gebaut mit *Pluto* als schöne Laubsägearbeit obendrauf? Sogar eine Holzhalterung für die Papiertücher war integriert. Mein Vorschlag allerdings, eine Küchen-Dunstabzugshaube, die ich umsonst von meinem Papa hätte kriegen können, über der Waschmaschinen-Wickelauflage zu installieren, erfuhr ein unzweideutiges Veto der Gattin. Die gruben- und sumpfgastypischen Aromen, welche aus den Windeln respektive aus dem Windeleimer – selbst bei schnellstem Öffnen – emporstiegen, empfand ich als ganz und gar nicht ladylike! Aber Spaß beiseite, man kann schimpfen über mich, was man will – ich habe mich nicht vor dem Wickeln gedrückt! Da war ich Krankenpfleger genug, um Popos abzuwischen.

Sogar, aber bitte erzählen Sie's nicht weiter: Sogar gestillt hätte ich die Kleine, zwar nicht unbedingt mitten in der Nacht – irgendwann will ich ja auch meine Ruhe haben, muss schließlich wieder früh zum Dienst – aber sonst, zwischendurch mal, gern!

Ersatzweise durfte ich die Schoppen auskochen. Waschen, auskochen, auf das Geschirrtuch zum Abtropfen stellen – Mann, ging mir das auf den Keks! Dann doch lieber Frühdienst auf Station!

Weniger geduldet waren jedoch die gelegentlichen kleinen nachdienstlichen Abstecher zum Baumarkt. Oder, noch gefährlicher: Eis essen mit der hübschen Kollegin! Oha!

»Du könntest mich ruhig etwas mehr unterstützen. Ich hab hier kaum Zeit, mir die Haare zu waschen, und du hockst mit anderen Weibern rum.

Ist schließlich auch deine Tochter. Hast doch nun genug Frauen zu Hause … Gefalle ich dir plötzlich nicht mehr, oder was?«

So in etwa habe ich die Predigten in Erinnerung nach meinen harmlosen Ausflügen mit Silke, Sylvia oder Daniela. Komisch war nur: Nach dem Elektronikmarkt-Besuch mit dem männlichen Kollegen Bertram gab sich die Leidgeplagte milder:

»Und? Wie geht's dem Bertram so? Hab ihn ja schon ewig nicht mehr gesehen. Bring ihn doch mal mit.«

Eines Tages hatte ich aber keine Lust auf Anschiss zu Hause, hatte im Dienst schon einen bekommen, gratis – vom Psychotherapeuten! Ich wäre ein unmöglicher Geizkragen, hatte er mir unterstellt. Man muss dazu wissen, dass ich auf Station auch für das Bestellwesen verantwortlich bin. Vom Bleistift im Stationsbüro bis zur Ausstattung in den Patientenzimmern. Der Herr Diplompsychologe bettelte schon wieder um Druckerpapier – obwohl ich ihm letzte Woche schon fast 20 Seiten zur Verfügung gestellt hatte. Meine Empfehlung, das Papier beidseitig zu bedrucken, löste neulich schon eine gewisse Disharmonie zwischen uns beiden aus. Heute, nach meinem ökologisch sinnvollen Vorschlag, in kleinerer Schriftgröße zu drucken, endete die kurze Unterhaltung in eben diesem unberechtigten *Geizkragen*.

Lieschen, inzwischen etwa ein Vierteljahr alt, empfing mich strahlend in der Babywippe. Ich glaube, sie freute sich riesig, mich zu sehen. Das unruhige rechte Füßchen scharrte, bis das Söckchen am Boden lag – ein klares Indiz für ihre Freude. Ich kann mich überhaupt nicht mehr erinnern, welchen Hokuspokus ich an sie heranlaberte, als ich sie auf meinem Arm wiegte, aber es ist so rührend, noch mal die Videos von damals anzuschauen. Ebenso die nächste Szene: Ich lag auf der Sitzecke im Wohnzimmer (braunes Velours – also der Vorgänger der gelben) … Siesta … Luise bäuchlings auf meinem Bäuchlein … kniff mir in die Nase und sabberte an meinem Hals herunter – herrlich!

Die Datumseinblendungen auf den Videos erweisen sich als ganz praktisch. Es war also im Mai, als Lissie das erste Löffelgericht serviert bekam, irgendwas mit Karotten und Huhn. Augenscheinlich waren sowohl an als auch in den beidseits orange kolorierten Bäckchen gelbe Rüben auszumachen. Das Hähnchen musste man sich halt denken. Nach ein paar Minuten muss ich die Filmerei dieser Szene abgebrochen haben, denn Luise reckte ihr Köpfchen beharrlich nach der jeweiligen Position des Kameramannes, was Mama mit ungeduldiger Mine missbilligte!

So könnte ich schwärmerisch jede Sequenz des Filmes, ergo jedes Bild der Fotoalben kommentieren. Im Sinne der Leserschaft will ich besonders markante Erlebnisse herausgreifen – zum Beispiel das Thema: alternatives Spielzeug.

Luise, es war inzwischen Sommer, saß auf dem Küchenboden, neben der

Spieldecke – sie saß meistens genau daneben; einen Laufstall-Knast hatten wir nie errichtet. Rasseln, Püppchen, Bärchen, Plastikauto, das komplette Standardprogramm. Es könnte nicht schaden, das Töchterchen behutsam in die kreativen Fußstapfen ihres Vaters zu schieben. Also weg mit dem ganzen 08-15-Zeugs. Als Christine vom Kaffeetrinken bei ihrer Mutter unten hochkam, fanden Mama und Oma ein zufriedenes Kind inmitten von Küchentuch-Papprollen, hölzernen Vorhangringen, Arzneilöffelchen, Plastikverschlüssen, sowie diversem Krimskrams wieder.

»Oh, das gefällt dir doch nicht ... Hat dir der Papa deine schönen Sachen einfach weggenommen? Böser ...«, klagten die beiden Erziehungsberechtigten einvernehmlich, ohne mich und meinen Stolz auch nur ansatzweise wahrzunehmen.

Bedrückt musste das Kindchen mitansehen, wie Vorhangringe und Co. eingesammelt wurden, als wären sie vergiftet, und stattdessen Rasselgedöns reimportiert wurde. Das bestürzte Heulen erklärten die beiden Spielverderber mit *Musst nicht mehr weinen, du darfst jetzt die schönen, richtigen Spielsachen wiederhaben!*

Meine Schwiegermutter ist eine herzensgute Frau. Immerhin hatte sie und ihr Mann mir das Liebste, nämlich ihr einziges Kind, anvertraut. Gleichwohl gründet das sprichwörtlich angespannte Verhältnis zu Schwiegermüttern sicherlich nur auf einer unglücklichen Verkettung traditionell plumper Gerüchte. Trotzdem beginne ich den Missmut einiger Schwiegersöhne nach der oben beschriebenen Episode allmählich nachzuempfinden ...

Sie entsinnen sich noch, wie Luise und ich das Hoftor gestrichen haben?

Die Vorwürfe, ich würde einen Bub aus ihr machen wollen, hatten sich endgültig verdunkelt, nachdem Lieschen die Küche erhellte! Ihre Mutter hatte sich seinerzeit, Luise war ungefähr zehn, mürrisch ins Wohnzimmer zurückgezogen, weil die Küchenlampe kaputt war. Sie müsse auf Papa warten, bis der vom Spätdienst heimkehre, damit sie wieder Licht in der Küche bekämen, jammerte Frau Mama.

Luise erkannte das Problem und eilte in den Keller, zuerst zum Verteilerkasten, den sie penibelst beschriftet vorfand. Die Sicherung hatte sie ausgeschaltet. Was machte sie anschließend? Sie griff zielstrebig zum Ersatzglühbirnen-Karton. Zugegeben, dass Wattzahl und Kolbennorm passten, war reiner Zufall. Defekte Birne rausgedreht, neue reingedreht, wissend, niemals in die Fassung langen zu dürfen, Sicherung eingeschaltet: Licht brennt! (Entwarnung an alle Erziehungsberechtigten: Sie darf ohne mein Beisein nicht an elektrischen Schen hantieren. Aber da ich ihre Neugierde kenne, erkläre ich lieber alle Sicherheitsmaßnahmen vorher.)

Meisterin Lampe muss die Herrin der Finsternis ziemlich beeindruckt haben. Ich selbst war dienstbedingt leider nicht bei dieser elektrotechnischen Installation zugegen. Nach meiner Rekonstruktion hatte die liebe Christine ihre missglückte klassische Rollenverteilung etwa mit einem kleinlauten *Das nächste Mal soll das der Papa machen, das ist zu gefährlich für dich!* verteidigt.

Jahre später darf Luises Zusammenzimmern des Futonbetts oder die Montage ihres Wandregals parallel zur typisch feminin gefärbten Berufsausbildung der Erzieherin als koexistent einhergehen, sogar im Namen der Mutter. Danke!

Ich meine, Luise könnte heuer ihr Fahrrad selbst aufpumpen, sie hätte ohne Weiteres das Geschick dazu, das ich ja immerhin mit ihr eingeübt habe. Trotzdem zeigt sie sich geschickt genug, dies nicht zu wollen, um dafür den Herrn im Hause zu schicken! Oder, wie es Maestro Verdi verlauten lassen würde: *La donna è mobile* – eine Frau ist veränderlich!

Von den Glühbirnen wieder zurück zum Gemischtwarenhandel auf der Spieldecke. Dort bemühte sich das Küken inzwischen um die Kunst des freien Trinkens. Der Tee im Fläschchen wurde im Übrigen immer gern genommen. Das zur Trinkposition günstige Zurücklehnen des Hinterköpfchens endete anfangs allerdings mit schmerzhaften Poltern des selbigen auf dem nackten Küchenboden. Tja, wärest du auf der Decke hocken geblieben, dann hättest du ein Polster gehabt!

Ihr *Dudu*, also ihr Schnuller, war fest mit ihrem Gesicht verwachsen, damit schaute sie aus wie hinter einer Taucherbrille. (Mein aus eigener südbadischer Stammessprache gewohnter Begriff des *Lulli* durfte offiziell nicht gebraucht werden – angeblich würde Luise das nicht verstehen.)

Mit dem abstehenden blonden Haarwirbel-Schnorchel und dem grünen Strampler sitzt Fräulein Froschmann wieder perfekt ausgerüstet auf der Decke. Die Taucherausrüstung war auch notwendig im roten Meer von verschüttetem Früchtetee!

Den eingeschlagenen Weg des Tierpräparators hatte Luise später beruflich nicht mehr weiterverfolgt, obwohl sie ihrem stummen Spielgenossen, dem Stoffhasen so geduldig sämtliche Löffel ausgerissen hatte.

Apropos Löffel: Christine war etwas enttäuscht, als sie ihrem Töchterchen den allerersten Löffelbiskuit feierlich überreichte und Luise ihn anstandslos und routiniert verköstigte, ohne damit spielen zu wollen oder ihren interessierten Blicken zu unterziehen. Mamas gestrenger Blick zu Luises Papa sagte in etwa: *Hast du sie etwa heimlich schon mal mit Keksen gefüttert?* Jedenfalls ließ ich den denunzierenden Zornesausbruch mit gespielter Unschuld unkommentiert und dachte daran wie recht Alfred Hitchcock doch hatte, als er sagte: *Richtig verheiratet ist der Mann, der jedes Wort versteht, das seine Frau nicht gesagt hat.*

Sobald ich die Küche betrat, kam mir Luise mit ausgestreckten Ärmchen sowie aufgeregt wippenden Windelbewegungen entgegen, wobei sie zur Begrüßung die »Taucherbrille« ausspuckte und mir, sobald sie auf meinem Arm war, eine geheimnisvoll verschlüsselte Botschaft ins Ohr brabbelte. Es dauerte nicht lang und ich konnte sie enträtseln:
»Du bist ein ziemlich toller Papa ...«
Tja, ein schlaues Kind!
Schlau erwies sich das Kind auch hinsichtlich kreativer Fortbewegung, zum Beispiel wenn ihr auf dem Küchen-PVC vorne das verschnupfte Rotznäschen herunterlief und sie brustwärts mittels Strampelhose den Schmodder resorbierte, um das verschmierte Pfützchen hinten mit wischenden Füßchen wieder trocken zu polieren.

Spätestens nach dem dritten, vierten »Quietsch-Gong« war es Zeit, die Kleine zu befreien, sprich: die beiden Schuhschranktürchen zu öffnen, um den kleinen Wunderfiz (badisch für: neugieriger Mensch) davor zu setzen. Sonst hätte sie sich den ganzen Vormittag das Türchen an den Kopf gegongt! Dass die Primaten zu den höchst entwickelten Säugetieren zählen sollen, schien sich an solchen Exempeln nur schwer rechtfertigen zu lassen.

In null Komma nix war erneut Tabula rasa, das heißt, sämtliche Schuhpaare von Mamas Schuhschrank rausgefegt. Luises entzücktes auf die Oberschenkel Klatschen konnte nur heißen:

Da capo – nochmals von vorn: Stell du die Schuhe wieder rein – damit ich sie wieder rauswerfen kann!

Wenn ich mich in diesem Moment vor dem PC umdrehe, um auf dieses Schränkchen zu blicken, das in der renovierten Wohnung noch am gleichen Fleck steht, dann erkenne ich, warum Lieschen schon damals wohlweislich Platz für eigenes Schuhwerk schaffte! Schauen Sie sich das doch mal an! Vier paar Stiefel, als wäre sie für Iffezheim angemeldet, Turnschuhe, normale Schuhe flach, halbhoch, hoch – und alles in Schwarz. Vor 15 Jahren konnten sie nicht bunt genug sein!

Obgleich die Geschichte etwas abschweift – ich komme gleich auf Baby Luise zurück –, muss ich an dieser Stelle unbedingt mein Erlebnis mit Christines Schuhschränken erzählen. Im Grunde waren diese platzsparenden Wandklappdinger – anthrazitfarben, gebürstete Blechoptik – nicht als ihre, sondern als unsere zwei Schränke gedacht. Der Große mit drei Klappen für die liebe Gattin, der Kleine mit zwei Fächern für mich. Darunter eine Art Schuhbänkchen für die aktuell Getragenen – etwa acht, neun Paar für sie und ihn. Soweit die theoretische Planung ...

Sie entsinnen sich noch der Badablage? War ebenso viel Platz, ebenso für beide konzipiert. Langer Rede kurzer Sinn: Hinter den fünf Klappen waren

Damenschuhe jedweder Stilrichtung versteckt. Auf dem Bänkchen durfte der Herr des Hauses hingegen wahlweise ein Paar Schlappen oder Halbschuhe oder Winterstiefel abstellen – mehr Platz blieb für ihn nicht übrig!

Das Bänkchen aus passendem Wellblech-Dekorplastik hatte ich anschließend um die Fläche für zwei weitere Paare erweitert. Sie können sich denken für wessen Schuhe?

Man könnte die ganze Chose zwar nochmals verbreitern – aber jetzt hab ich keine Lust mehr!

Zurück zur Pampers-Robbe, die mittlerweile zum höheren Krabbelkomfort übergegangen war. Es war weniger den Wäscheklammern, die sie aus dem Körbchen fischte und einzeln die Treppe runterwarf, sondern eher der überängstlichen Mama und Großmama zu verdanken, die den Einbau eines Treppengitters einforderten. Prompt bestrafte Luise die freiheitsentziehende Gittermaßnahme damit, dass sie sämtliches Spielzeug, Kissen, den gehörlosen Hasen sowie *Dudu* inklusive Schmusedecke in hohem Bogen über das Gitter schmiss. (*Macht gefälligst den Weg frei, runter zur Oma!*)

Ich kann Ihnen sagen, das war 'ne beinharte Auseinandersetzung zwischen den beiden, zwischen der übervorsichtigen Mama und Oma auf der einen und meiner vertrauensvollen experimentierfreudigen Erziehungshaltung auf der anderen Seite! Daraufhin eskortierten die beiden Frauen den rückwärtskrabbelnden, den Tag der offenen Tür begrüßenden Youngster mit bereitgehaltenen Kissen, als stiege die Kleine von der Eiger Nordwand runter!

Der neue Raumgewinn bei den Großeltern erwuchs indes nicht zu jedermanns Erbaulichkeit. Besser gesagt: nicht zu jederkatz' Freude. Freddy, der sich nach hochfrequentem Babygeschrei gerne auf Opas gebastelte Heizkörpermatratze zurückzog, musste sich ab sofort von dieser Position am herunterbaumelnden Schwanz ziehen lassen. Nach Luises erster negativer Kostprobe aus der animalischen Speisekarte musste er sich zumindest um seinen darunter stehenden Napf keine Sorgen mehr machen!

Das Essen im Hochstuhl kam dagegen schon besser an. Das war schon irgendwie so eine Art entwicklungsgeschichtlicher Meilenstein, als wir zum ersten Mal als komplette Familie um den Abendbrottisch saßen. Laut Fotoalbum war Lissie zehn Monate alt. Weißbrot-Leberwurst-Würfelchen waren die erste Erwachsenendelikatesse.

Die Schnabeltasse war als Trinkhilfe gedacht. Unter leberwurstverschmierten Kinderfingerchen wurde diese Tasse zwischendurch ganz gern mal als Wurfgeschoss gegen uns benutzt. Luise – keine isst wie diese! Aus nachvollziehbaren Gründen wich das Tischtuch mit edlem Mitteldeckchen bald einer schnöden gelb-rosa geblümten Wachstuchdecke.

Aus diesem Hochstuhl wurden auch die ersten empirischen Tests in Richtung *Wie werde ich ein richtiger Heimwerker?* gemacht.

Zum Beispiel: Wie viele Krümel ergibt ein Zwieback, wenn ich den Zwieback genau in dem Moment runterwerfe, wenn der Papa drauftritt?

Oder wie wirken sich Erdbeermarmelade-Handabdrücke in weißer Tapete auf Mamas Gemüt aus?

Später: Können Plastiklöffel im Klo schwimmen?

Oder: Passen Landjäger in den Videoschacht?

Weitere Fisimatenten, der kleine Imperator konnte sich inzwischen an den Möbeln raufziehen, ergaben sich aus der physikalischen Schwerkraft, der auch die Schmusedecke gehorchen musste. Man kann zwar den Lumpen an einer Ecke vom Boden hochziehen – doch alles Gezeter und Gezerre nützt freilich nicht wirklich, wenn man mit den Füßchen auf dem anderen Ende drauf steht!

Mit den handgeschnitzten Holzfiguren aus dem Massai-Dorf unseres Kenia-Urlaubes ging's besser. Die ließen sich bequem von der Wohnzimmerschrank-Promenade krallen. Der Mwanamke (das ist Swahili und heißt *Frau Massai* – das können Sie nicht wissen) ihren Kopf abschlagen, Hippos (Flusspferd) Unterkiefer abbrechen und Ndorus Stoßzähne (na, welches große graue Rüsseltier ist gemeint?) rausziehen. Das waren die Preise, die man zahlen musste, wenn sich das Kindchen so unauffällig leise benahm! Ich nehme an, Sie können mit mir ein Lied davon singen, sodass ich auf weitere Beispiele unverträglicher Mischungen wie Wachsmalstifte gegen Tapete, *bebe*-Creme auf dem Spiegel oder Schuhe und Waschmaschine verzichten darf.

Vor dem Singen jedoch wollen wir das Sprechen üben!

Die lausige Germanistin belegte ab sofort sämtliche Gegenstände des Haushalts mit dem Zauberspruch *Dät!* für *Dort!*

»Ja, wo ist das Bussi?«

Luise streckt aufgeregt das Zeigefingerchen in die tierische Richtung

»Dät!«

»Ei, wo ist denn der *Dudu*?«

Hand hoch.

»Dät!«

Dät, dät, dät.

Schade, dass Herrn Pawlow schon vor gut 100 Jahren die klassische Konditionierung entdeckte. Sie erinnern sich:

Schäferhund hört Glöckchen → Glöckchen bedeutet: Es wird angerichtet → aufgeregtes Bellen einhergehend mit Schwanzwedeln → Hm, lecker, da läuft einem das Wasser im Maul zusammen!

Schade, weil ich, im Nachhinein betrachtet, den Nobelpreis auch ein kleines bisschen beanspruche.

Gehen wir mal von folgender Hypothese aus: Medikus Pawlow hieße Mike und das Hundchen Luise ...

Gehen wir weiter davon aus, dass Meister Mike einen Beutel Schokolinsen aus dem Einkaufskorb auf den Küchentisch legte und sich das Versuchsobjekt im Wohnzimmer vergnügte, indem es den Fernseher unter entzücktem Jauchzen ein- und ausschaltete. So eine Bildröhre kostet ja nichts!

Das Rascheln der Schokotüte weckte unseren kleinen Fernsehkonsumenten im Nebenzimmer. Nun, bellen konnte sie zwar nicht, aber *Mam-Mam!* rufen. Wie dem auch sie, es passierte Folgendes: Unser Fernsehzwerg macht auf der Strampelhosen-Pfote kehrt und wackelt zur Küche. Das erst neulich einstudierte freihändige Laufen funktionierte ad hoc recht zügig. Statt Schwanzwedeln erfolgte ein nachhaltig wiederholtes *Mam-Mam!* Luises erleuchtete Äuglein spiegeln den Satz:

Komm Alter, her damit, ich nehm's auch so – ich ess dir direkt aus der Hand!

Luises starkes Interesse, nun auch den Rest der Tüte auf dem gerade erprobten Wege seiner Bestimmung zuzuführen, ermunterte mich zu einem weiteren Experiment – wofür man mir allerdings jegliche Form eines Friedenspreises verweigern würde!

Sehen Sie, der Wohnzimmertisch war lang und breit und hoch (zumindest aus der Sicht einer knapp Einjährigen). Lieschens Ärmchen dagegen war natürlicherweise eher kurz, die Mitte des Tisches also relativ unerreichbar von ihren ausgestreckten Händchen entfernt ... Sie verstehen? Nein?

Nun, überlegte ich rasch, wenn ich ein paar Schokolinsen exakt auf der Tischmitte platzierte, würde das Kind für die nächste Viertelstunde in einer *tour de table* mit kontinuierlichen Tischumrundungen beschäftigt sein, sodass ich, bis Christine wieder zu Hause ist, in Ruhe den Einkauf versorgen könnte.

Satz mit X! Kaum, dass die Nudelpackungen im Vorratsschubfach verstaut waren (um später, siehe Schuhschrank, von Lissie umgehend ausgeräumt zu werden), stand ein schoko geschminkter Mohr zufrieden grinsend wieder in der Küche. Der Weg bis dahin war durch dunkle Handabdrücke im Flurbereich gut zu rekonstruieren.

»Ja du bist mir vielleicht ein schlaues Füchschen – ha!«, hatte ich das wandelnde *Choco Crossie* erstaunt begrüßt. Als Anerkennung für mein lobendes Knuddeln hatte sie mir anschließend bei den Nudeln »geholfen«.

Was Sie noch nicht wissen, ist die Lösung der Linsenaufgabe. Kann ich Ihnen mit einem Wort erklären:

Mitteldeckchen!

Die Spürnasentalente meiner angetrauten *Miss Columbo* waren diesmal nicht vonnöten, um zu kapieren, dass Luise zwar Kind, aber nicht blöd war. Sie brauchte nur an der Decke zu ziehen, schon rutschte das Schlaraffenland näher!

Retrospektiv erkenne ich, dass wir ihren Namen schon passend ausgesucht hatten. Luise = vom althochdeutschen/keltischen *Aloisia* (die Weise).

Den Rest des Vormittags verbrachten Vater und Tochter mit spannendem Tupper-Turm-Hochstapeln beziehungsweise dessen platzsparendem Ineinanderpacken auf dem Wohnzimmer-Teppichboden. Die Serie *Stapel-Stars* mit dem *Sonnendeckel* eignet sich übrigens besonders gut.

Mit abgeputztem Schokoschnäuzchen und aufgeräumter Küche empfingen wir wohlgesinnt die Frau Mama, die zurück von der Organisation irgendwelcher Strohschuhe für ihre Rotwein-Hexen-Kollegen, das traute Heim betrat.

Nach der Begrüßung, also nach sparsamem Kuss an den Gemahl und ausgiebigem Verhätscheln des Töchterchens, entschlüpfte der Knuddel-Mama ein lebendiges *Na, wie geht's euch beiden, meinem Dreamteam, denn?* Im Begriff, unser Tagwerk zu rekapitulieren, von Nudeln, namhaften Plastikdosen, Einkauf und Beinahe-Nobelpreisträgern zu berichten, kam sie mir mit einem wahnsinnig interessanten Monolog über Strohschuhe, deren Preisangaben und Namenslisten der Besteller zuvor. Klar, ob der Bommel am Strohschlappen schwarz, rot oder gold gehalten sein soll, war natürlich wichtiger, als mein Talent zu ehren, wie ich Haushalt inklusive Kindererziehung ganz allein meisterte!

Als kleine Rache für die geringschätzige Resonanz meiner meisterlichen Haushaltsführung (und weil wir gerade sowieso über Tupperware gesprochen hatten) will ich Ihnen ein paar Plastikgeheimnisse anvertrauen. Das Thema schweift zwar etwas ab, aber ich kann's mir nicht verkneifen!

Wir merken uns einfach die jetzige Stelle im Buch: *Luise, ca. 11 Monate, räumt aus, was sie in die Finger kriegt, wobei sie sich ihrer beiden Lieblingsworte* dät *und* Mammam *bedient; Christine bringt Strohschuhe sowie mich um Anerkennung* und kehren später wieder zu dieser Stelle zurück.

Also, zunächst ein paar Zahlen: Meine Schwiegermutter gehörte noch zu jener Generation, die die eheliche Zukunft ihrer Töchter mit einer Aussteuer abzusichern bestrebt war. So lagert heute exemplarisch im Bügelzimmerschrank (Sie erinnern sich: Das Bügelzimmer, in dem noch niemals gebügelt wurde) ein üppiges Quantum an originalverpackter Bettwäsche, mit der man mühelos einen mittleren Hotelbetrieb ausstatten könnte.

Mit den Tortenhauben ist es ähnlich. Die großen transparenten Plastikdeckel; alle mit mindestens drei bis vier Rissen am unteren Rand und ebenso vielen Tesafilmflicken. Wo normale Leute bei Luises späterem Kommunionskaffeekränzchen die Nachbarn um ein paar Tortenhauben anbetteln mussten, da konnten wir ganz locker aus der Hüfte schießen:

»Haube brauchst nicht mitbringen: Wir haben genug.«

Am liebsten hätte unsere Vorsteherin des privaten Haushaltswarenlagers noch hinzugesetzt:

»Kannst den Kuchen ruhig auf bloßen Händen hochtragen: hab noch 20 Tortenplatten übrig.«

So finden sich in diversen Schränken, Regalen und Kartons im Schopf noch hinreichend Munition für Luises und Larissas Polterabend!

Im Schopf (ein badischer Fachausdruck für eine vom eigentlichen Wohnraum etwas abgelegene Kammer) gegenüber der Küche – stimmt, den Raum hatte ich wohl noch nicht erwähnt – ragt eben auch dieser Dreitürer mit Aufsatz aus altem schwiegerelterlichen Schlafzimmer wie ein gigantisches Mausoleum in die Höhe. Halten Sie sich fest, die Zahl ist nicht gelogen: 500 (doch!) über 500 Behältnisse dieser T-Ware sind hier gelagert! Eigentlich werden es sukzessive weniger – aber das ist eben das Geheimnis, das Sie bitte nicht weitersagen! Die viereckigen Gefrierdosen aus minderwertigem Kunststoff, circa 150 im alten Küchenkänsterle gegenüber, sind selbstredend nicht mitgezählt. Auch nicht die vielen Discounter-Sonderangebote: *10-Dosen-für-Zweineunundneunzig*. Die darf man nämlich nicht benutzen, weil man ja das gute Tupper hat. Wobei … das wirklich Gute, sprich das neue Originalverpackte kommt nicht infrage, denn das ist schon wieder als Aussteuer für unsere eigenen Kinder reserviert.

Wäre schön, wenn Sie, liebe Lesergemeinde, das *nicht* verstehen könnten – dann wäre ich nicht so alleine!

Das Geheimnis? Okay! Mein Schwiegervater verstand diesen Tupper-Fetischismus ebenfalls nur kopfschüttelnd. Was er aber noch weniger verstand, war der Sinn von eingetrockneten Farbresten. Ölfarben, Lacke ließen sich in angebrochenen Metallbüchsen unter verbeulten Blechdeckeln so schlecht konservieren. Da bot das Angebot im Schopf doch reiche Alternativen in allen gewünschten Farben und Größen. So fand sich auf dem einen Werkstatt-Regal – Abteilung *Farben, Lacke, Grundierungen, Holzschutz* – ein reiches Sortiment aus dem Schopf. Gemeint sind nicht die Sonderangebote. Nein: die Guten natürlich! Die Gegenliebe bezüglich dieser ökonomischen Idee blieb bei seiner Ehefrau allerdings aus. Das wurde auch nicht besser, als Schwiegerpapa den Trend auf Schrauben, Nägel und andere handwerklich relevante Kleinteile ausdehnte.

Geschickt, wie er war, hätte er den fortan verschlossenen Tupper-Tresor heimlich zu öffnen vermocht, um an mehr Schraubendosen heranzukommen. Jedoch auch er wusste die weiblichen Gene richtig einzuschätzen, gemäß der Prämisse: *Gefährlich ist's, den Leu zu wecken!*

Viele Jahre später darf ich von den Früchten ernten, die er säte. Auch wenn meine liebe Ehefrau das Finanz- und Familienministerium an sich gerissen hat, ein Überblick über die Werkstatt wird ihr nie vergönnt sein! Eine ihr gelegentlich als sonderbar neu auf dem Farbenregal anmutende Tupperdose kann ich hingegen selbstsicher mit den Worten erklären: *Die sind noch vom Papa*, dabei muss ich lediglich aufpassen, dass ich mich nicht an der Serie *Young Line* vergreife, die gab es nämlich zu Papas Lebzeiten noch nicht!

Übrigens, wussten Sie, dass Earl Silas Tupper, und das ist jetzt kein Witz, der Typ der für unsere Kunststoffdosen-Überschwemmung verantwortlich ist, heuer (wir schreiben das Jahr 1907) 100 Jahre alt geworden wäre? Ich frage mich, ob er selbst die Tupperparty-Frage hätte beantworten können: Wie viel Kaffeebohnen passen in einen *Wichtel*? (Auflösung: ca. 170. Na, da sehen Sie mal, was für wichtige Sachen man in diesem Buch lernen kann!)

Ich glaube, wenn Hausfrauen den Nobelpreis ausloben dürften, dann hätten sie den Earl gleich zweimal gewählt. Erstens für Physik. Weil sich mittels Pffft! am Deckelrand – in Fachkreisen spricht man vom »Tupper-Seufzer« – der Suppenrest so dicht einschließen lässt, dass man die Dose sogar auf den Kopf stellen könnte. Ist ja auch wahnsinnig wichtig! Den Preis für Medizin müsste man gleich nachschieben, da man, luftdicht verpackt, die Suppe noch vier Tage später auslöffeln darf – ohne gesundheitliche Wagnisse. Vier Tage lang dieselbe Suppe auslöffeln – fantastisch!

Für den Friedensnobelpreis Literatur hätte ich im Übrigen noch einen Vorschlag aus einem alten Tupperprospekt einzubringen. O-Ton: *Wenn Sie eine Spülmaschine benutzen, sollten Sie beides, Deckel und Behälter, darin spülen.* Gut, dass wir's jetzt wissen!

Ach, da wir grad schon beim Thema sind: Als Revanche für das Lüften meiner Plastikdosen-Geheimnisse sind Sie mir einen kleinen Gefallen schuldig, wie ich finde. Falls Sie über psychologisches beziehungsweise pädagogisches Fachwissen verfügen, so schicken Sie mir bitte eine Mail mit Lösungsvorschlag zu folgendem Tupper-Erziehungsproblem:

Wie in diesem Buch bereits erwähnt, bemühen wir uns, also Christinchen und ich, anhand häuslicher Aufgaben den Nachwuchs an ein verantwortungsvolles Miteinander heranzuführen. Einer von Larissas Parts besteht darin, die Spülmaschine ein- sowie auszuräumen, folglich teure Plastikdosen in den Küchenhochschrank zu bugsieren, möglichst platzsparend, ergo: ineinander zu stellen. Die Kleinen in die Großen! Ums Verrecken will diese Prozedur bei der ihr nicht klappen, vielmehr kommen die großen Dosen bei ihr in die kleinen. Also, liebe Akademiker, woran liegt's?

Sollte ich vor zwölf Jahren tatsächlich die spielende Übung im Tupperdosen-Turmbau beziehungsweise das platzsparende Ineinanderschachteln mit dem Kleinkind versäumt haben? Mit Luise hatte ich geübt (siehe oben bei der

Schokolinsen-Belohnung). Hatte ich ihre große Schwester in lebenswichtigen Prägungen bevorzugt?

Oder liegt's an einer pubertären Konfrontationshaltung der Kleinen? Schlichte Faulheit unter dem Mantel individueller Kreativität?

Ziehen wir uns einen kleinen Narzissten groß (von wegen persönliches Potenzial ausschöpfen, seelisches Wachstum entwickeln, Selbstverwirklichung fördern)?

In der Schule Klassenbeste, aber daheim kein Ordnungssinn!

Neulich hatte Mama sie sogar dabei ertappt, wie sie ihr Schulvesper in eine schnöde Brötchentüte packte. Wofür hat man schließlich eine tupperreiche Mutter?! Wie können wir dem armen Kind helfen? Sicherlich liegt Ihr Tipp nahe, doch meinen Stationspsychologen zu fragen. Er ist noch derselbe wie damals, der mit der Druckerpapier-Verschwendungssucht. Er hat sogar eine zweite Teilzeitkraft hinzugenommen – weiblich. Seit ich der Neuen verweigerte, ein kleines Gießkännchen für ihre Praxiszimmer-Pflänzchen zu bestellen – schließlich verfüge die Station über eine zweckmäßige Zehnliterkanne –, nimmt sie mich in meinen betriebswirtschaftlichen Bemühungen ebenso wenig ernst wie ihr Kompagnon. Seit Neuestem ziert übrigens ein verspieltes Ikea-Kännchen ihr Aktensideboard.

Mit vereinten psychologischen Kräften versuchten die beiden, mich neulich zu je zwei neuen Sesseln für die Einzelgespräche um die studierten Finger zu wickeln.

»Weißt du, Mike ...«

Ja, ja, plötzlich waren wir per Du!

»Weißt du, Mike, die vier vorhandenen Sessel kannst du dann vor unsere Sprechzimmer stellen. Dann ist's hier wie in einem professionellen Wartezimmer. Und professionell wollen wir doch alle arbeiten, nicht wahr?«

Merken Sie den manipulativen Unterton? Ich habe erst mal vorsichtshalber gar nicht geantwortet. Ich habe dann lieber gehandelt, das kann ich besser. Dabei habe ich mich an das alte Besucherzimmer erinnert, welches für das Sprechzimmer der neuen Dipl.-Psych. verlegt werden musste. Für die Frau Akademikerin wurde damals alles umgestaltet – auch die beiden Fenster mit den vier lila marmorierten Vorhängen. Ein freundliches Gelb würde viel besser zur Entspannung der Patienten beitragen, setzten die zwei Farbgelehrten bei der Verwaltung durch – während meines Urlaubes! Doch Messie Mike bewahrt, wie Sie inzwischen wissen, auch berufsbezogen einiges auf, was noch als verwertbar einzustufen ist – also alles! Nach einer kurzen Inspektion des Stationskellers verbleiben nun die beiden alten Sesselpaare unter modernen Überwurfdecken aus lila Marmor in den vorgesehenen Sprechzimmern. Wogegen sich vier neu gelieferte moderne Swinger-Stühle im Stationsbüro bestens einfügen ...

Auf dem Schreibtisch von Dipl.-Psych. II lag neulich wieder ein privater Ikea-Prospekt. Schöne Korbsessel waren da aufgeschlagen ...

Fairerweise will ich an dieser Stelle bemerken, dass mit meinen Psychospezialisten eigentlich ganz umgänglich auszukommen ist. Die meinen's ja auch nur gut. Sie, die Neue also, hat mir eine gewisse Neurose gar nicht direkt unterstellt. Sie hat lediglich meinen Namen und die Zwänglerei im selben Satz fallen lassen. Ich solle doch lernen, lustvoll Fehler zu machen. Ja, hallo – hat man denn so was schon mal gehört? Typisch Psychologe! Sobald ich dahintergekommen bin, was die Frau Dipl.-Psych. damit gemeint haben könnte, werden Sie es im nächsten Buch erfahren. Auch, warum die einen ständig über Fragen grübeln lassen, obwohl sie selbst die Antwort schon kennen.

Kommen wir zur gemerkten Stelle zurück, zurück zum Thema Luise: Mama sinnierte über Strohschuhbommel ... Papa durfte die Nudeltüten zum x-ten Mal zurückkräumen ...

Luise war inzwischen ein ganzes Jahr alt. Zwei Wochen vorher feierten wir noch ihr erstes Weihnachtsfest. Ausnahmsweise möchte ich bei unserer Chronik diese beiden Feierlichkeiten zusammenfassen. Die glänzend verwirrten Überraschungsäuglein strahlten nämlich ähnlich – egal ob vor der Christbaumbeleuchtung oder vor dem ersten Kerzchen auf der Torte. Gut, es war eher ein schlichter Nusskuchen aus der Springform. Dabei sollten wir nicht unerwähnt lassen, dass ich persönlich die Schokoglasur draufgegossen hatte. Ebenso die Smarties-Garnierung – war auch meine Idee. Ich kann mir gut vorstellen, liebe Leserin, wie Sie jetzt über mich denken. (»Mensch, der Typ hat's echt voll drauf!«)

Jedenfalls war zu beiden Festlichkeiten alles zugegen, was verwandtschaftlich ins Schema passte.

Viel Kuchen; noch mehr Durcheinandergerede; Luftschlangen im Kaffee; verschüttete Milch; von den Cousins herausgerissene Schubladen; Geddi (badisch für: Patenonkel) in grauenhaft pudliger Afrolook-Frisur; Goddi Claudia (weibliches Gegenstück zum Obengenannten), die Frisöse (damals musste man noch nicht *Friseurin* sagen) versuchte erfolglos mittels mitgebrachter Barbierausrüstung ihrem kleinen Patenkind einen Pony anzuschnippeln – von wegen *Ei, wo ist das Schnippschnapp?*! Ich selbst verbrannte mir fast den Hals, als ich die Backofentüre öffnete, um nach dem Sauerbraten zu sehen, der ganz normale Ausnahmezustand eben.

Darauffolgende Ostern lasse ich weg. Was *Has jagen* bei uns auf dem Lande bedeutet, werden die Leser aus städtischer Herkunft eh nicht kennen: sorgsames Verstecken von Ostereiern, Schokoladenhasen und Geschenkkörben zwischen Osterglocken, Tulpen und Blumenrabatten. Wobei mindestens ein Ei erst beim nächsten Rasenkultivieren zum Vorschein spritzt. Ergo wie an

Weihnachten, nur, dass die Bescherung halt nicht unterm Baum, sondern im Gras stattfindet und der Bote hier lange Löffel statt Flügel trägt.

Allenfalls der Puppenwagen, den der liebe Osterhase gebracht hatte, verdient einen kurzen Rückblick, da sein Leben insgesamt von recht kurzer Dauer war. Nur gut, dass Oma und Opa Humor bewiesen! Sie hatten, ihrem Enkelchen das kleine Weidekorbwägelchen geschenkt (quasi in Vertretung vom Osterhasi). Luise hatte die Chaise mit dem demolierten alten ohrenlosen Stoffhasen aus Spieldeckezeiten befüllt und auf ihren noch wackeligen Beinchen Wagen samt Meister Lampe den Sonnhof hinuntergeschubst.

Hanglage!

Fahrer beziehungsweise Fluchtfahrzeug konnten nicht mehr ermittelt werden, nachdem die Gästeschar auf der unteren Querstraße so eine Art flaches Weidekorbnest inklusive nun vollends zerrupftem Synthetiktier zusammensammelten.

Der Stoffhase ist nicht ganz umsonst gestorben. So behielt das Kind, auch wenn sein Verstand nur 15 Monate zählte, die Gefahren vom Straßenverkehr subtil im Hinterköpfchen.

Apropos totes Tier: Eine weitere Humoreske auf dem erinnerungsreichen Weg, den kleinen Spatz zu humanisieren, sollte dem Thema *Schlagfertigkeit* zukommen.

Luise, laut Fotoalbum muss sie so um die vier, fünf Jahre alt gewesen sein, half mir im Garten einen Graben für meine Bewässerungsanlage zu graben. (Wir wollen hier schweren Herzens von einer Beschreibung technischer Raffinessen absehen – vielleicht gibt's in einem nächsten Kapitel noch einmal Gelegenheit dazu. Nur ganz kurz: Wenn Sie Gewebeschlauch verlegen, achten Sie auf großen Durchschnitt des flexiblen Panzerrohrs, sonst fummeln Sie sich einen ab! Talkum bringt da auch nicht viel, das verliert sich in den Rillen.)

Während ich mit dem Spaten für Erwachsene zugange war, half sie mir nach Kräften mit ihrer kleinen Kinderschaufel. Nachdem sie bald erkannte, dass das anfangs so tolle Papa-Helfen in Arbeit ausarten könnte, legte sie das Gerät unauffällig beiseite.

Das Beobachten von Kriechtieren entsprach eher ihrem Sinn. Noch unbedarft in ihrer menschlichen Pflicht, auch wehrlose Tiere zu schützen, zertrat sie eine Weinbergschnecke, und wunderte sich über die akut aufgetretene Leblosigkeit selbiger Kreatur. Mit entsprechend betretenem Gesichtsausdruck und gewisser Vorahnung, damit nichts Christliches vollbracht zu haben, versuchte sich die kleine Henkerin davonzuschleichen. Als gewissenhafter Vater nahm ich das Kind zur Seite, wo wir gemeinsam den Todesfall betrachteten.

Meine Lehre von Schutz und Verantwortung für Lebewesen begann ich mit Mahnungen zu untermauern wie:

»Vielleicht war das ein Schneckenpapa. Jetzt haben die Schneckenkinder keinen Vater mehr, der für sie sorgt!«
»Na ja, vielleicht haben sie ja noch einen Opa«, konterte Luise blitzschnell. Allerdings empfand ich ihre unbekümmerte Bemerkung als wenig schmeichelhaft!
Ich finde, dass ich bei dieser Schnecken-Kalamität vernünftig reagiert hatte und dass das besser war, als das eigene Kind zur Schnecke zu machen. In späteren Jahren sollte ich diese Begebenheit immer wieder nacherzählen – zu Lissies Erheiterung! Inzwischen erlaubt sie sich, als angehende Erzieherin auf Schmalspur-Therapeutin erhoben, in Sachen Psychologie und Pädagogik mich zu belehren! Heute würde man nicht so handeln.
Hä?!
»Du hast das sicher gut gemeint«, fängt sie an zu säuseln. »Aber das mit dem Schneckenpapa hättest du nicht sagen sollen.«
»Hä – aber gewirkt hat's doch!«, bemühe ich mich um Rechtfertigung.
»Da hast du negative Verstärker benutzt. Du hättest mehr loben sollen.«
Ja, verdammt, was hätte ich denn loben sollen? Dass das unschuldige Vieh einen fairen Prozess erhielt? Dass es einen schnellen schmerzlosen Tod erfahren durfte? Dass die Hinterbliebenen von Beerdigungskosten verschont blieben?
Können Sie sich das vorstellen, liebe Leser? Ihr ganzes Kinderleben amüsierte sie sich selbst schon über diese Anekdote – und jetzt das!
Hat hier eigentlich irgendjemand angeordnet, den Respekt vor dem Herrn im Hause aufzulösen?!
Bei der ganzen Buddelaktion tauchte obendrein ein mürber Hähnchenschenkelknochen auf, der wohl noch aus der Zeit stammte, als meine Schwiegereltern vor dem Garten einen Hühnerhof betrieben. Umgehend rannte Luise mit ihrem prähistorischen Fund zu ihrer Mutter und ließ sich nicht davon abbringen, einen Dinosaurierknochen entdeckt zu haben.
Obwohl inzwischen das Federvieh abgeschafft worden ist, beschleicht mich der Gedanke, dass ich irgendwie trotzdem noch Hühner auf meinem Hof halte.

Mit den Lebensjahren der Kleinen wuchsen natürlich die technischen Anpassungen. Aus dem verunfallten Weide-Puppenwägelchen wurde nächstes Ostern ein komfortabler lila Klappbuggy. Später ein Dreirad. Die hinten anzubringende Schiebestange, die Opa ohne schlechtes Gewissen von Luise stundenlang betätigen durfte, erwies sich bald bequemer, als selbst zu treten. Darauf folgte das Kinderrad mit Stützrädern. Dann ohne zwei Stützrädchen, dafür mit zwei verschrammten Knien. Wo dort die Fahrradklingel noch als Feuerwerk technischer Raffinesse bimmelte, da musste es beim 17-Zoll-

Jugendschlitten schon eine moderne Shimano-Schaltung mit Gelsitz und schaumstoffgepolstertem Hornlenker sein.

Die Zeiten ändern sich, die Industrie will ja auch leben. Ein Trost kommt mir trotzdem: Gott sei Dank wurde nie wieder dieses orthopädisch fahrlässige und kleinzollig dumme Bonanza-Rad, wie ich es damals unbedingt haben musste, reaktiviert!

Luise fährt inzwischen – nach der Trecking-Bike-Periode (wenn ich mir den Bock so anschaute, dann stammt *Trecking* sicher von »dreckig«) – ihr Citybike. Hightech-ausgestattet wie ein Planetarium. Sie benutzt es heute nur noch widerwillig. Warum? Madame macht den Führerschein und hat es wohl nicht mehr nötig, sich per Velo abzustrampeln.

Als Zweijährige empfand sie das Einsortieren von Messern, Gabeln und Löffeln aus dem Spülkorb in die Besteckschublade noch zumutbar; der Plastikstaubsauger, der vorne Styroporgranulat schluckte und hinten wieder ausspuckte war jedoch kein wirklicher Helfer im Haushalt. Auch das Zuberchen mit Seifenablage für Sabine (ihre Puppe) entlastete Mutter Christine nur bedingt.

Der essenzielle Vorteil, jedenfalls nach Lieschens Empfinden, war nicht der hauswirtschaftliche Zweck des Gerätes, sondern die Kommunikation damit. Auf Deutsch: Das Menschlein laberte wie von Sinnen! Ein Wäscheklämmerchen durfte nicht kommentarlos an die Leine gezwickt werden, nein!

»So, und du kommst jetzt dahin …«

Als ob solche leidenschaftlichen Monologe nicht genug an verbaler Unterhaltung boten, war ihr Hobby – was wohl? – Singen!

Zehn kleine Zappelmänner aus dem Kindergarten hatte sie sich gut gemerkt, jedenfalls sang sie es den ganzen Tag rauf und runter.

Jeden Tag private Castingshow. Jury: Christine und Mike – permanent zu frenetischem Applaus verurteilt. Teilnehmerin: immer die Gleiche – mal ungeschminkt, mal verschmiert, mal in Chiffon, mal inkognito unter Indianerperücke.

Die Verwandtschaft musste dieses Talent natürlich in Form von Geschenken unterstützen. Weihnachtliches Treffen mit Omi, Opi (das *i* statt dem *a* steht für die Großeltern väterlicherseits), Opa und Oma sowieso, Goddi, Geddi samt Cousins.

Es erstrahlte ein rot-gelber Kassettenrekorder (oder gefällt Ihnen *tapedeck for kids* besser?) mit Mikrofon auf dem Gabentisch. Während ihre Cousins Axel und Birthe schon der Schubladen-rausreiß-Phase entwachsen waren und sie inzwischen selbstständig den Lattenrost vom Kinderbett zerlegten oder Yucca-Palmen ins Katzenklo umtopfen konnten, da hatte unser kleiner Barde gesungen! Laut und herrlich kreativ. Wie im Fluge wurde eine 60-Minuten-Kassette voll! Wenn die *Oh-Tannenbaum*-Strophen ausgingen, waren übergangslos neue

Verse angefügt: *Oh Tannenbaum ... Und dann hab ich vom Christkindle ein Stempelkoffer gekriegt ... Wie grün sind deine Blätta ... la la la.*

Die grundsätzliche sowie die textliche Kreativität hat sie vom Papa geerbt. Der schreibt in sein Familienbuch ähnlichen Unfug oder übertreibt maßlos. Hingegen die prinzipielle Tendenz zum Wortschwall stammt aus Mamas Genen.

Nach den Festlichkeiten en famille, nachdem die Trümmerfrauen Christine und Mike die Havarie im Kinderzimmer zu einem einigermaßen begehbaren Parcours freigeschaufelt hatten, empfanden wir das, was Thomas Mann gerne folgendermaßen beschrieb:

Es trat eine wohlige Abspannung ein ...

Nicht dass Sie jetzt denken, ich sei literarisch mordsmäßig bewandert – gar nicht! Aber Manns ironisches *Eisenbahnunglück* ist mir deshalb so prickelnd im Gedächtnis geblieben, weil er in seiner Geschichte beinahe sein ganzes Manuskript verloren hätte. Seither speichere ich dieses Buch panisch alle paar Seiten aufs Neue.

Apropos Panik! Unruhige Zeiten brausten in die Familienidylle, wenn dem kleinen Kapitalwurf eines seiner beiden wichtigsten, liebsten Partner abhanden gekommen war. Ich rede nicht von Mama und Papa, nein, von *Dudu* und *Tuch!* Eine Überlebensration fand man überall im heimischen Umfeld. Im alten Fiesta, im Handschuhfach vom alten Kadett, in Christines Handtasche, bei Oma unten, haufenweise im Kinderbettchen. Der Sonnhof wurde zum Schnulli-und-Schmusetuch-Rooming-in erklärt. Einschlafen ohne die beiden Freudenspender: unmöglich! Eher wäre sie unter den Schmusetüchern erstickt! Wehe der *Dudu* war in den Dreck gefallen: »Bäh!«, streckte sie mir ihn entgegen. »Abputzen!«

Dass die Windel-Schmusetücher früher ganz andere organische Stoffe enthielten als die aktuellen Rotznäschen, störte Luise kaum.

Im Lauflernalter erwies sich das Schnullerkettchen am Latzhosenträger als überaus sinnvoll. In der Strampelhosenphase funktionierte diese Technik natürlich nicht.

Blöd war's, wenn das Ding im Klo landete. Aus hygienischer Hysterie wanderte es sofort unter Mutti Christines Aufsicht direkt in den Abfall. Da solche Szenen häufiger an der Tagesordnung waren, bewährte sich ein kleines rotes Küchensieb, was auf dem Waschbecken-Unterschränkchen bald wieder auf seinen Einsatz wartete.

Dem kreativen Recyclingexperten entging die Silikon-Verschwendungssucht indes natürlich nicht. Wo kriegt man sonst so tolle Isolierungen für den Griff von Kleinschraubendrehern her?, frage ich Sie. Für kleine Noppen unter der Glasplatte des Wohnzimmertisches müsste man sonst glatt zwei Euro hinblättern!

Wenn Sie eine Brille zum Lesen brauchen, was machen Sie damit? Auf der Nase behalten, oder? Unser Klugscheißerchen ignorierte alle rationalen Sinnigkeiten und warf unter falschem Grinsen seinen Silikonstöpsel mit voller Absicht vom Hochstuhl – ersatzweise aus dem Bettchen oder über meine Schultern, wenn ich Lissie spazieren trug. Mit mir konnte man's ja machen.

Wir waren wieder mal, es muss schätzungsweise das 150. Mal gewesen sein, im Tiergehege des Nachbarortes. Fairerweise betone ich hiermit, dass meine liebe Chris keinen Sonntag verpasste, den sie mir mit Familienausflügen hätte verderben können. Statt am PC zu sitzen oder die Werkstatt dringendst aufzuräumen, ging's auf den Spielplatz, ins Hallenbad, zum Erlebnispark, Schmetterlingshalle und Affenwald. *Das tut uns allen gut. Das Kind soll seinen Spaß mit uns haben und was erleben.* Und wenn ich den Spaß nicht brav mitmachte, dann konnte *ich* was erleben! Wie damals, an einem Sonntag. Ich Frühdienst. Also ich mich nach Feierabend schleunigst beeilt, damit wir noch zwei Stunden den Streichelzoo »genießen« können. Kurz vor Dienstschluss hatte ich mich bei den höchst seltenen (und gefährlichen) Momenten von familieninterner Meuterei erwischt. Scheiß auf das ganze Familiengedöns! Stattdessen war ich mit der zugegebenermaßen nicht unattraktiven Kollegin Daniela Eis essen gegangen. Ein Streichelzoo mit ihr hätte ich mir ebenso vorstellen können – es hätten gar nicht mal Tiere dabei sein müssen.

Lieschen empfing mich nach meiner Verspätung mit gewohnt herzlicher Umarmung und sprang hierzu freudig von der Schaukel. Christinchen allerdings ersparte sich solche Liebeserklärungen.

»War viel los heute auf Station. Riesige Dienstübergabe. Akute Verlegungen«, hatte ich als Schutzpanzer gegen den drohenden verbalen Raketenangriff in Stellung gebracht.

Daraufhin nahm Frau Generalin, nachdem sie vorher hochexplosiv die Augen zusammengekniffen hatte, den Fahnenflüchtigen gnadenlos scharf ins Visier.

Und dann? Nix!

Nanu! Reicht ihr Waffenarsenal nicht aus? Rohrkrepierer? Sie will mir doch nicht etwa …?

Nein! Verzeihen wird sie mir nicht!

Sie hebt sich ihre Raketen für ein andermal auf – Gelegenheiten wird sie sicherlich finden. Keine Angst, die Dinger werden nicht verschrottet! Heute lautete ihre Logistik: psychologische Kriegsführung!

Psychologische Kriegsführung unter minimalstem Aufwand – ohne eigenes Opfer!

Ihre eher sachliche Begrüßung beschränkte sich auf: »Morgen hast du ja frei, gell?«

»Ja, Gott sei Dank. Die provisorische Naturtreppe zum Grundstück oben sollte ich dringend befestigen. Weil …«
Weiter kam ich nicht.
»Morgen fahren wir in den Streichelzoo«, erwiderte mir ein sehr präzises Gegenargument.
Sie hat gut reden. Mit drei Jahren Erziehungsurlaub hat man ja freie Tage en masse.
Bis auf kleine Warnschüsse beim Abendbrot gab sich Frau Offizierin am heiligen Sonntag relativ umgänglich.
»Hm, du hast ja belegte Brote vorbereitet. Danke. Da brauchen wir ja kein Abendbrot mehr zu richten. Prima«, sprüht es aus mir heraus, die kulinarische Friedenspfeife gerne mitrauchend.
»Das war das Vesper für heute Nachmittag. Wir wollten zum Streichelzoo - du erinnerst dich! *Wir* müssen für morgen auch kein neues Vesper richten!«
(Ich denke, liebe Leserin, lieber Leser, wir haben die Brotschaft verstanden …)
Jedenfalls, um nun den lyrischen Ansatz zum *Dudu* zu finden, waren wir im Schwarzwaldzoo angekommen; mit Äpfelschnitzchen und altem Brot im Rucksack – FÜTTERN VERBOTEN!
Kind gut gelaunt, Mama gut gelaunt, Papa gelaunt.
Wie gesagt: Tiere ticken anders in Bezug auf weggeworfene Schnuller. Die heben einem das Gerät nicht freiwillig auf; die machen auch nicht: »Ei, ei, ei, wo ist denn der *Dudu*?« Die Ziegen-Mama (ich spreche von den Tieren) nahm jedenfalls die bunte Kunststoffkollekte gerne auf und ließ sie zwischen ihren kariösen Backenzähnen verschwinden. Nicht genug damit, dass zwei Jungtiere sich vor ein paar Minuten um einen Logenplatz im Buggy zankten und kräftige Spuren ihrer dreckigen Hufen dort hinterließen – nun fressen sie auch noch das Allerheiligste. Genau genommen hat Frau Ziegenbock den Sauger wieder ausgespuckt. Silikon war schlecht zu kauen. Was davon übrig blieb, konnte indes nur schwerlich als vollständiger Schnuller bezeichnet werden. Das reichte nicht mal mehr für einen Stopper an der Kellertür – schade!
Wilhelm Busch hatte wohl recht:

Ein jeder möchte, sich zu laben,
den Schnuller gern alleine haben.

Bald wurde offenbar, dass das Schmusetuch sich nicht mehr im Kindersportwagen-Netz befand.
»Wauwau-Tuch!«, jaulte sie.
Wir konnten uns nicht erinnern, auf dem Weg einem Wauwau begegnet

zu sein. Aber bei Windelkindern darf man die Zuordnung nicht so genau nehmen. Also Kommando zurück. Welchen Weg sollten wir nehmen? Zurück zu den Enten? Nein. Die hatten uns beim Tierpfleger mit ihrem lauten Geschnatter als Brotschmuggler schon gehörig verpetzt. Zu den Luchsen? Hatte ich auch keine Lust. Dort hatte ich lediglich eine abwertende Belehrung meiner lieben Gattin erfahren, dahin gehend, dass Luises Intellekt noch zu jung sei, um sie auf die typischen Pinselohren aufmerksam zu machen. Zum Dromedar? Auch nicht. Noch zu sehr dröhnte mir das Geplärre unseres Töchterchens in den Ohren, weil sie nicht auf dem vermeintlichen Pferdli reiten durfte.

Als wir am Wildschweingehege vorbeilaufen wollten, begann sie immer heftiger *Wauwau-Tuch, Wauwau-Tuch!* zu rufen und aufgeregt mit dem Finger auf das Gehege zu zeigen, wobei das in mein Blickfeld geratene, in den Schlamm gestampfte Textil frappierende Ähnlichkeit mit dem verlorenen Schmusetuch aufwies.

Eine Viertelstunde zu laufen ist grundsätzlich kein Problem, da gebe ich Ihnen Recht, liebe Leser. An frischer Luft ist es eigentlich sogar ein durchaus passables Vergnügen. Nur: Eine Viertelstunde unter unstillbarem Geschrei bis zum rettenden Handschuhfach des damaligen Kadetts zu laufen, war jedoch das Paradebeispiel einer krassen Gegenveranstaltung!

Wie schön, dass ich auch im Auto je ein Duplikat der beiden Lebenselixiere für den Notfall organisiert hatte – aber mich lobt ja keiner!

So erfuhr der Montagsausflug auf diese Weise ein jähes Ende. Immerhin konnten so doch noch ein paar Garten-Treppenstufen befestigt werden.

Kind gelaunt. Mama gelaunt. Papa gut gelaunt.

Ich hatte vorhin das rote Küchensieb erwähnt. Es diente zu Hause als WC-*Dudu*-Käscher. Vorzugsweise im Winter. Zur Sommerzeit fand es seinen festen Platz in der Badetasche. Was hat privates WC mit Schwimmbad zu tun, werden Sie sich womöglich fragen? Es hat damit zu tun, dass die sanitären Anlagen dort relativ weit vom Babybecken entfernt liegen. Jetzt klar? Noch nicht? Dann lassen Sie es mich so erklären: Dass Kleinkinder gerne ins Wasser pinkeln, gilt als traditionell gesicherte Unterstellung. Ebenso fühlte sich der Verdauungsapparat meiner Tochter durch die feuchtwarme Umgebung positiv angesprochen. Und Windel im Wasser müssen ja nicht sein. Ich denke, ich muss nicht näher ausführen, warum entweder die liebe Mama respektive der liebe Papa stets am Beckenrand Wache schieben mussten, um so blitzschnell mit dem Käscher einzugreifen sowie den angrenzenden Hecken möglichst unauffällig eine Sonderdüngung zu spendieren.

Im Grunde war es tendenziell meine Wenigkeit, die als Wachhabender Dienst leistete. Denn Frau Christine Redselig befand sich mit ihren Fasnachtsfreundinnen auf jenem Rasenstück, das in unserer Karnevalsgesellschaft als Hexenstammplatz allseits bekannt war. Wahrscheinlich ging's um so elementare Fragen wie die Farbe der Strohschuhbommel.

Sehr geehrte Leserinnen, sehr geehrte Leser!
Psychologisch vorbelastet, wie ich nun mal bin, hatte ich Sie während der letzten Absätze geschickt an ein Thema herangeführt, über das wir unbedingt diskutieren sollten. Bei der Erziehung, nein, schon bei der Entstehung von Kindern darf ein Bereich nicht ausgeklammert werden, den wir der Überschrift *Sexualität* unterordnen wollen. Während ich an diesem Buch schrieb, war mir eingefallen, dass Luise gar nicht im Kieferdoppelbett produziert wurde. Nach Meinung der lieben Gattin – in solchen Fragen empfangen die weiblichen Antennen ja meist richtig – geschah »es« im Urlaub. In der Toskana. Passend wäre da der Glockenturm Giottos gewesen. Denn, ganz nebenbei, in der Kampanile von Giotto finden sich Fliesen mit Motiven der Erschaffung von Adam und Eva. Soweit sind wir also schon auf der richtigen Spur. Wenn ich früher Luise paniert aus dem Sandkasten fischte, kam mir nämlich hin und wieder auch die Idee, dass der Mensch aus Erde erschaffen wurde.

So standen wir zum Beispiel vor dem *Schiefen Turm von Pisa*, bekanntlich einer der Sieben Weltwunder. Wobei die monumentalen Blasen an meinen Füßen durchaus als Achtes Weltwunder einzustufen wären. Ja, ja, Christines wundersame Gabe, mich durch sämtliche Kathedralen zu jagen! Und vor jedem Gemälde dieses *Toll, hä?!*

Auf der Piazza, dem Platz der Signoria hockt ja bekanntlich dieses Bronzewildschwein und wartet auf die Touristinnen, die es genau dort anfassen, wo es sich eindeutig als männlicher Keiler zu erkennen gibt. Der Sage nach soll, das Berühren seines Schwänzchens (nicht das geringelte) Glück bringen. Neun Monate später warf Christine tatsächlich den kleinen Frischling Luise.

Tja, Schwein gehabt!
Machos waren die alten Bauherren Cellini, de Rossi und andere Künstler, deren Namen ich erst nachschlagen müsste, wohl kaum, denn die in Marmor gemeißelten Herrschaften erscheinen zwar muskulös und wild entschlossen, dennoch reichte wohl ein langes Schwert als Phallussymbol völlig aus. Als mein Christinchen den David von Michelangelo so betrachtete (und das tat sie recht ausgiebig), meinte sie: Also groß wirke sein Davidoff ja nun nicht. Na ja, mir hingegen erschien, dass er mit dem Tuch, das er so lässig über der Schulter

trug, andeuten wollte: *Falls ihr ein Kind zeuget in dieser Stadt, so gebet ihm allzeit ein Schmusetuch mit auf den Weg.*

Nicht, dass ich jetzt ins Ordinäre abdriften will, aber ich hatte neulich in einem Buch von Sam Keen, einem großen amerikanischen Philosophen und Psychologen, geblättert. Der beobachtete in seinem Buch *Feuer im Bauch* bei der Entwicklung des Mannseins u. a., dass sich bei den griechischen Statuen der Penis genügsam in seine Vorhaut kuschelt.

Wenn wir schon bei Herrn Keen sind, lassen Sie mich noch kurz eine weitere Stelle aus seinem Werk anführen, die mich an diese pittoresken Marmorfiguren erinnert:

Ein Mann, der seine Frau über alles liebte, segelte mit ihr in die weite Welt hinaus. Er erkannte von Weitem auf einer Insel ein Götterbild aus Stein, welches er unbedingt näher betrachten wollte. So legte er an und ließ seine geliebte Frau im Boot zurück. Vor dem Monument kniete er nieder und sprach ein Gebet, wonach das Leben seiner Frau reich und glücklich sein möge. Auf dem Berggipfel sah er, wie das Boot mitsamt seiner Frau davonsegelte.

Sein Gebet ist erhört worden ...

Die Moral von der Geschichte? Da muss ich auch erst überlegen. Dabei fällt mir ein, dass Christine die Schlüssel vom Leihwagen in der Tasche hat.

Nach den bildenden Künsten und den Gewaltmärschen durch sämtliche toskanische Gassen hatten die ganzen Marmornackedeis womöglich ihre aphrodisierende Wirkung im Hotelzimmer beigemischt.

So viel zur Zeugung. Die Schwangerschaft hat sich gut eingebürgert, beziehungsweise der Umstand, dass ich heute noch die Getränkekisten schleppen muss. Oder der 12er-Pack Milchbeutel, der auch 17 Jahre nach der Entbindung meiner lieben Gattin viel zu schwer ist! Den Geburtsvorgang habe ich ausführlich beschrieben; die Krallenspuren in meinem Unterarm sind inzwischen verheilt. Und Ebay gab's damals noch nicht, sonst hätte ich die Gyn-Station die Plazenta nicht für eine einzige lumpige D-Mark an die Kosmetikindustrie verscherbeln lassen.

Widmen wir uns also weiteren sittlichen Erregbarkeiten, die sich das liebe Lieschen in seinem kleinen behüteten Leben so unschuldig frech erlaubte.

Da wäre zu allererst an das Märchen vom Penisneid zu erinnern!

Wer hat denn das erfunden? Na, höchstwahrscheinlich kein Mann, der sich in einem Dreifrauenhaushalt durchboxen muss!

Ich bin zwar nicht so studiert wie Mister Keen, auch habe ich nie eine Abhandlung über die Männlichkeit verfasst. Jedoch, anhand eigener intrafamiliärer Studien erlaube ich mir, statt vom Penisneid, von den (vorerst) fünf Phasen der Frauwerdung zu referieren:

Phase I/Entwicklungsstufe bis ca. 12 Monate = Penis-interessiert-mich-nicht-Phase.

Luises primäre Lust war auf Mamas Brust fixiert. Auf alle beide. Was der Papa da untenrum mit sich trug, war von dermaßen untergeordneter Nachfrage, dass man sie schlicht vernachlässigen konnte. Jede vollgeschissene Windel erfuhr ein Mehrfaches an Beachtung.

Phase II/Entwicklungsstufe ab 12 Monate = die Lauflern-Phase.

Was die mit unserem Thema zu tun hat, fragen Sie? Das kann ich Ihnen genau sagen, weil ich das noch schmerzlich in Erinnerung habe!

Laufen lernen heißt doch, noch nicht laufen zu können, richtig? Sie erinnern sich an die Szenen im Wohnzimmer, als Luise sich am Schrank hochzog und dort den kenianischen Holz-Hippo demolierte. Kleinkinder ziehen sich also an allem hoch, was dem Ziel des aufrechten Ganges dienlich sein könnte.

Ich stand also im Bad und hängte den einen Fuß ins Waschbecken, um selbigen zu waschen. Ich pflege die Körperreinigung in unbekleidetem Zustand zu veranstalten. Luiselein weilte nicht mehr im Wohnzimmer. Sie hatte Papa planschen hören. Papa hingegen hatte Luise sich nicht nähern hören: Krabbeln gilt ja gemeinhin als lautlose Fortbewegungsart.

Erste Stufe: Hochziehen am Waschbecken-Unterschrank. Zweite Stufe ...

Nachdem ich die Körperreinigung infolge stechender Schmerzen im Unterleib abrupt unterbrochen hatte, eilte eine aufgeschreckte Kindsmutter ins Badezimmer. Sie hatte wohl meine Schmerzenskundgebungen vernommen und schrie aufgeregt:

»Was ist mit dem Kind?!«

Was ist mit dem Kind! Pah – was ist mit mir?!

Nach Rekonstruktion des Tatherganges war ich mir sicher, in Christines Gesicht ein schadenfrohes Grinsen erkannt zu haben. Jenes Gesicht, das vielleicht manche psychologische Erkenntnis auszudrücken vermag – bloß keinen Penisneid!

Phase III/Entwicklungsstufe ab 2 1/2 Jahren = »Was ist denn das?«-Phase, wahlweise auch »Warum hab ich das nicht?«-Phase.

Die Sache mit dem Klapperstorch funktioniert heute nicht mehr. Einer Dreijährigen muss man deshalb zwar nicht sämtliche ehelichen Geheimnisse aufschwatzen, dennoch sollte zumindest eine Basisaufklärung drin sein. Diese bestand in der Beantwortung der Frage, woran man erkennen könne, dass der Papa ein Mann ist.

Für den nächsten Mallorca-Urlaub wird Luise dann entsprechend biologisch geschult sein. Vor ein paar Monaten rutschte sie nämlich am mediter-

ranen Planschbeckenrand mit einem gleichaltrigen und gleichnackten Jungen herum. Stolz berichtete sie ihren Eltern, dass sie mit einem Buben spiele. Neugierig, wie Christine und ich in solchen Angelegenheiten nun mal sind, fragten wir das Töchterlein, woran es denn erkenne, dass es ein Bub sei.
»An den Augen«, zirpte ein unschuldiges Stimmchen.
Das Thema Urlaub mit Kindern will ich damit kurz halten. Wenn Sie wüssten, dass wir anfangs ihren höchstpersönlichen blauen Plastiknachttopf aufs Kofferfließband stellen mussten; dass sie Strandsand genau dorthin schaufelte, wo er bei kleinen Mädchen so schlecht wegzuspülen ist, dass ihre kleine Schwester leidenschaftlich *Au, Flieger!* ruft, während die Mama hektisch Rescue-Pastillen lutscht usw., dann würde das den Rahmen sprengen.
Also, zurück zur Biologie:
Ein Jahr später wünschte die Brut mehr Details auf die alte Frage *Wenn sich Mama und Papa ganz arg lieb haben ... Und da kommen dann die Babys raus –* Sie kennen den Mittelteil ja. Spätestens jetzt ist in dem kleinen Kinderhirn eine Kugel ins Rollen gebracht worden, die erst dann ruhen wird, wenn die alles entscheidende Frage, die mentale Erlösung, die finale Schatztruhe geöffnet wird: Warum? Warum verflixt noch mal, soll das Baby zuerst dort rein, wo es dann doch wieder rauskommen muss?
Es ist die Stufe, wo der kleine feuerrote Plastikarztkoffer vom Geddi zwar für Doktorspiele herhalten musste. Die therapeutischen Maßnahmen beschränkten sich jedoch auf Handverbände. Die Temperatur beim gleichaltrigen Cousin wurde noch axillar gemessen.
Mit Hilfe sukzessiv kleiner Informationshäppchen der Eltern, den Bildern aus der *Bravo* und den oberschlauen Weisheiten der Freundinnen, kam sie dem Geheimnis näher und wechselte zur:

Phase IV/die Schwelle zur Entwicklungs-Biene; Pickeljahre; Pfefferminz-Teenager; Halbzahn; Spleenager (oder weitgehend bekannt auch unter der Katastrophe: *Pubertät!*)
Ich genieße in diesem Moment voll den Moment des Schreibflusses und überlege kritisch, ob ich mir die Qual antun will, die pubertäre Entwicklung meiner Tochter hier zu chronologisieren.
Ich will von der Retraumatisierung Abstand nehmen. Stattdessen entscheide ich mich, dieses Reizthema in meinem nächsten Buch, im Kapitel *Larissa – zweiter Versuch* ausführlich aufzugreifen – aber nur, wenn Sie für das vorliegende ordentlich Werbung machen!
Sollten Christine und ich bei lebendigem Leibe zwei Töchter einigermaßen unbeschadet über die Pubertät gerettet haben, so finde ich, haben wir unseren Rentenanspruch erfüllt!

Außerdem sagt der Blick auf die Uhr, dass meine Computerzeit bald abläuft. Ab 19 Uhr – hierbei zeigt sie sich überraschenderweise überaus pünktlich – gehört der PC Larissa.

Wir schreiten also zur vorerst letzten Stufe (denn ich habe die Hoffnung nicht aufgegeben, dass sich irgendwann eine Erwachseneinphase einschleichen wird):

Phase V/Entwicklungsstufe postpubertär – zumindest das Kind selbst glaubt, dass das Schlimmste vorbei ist = die Penis-Respektlosigkeitsphase.

Das Mädchen hat inzwischen selbst an der Bubenquelle genascht, sprich eigene Erfahrungen mit dem anderen Geschlecht gesammelt. Ich sage nur: *Futonbett!*

Sie hat gelernt, locker damit umzugehen – mit dem Thema, meine ich! –, und in ihr geht jene Saat auf, die in der Phase IV so reich gestreut wurde und nun als sogenannte Emanzipation zu erblühen droht. Obwohl: Was heißt hier *Emanzipation?* – *Frechheit* scheint mir bei Luise zuweilen treffender.

Ich erinnere nur an ihre geringschätzigen Bemerkungen, wenn ich mich im Schlafzimmer auszuziehen beginne, bevor Fräulein Frech vorbeischneit.

»Igitt, ein nackter Mann!«, spottet sie meistens.

Mit *Bist ja nur neidisch, weil du so was nicht hast!* versuche ich, ihr den Penisneid einzureden.

»Bin ich froh, dass ich nicht so ein komisches Gerät da rumbaumeln habe«, kontert sie selbstbewusst präemanzipiert!

»Lach nicht so respektlos!«, retournier ich, »immerhin bist du da schon durchgesaust – aber da warst du noch ziemlich klein.«

Der Lacher ist mir sicher.

»Also, wenn ich mir das Ding so anschaue, dann muss ich ja wirklich wahnsinnig klein gewesen sein!«, kichert sie unverhohlen.

Hm, so kann's dir gehen, als einziger Herr im Haus. Von den halben Katern Freddy und Peter war jedenfalls keine Unterstützung zu erwarten – die waren auch kastriert worden.

Inzwischen ist Luise 17 Jahre alt und zeigt schon leichte Anzeichen eines vernünftigen Verhaltens.

Zur Feier des Realschulabschlusses war sie letztes Jahr mit ihrer Mama ein paar Tage nach Berlin gefahren. Ich glaube, sie hatten beide ein schlechtes Gewissen, da sie in einen namhaften Rotlicht-Shop »rein zufällig« hineingestolpert waren. Als Beichte gewissermaßen erhielt ich dann drei obenrum recht sommerlich bekleidete Schönheiten als Puzzle geschenkt (Sie erinnern sich: im Büro, rechts über dem PC).

Zwei Frauen bringen dem Mann Bilder mit nackten Weibern mit – so lasse ich mir Emanzipation gefallen!

Aber noch mal kurz zurück zum (höchst zweifelhaften) Penisneid.

Den Entdecker (oder sollte ich Erfinder sagen?) dieses Phänomens kann ich leider nicht mehr persönlich fragen. Aber es gibt ja so etwas wie Seelenverwandtschaft – Brüder im Geiste, quasi. Überzeugte Anhänger, die irgendwie einen guten Draht zu ihm haben, suche ich. Telepathie wäre mir zur Not auch recht. Er/sie müssen halt seriös sein. Falls Sie sich das zutrauen oder jemanden kennen der sich das zutraut, dann bitte ich herzlich darum, den folgenden Brief raufzumailen.

Hochverehrter Herr Sigmund Freud!

Ich habe schon viel von Ihren berühmten Arbeiten gehört. Von Psychoanalyse, von Traumdeutung, vom Es, Ich und Über-Ich usw. Mehr will ich gar nicht aufzählen, sonst denken meine Leserinnen und Leser, dass ich was von der komplizierten Materie verstünde.

Ich arbeite zwar schon 25 Jahre in der Psychiatrie und habe über so manche seelische Spezialität nachgedacht, aber als Krankenpfleger bin ich natürlich nur ein winziges Rädchen im großen Uhrwerk der Psycho-Angelegenheiten. Deshalb würde ich mir niemals anmaßen, eine Ihrer Lehren in Zweifel zu ziehen. Aber vielleicht könnten wir beide uns so einigen, dass klare Gesetze hin und wieder auf Ausnahmen stoßen können – und da können Sie ja nichts dafür!

Also das mit dem Dingsbums, mit dem Penisneid bei Mädchen, also ich weiß nicht so recht …

Könnte es nicht auch so sein, dass in Ihrer Zeit Sexuelles tabu war, und so viel Raum für Fantasie blieb? Das Selbstbewusstsein der Frauen war, so meine ich, auch nicht so besonders intensiv ausgeprägt wie heute. Wissen Sie, Herr Freud, wenn heute eine Frau hinterm Herd steht, dann allenfalls, um zu kritisieren, weil ihr Mann sein Essen wieder anbrennen lässt.

Sie sagen, dass Mädchen darunter leiden, ohne Penis geboren zu sein. Wenn diese Vater und Mutter im Adams- beziehungsweise Evakostüm vergleichen, machen sie die Mutter für den misslichen kleinen Unterschied verantwortlich. Die Mädels würden daraufhin ihre Liebe auf den Vater richten und so nebenbei auf ihre Geschlechterrolle als Frau vorbereitet werden – wenn ich's richtig verstanden habe.

Bei uns zu Hause ist das nicht so!

Ich habe durchaus nicht das Gefühl, dass meine Töchter leiden. Neulich war ich einkaufen gegangen und hatte die Kleine vorher gefragt, ob ich ihr was mitbringen könne. Raten Sie mal, was sie mir geantwortet hat:

»Ja, Tampons.«

(Sie können die Antwort natürlich nicht gewusst haben, schließlich gab's die Dinger zu Ihrer Zeit ja noch gar nicht.)

Sie ruft mir noch zwei Buchstaben, Größe beziehungsweise Farbe der Banderole hinterher. Und ich steh dann an der Kasse mit einer 56er-Großpackung!

Larissa scheint auch nichts zu vermissen. Sie hat ihre Frauenrolle längst akzeptiert!

Als ich mich mit der großen Tochter locker über Sexualität unterhielt, sprühte sie mir heiter entgegen:

»Weißt du Papa, ich hab zwar nicht so eins wie du, aber ich kann später so viele davon haben wie ich will ...«

Von Neid also ebenfalls keine Spur!

Ihre Mutter verhält sich diesbezüglich nicht besser. Unter den Feministinnen beziehungsweise unter den meisten modernen Frauen wäre ihr Verhalten sicher als selbstbewusst, aufgeschlossen, ja sogar als selbstverständlich eingestuft worden. Ich hingegen finde, sie hetzt die Kinder gegen mich auf! Die drei Prinzessinnen amüsieren sich köstlich in der Küche – wenn die lachen, dann meistens über die Männerwelt. Statt ehrfürchtig zusammenzuzucken, wenn das Oberhaupt der Familie den Raum betritt, kichert Christine Schwarzer mir entgegen:

»Wir haben uns gerade über dich unterhalten und dein ...«

Die beiden Halbstarken prusten erneut in schamlos schadenfroher Weise.

»Wir sind jedenfalls froh, dass bei uns untenrum alles aufgeräumt ist, gell?«, rufen sie aus, tatkräftig nickend von der Mutter unterstützt.

»Und mein Busen ist auch viel schöner als dein Gestrubbel auf der Brust!«, setzt die Jüngste im Dreifrauenbund eins obendrauf.

Ich finde das echt gemein!

Ich muss jetzt Schluss machen: Ich hab noch Nudeln auf dem Herd.

Es grüßt Sie herzlich

Ein enttäuschter Fan.

Schnitt! Zäsur! Umdenken!

Im Grunde war es tendenziell meine Wenigkeit, die als Wachhabender Dienst leistete. Denn die Frau Christine Redselig war mit ihren Fasnachtsfreundinnen auf jenem Rasenstück, das in unserer Karnevalsgesellschaft als Hexenstammplatz allseits bekannt war, in lebendiger Unterhaltungen vertieft. Wahrscheinlich ging's damals schon um so elementare Fragen wie die Farbe der Strohschuhbommel ...

So hatten wir im Text aufgehört mit Luises Chronologie. Aber, wie es halt so ist beim Sex – wenn man mal angefangen hat, verliert man schnell den Überblick ...

In Luises Familienvideo laufen noch Szenen vom Sahne-Schneebesen-Abschlecken, vom Kindergarten, von der Einschulung, von einer sukzessiv wachsenden Anzahl an Kerzen auf ihren Geburtstagstorten.

Der oben erwähnte Tamponeinkauf hat mich allerdings auf eine andere Idee gebracht, der ich mich im anschließenden Kapitel voll und ganz widmen möchte.

Die Fortsetzung der kindlichen Entwicklung werde ich im zweiten Band nachholen – falls dieses gewünscht wird ...

Einkaufen – The Last Adventure

Private Milchstraßen, erotische Umkleidekabinen, Sonderangebote, Altkleidersäcke, Angst vorm Zahnarzt und Hexen im Kofferraum

Brot *Bank Geld holen*
Wurst *Post Päckchen zurückbringen*
Eier
Rama
Sprudel
Milch (10)
2 Weichspüler (gelb Aldi)
Katzenfutter (-,39 Schlecker)
Körnli (HH)
200 Grünländer (-,89 N)
500 Hackfleisch
Nudeln
Wurst (Freitag)
Müsli (vorher Larissa fragen)
2 kleine Dosen rote Bohnen
Gemüse, Karotten oder so (Freitag)
Kartoffeln (Freitag)

Aha, ein Einkaufszettel. So ähnlich sieht der bei uns daheim auch aus. Und wo soll da der Witz sein?«

Ach, kommen Sie mir doch nicht so!

Das ist doch niemals ein normaler Einkaufszettel – das ist eine psychologische Herausforderung an die partnerschaftliche Beziehung, eine gestrenge Prüfung an die Absprachefähigkeit zweier Menschen; eine ausgetüftelte Organisation gleich der Planung einer Mondlandung. Dort dürfte man ebenso die Rakete nicht einfach so raufschießen und dann – schauen wir mal, wo sie ankommt – NEIN! Wäre ja unverantwortlich. Stellen Sie sich nur vor, ich würde das Katzenfutter statt vom Schlecker aus dem Discounter besorgen! Mausi würde mich sicherlich enterben! Oder die Bohnen – ja, wenn ich versehentlich zwei große Dosen kaufen würde: Der Küchenschrank, respektive der eheliche Frieden, könnte glatt einstürzen! Also alles schön nach dem schriftlichen Befehl!

Sie verstehen nicht ganz? Ich sehe schon, da muss ich etwas ausholen.

Zunächst einmal: der Einkaufszettel an sich. Damals als die Postleitzahlen umgestellt wurden, musste sich gleichfalls das ortsansässige Radio- und Fernsehfachgeschäft (ja, damals waren solche langen deutschen Begrifflichkeiten noch deutsch) anpassen. Der Händler ließ beispielsweise seine ganzen Quittungsblöcke neu drucken und warf die alten – na, wohin wohl? – in den Papiercontainer des Recyclinghofes. Ich vermute, Sie vermuten bereits, welcher pfiffige Ökologe zur richtigen Zeit am richtigen Ort war – richtig: ich! Da der Elektroeinzelhändler Rechnungen für die nächste Generation kartonweise vorgedruckt hatte, bevorraten wir seitdem rückseitige Einkaufszettel für denselben Zeitraum. Meine Töchter sind quasi mit Elektro-Einkaufszetteln groß geworden. Abreißblöcke kaufen kennen die nicht! Neben Tupperware, Tortenplatten sowie Tortenhauben dürfen sich die beiden Damen bald um Einkaufszettel als weiteren Bestandteil großzügiger Aussteuer erfreuen.

Nun zum Inhalt des aktuellen Zettels. Wir nennen ihn Mändig-Zeddl (hochdeutsch: Montagszettel = Einkaufsliste für die Besorgungen am Montag). Der Montag bedeutet ein ganz besonderer, hochkonzentrierter Supereinkaufstag. Jawohl! Der Montag gilt als Tag direkt nach dem Sonntag. Und Sonntagnachmittag, seit die Kinder nicht mehr mit uns Alten raus wollen, ist der Postwurfsendung-Sonderangebots-Selektionsorgien-Nachmittag.

In normalen Haushalten klebt der Hinweis BITTE KEINE WERBUNG EINWERFEN am Zeitungskasten – bei normalen Leuten! Wenn es nach Sonderangebots-Christine ginge, so würde eine mannshohe Leuchtreklame vor der Eingangstüre erstrahlen:
BITTE WERBUNG NICHT VERGESSEN – wir haben ja sonst nichts zu tun!

Wie eingangs beschrieben, wohnen wir Hanglage. Kein Vergnügen für die meist jugendlichen Prospektausträger.

»Na und?«, zischt meine liebe Werbefachfrau, »die bekommen schließlich Geld dafür.«

Es wäre nicht das erste Mal, dass sich meine liebe Frau bei der Agentur beschwerte, weil sie keine Hauswurfsendung bekommen hat. Die haben auch sofort gespurt und uns als Dank dafür am Montag nachträglich mit der Papierflut überschüttetet. Vor lauter telefonischer sowie schriftlich begleiteter staatstragend devoter Entschuldigung hatten die Herrschaften gleich zwei Exemplare sämtlicher Offerten in den Kasten gestopft. Leichtsinnig wie ich manchmal sein kann, belächelte ich die doppelte Portion mit »Au, Chris, jetzt können wir uns sogar zwei Lesezimmer einrichten!«

In einem Supermarkt hatte sich eine Bäckereikette niedergelassen und entsprechend geworben – mit einem Brezelgutschein an der unteren rechten Prospektecke. Da wir zufällig dieses eine Mal mit dem glücklichen Umstand von zwei Prospektlieferungen gesegnet waren, durfte ein glückliches Ehepaar eines Dienstagmorgens zwei Gratis-Laugenbrezeln simultan verzehren.

Gut, dass der Herr im Hause immer so wachsam ist!

Der Baumarktprospekt bietet übrigens wieder kleine verzinkte Gartentore an – tja, die Leute haben halt keine Fantasie.

Doch weiter im Text: Die Quintessenz intensiver Studien aller Discounter-, Super- und Baumarkt-, Optiker- und Computerangebote spiegelt sich jedenfalls als Summe aller haushaltsspezifischen Erfordernisse in eben diesem oben genannten Einkaufszettel wider.

Gehen wir die einzelnen Positionen doch in Ruhe durch. (Ich merke schon, wie sich Ihre Begeisterung unruhig Bahn bricht.)

Brot – ist ja noch einfach, werden Sie sagen. Von wegen! Kauf ich's geschnitten, dann mault meine liebe Hauswirtschafterin, weil es schnell austrocknet. Beim ungeschnittenen Laib meckert Luise, da sie für das Abendbrot und somit für das Brotschneiden zuständig ist.

Wurst, das weiß ich inzwischen, kommt ausschließlich aus der kleinen privaten Metzgerei, alternativ vom Wochenmarkt. Dieser findet indes ausschließlich freitags statt – deshalb die Klammer um Freitag.

Mit den Jahren lernt man als Workaholic die Einkaufsliste vom Markt zügig abzuspazieren, ob es nun um die Besorgung Eier oder der mit ganzen Knoblauchzehen gefüllten Oliven geht. Die lasse ich mir in derart sauscharfer Harissasoße einlegen, dass ich abends nicht nur scharfe Knoblaucholiven, sondern auch umgehend das Gästezimmer für mich alleine habe.

Aus dem Supermarkt unbedingt den Grünländer-Käse im Angebot mitbringen (*N* steht übrigens für *Neukauf*, obgleich das Nachbargeschäft schon seit Jahren zu *Edeka* umgetauft wurde.)

Obacht mit dem Hackfleisch! *Besser von der kleinen Metzgerei oder allenfalls vom Supermarkt – nicht vom Discounter!*, beschwört meine liebe Gattin. Die Nudeln sind zwar im Discounter billiger als vom Supermarkt – aber dafür pampig wie Christine.

Lassen Sie mich doch bitte ausreden: Ich meine, pampig, wie Christine sagt!

Doch billig ist nicht gleich billig. Denn, wenn ich wieder die preiswerte Margarine vom Discounter hole, statt der »richtigen« *Rama*, dann kommt uns das teuer zu stehen! Denn dann gibt's trotzig zum Abendbrot gar keine Margarine, weil der blöde Papa das vermeintlich minderwertige Zeug zum Backen gekauft hat.

Als Tetrapacks im 12er-Karton hatte ich Milch schon vorm Wochenende gekauft – sie schwimmt inzwischen in der Waschmaschine.

In einem Milchkarton befinden sich seit jeher 12 Liter H-Milch. Warum meine liebe Christine (jetzt hätte ich beinahe *Milchkuh* geschrieben) *10* in

Klammern betont, muss ich nicht kapieren, wir sind 23 Jahre verheiratet, wir verstehen uns auch so. *10* heißt *12*, und *N* bedeutet Edeka. Ich begreif gar nicht, dass Sie das nicht verstehen wollen.

Ob N, E oder HH (Handelshof), das spielt allerdings jetzt momentan eine untergeordnete Rolle. Wie auch immer: Die Milch muss irgendwie her! Und der große Korbeinsatz aus der Gefriertruhe. Dieser wird zu Hause über den neuen Milch-12er gestülpt. Als Schutz vor unbefugtem Zugriff im Keller. Die liebe Mausi hatte, herzallerliebst wie sie ist, neun von zwölf Beuteln mit ihren spitzen Zähnchen angebissen. Nicht oben, nein, schön jeweils im unteren Drittel der Tetrapacks. So konnte sich in zierlichen Rinnsalen literweise eine Milchstraße auf den Kellerboden ergießen. Die Handtücher zum Aufsaugen drehten sich später in der Waschmaschine, doch Christinchen drehte erst mal ganz ohne maschinelle Hilfe durch.

Wissen Sie, woraus man früher Stinkbomben herstellte? Aus Buttersäure! Glauben Sie nicht? Dann erlauben Sie sich mal, verschüttete Milch auf dem Kellerboden nicht vollständigst aufzuwischen – nach drei Wochen werden Sie mir glauben!

Also, Gefriertruhe verschieben ... den Boden drunter nachwischen ... danke, Mausi!

Und als Dank soll ich dem Vieh jetzt noch Katzenfutter kaufen!

Bei Schlecker gibt's Dosen im Angebot für 39 Cent.

»*Saftiges Kaninchen in Gelee* frisst sie gern«, höre ich meine liebe Frau hinter mir her rufen. »Oder *Leckere Häppchen mit Rind in feiner Soße* kannst du auch bringen.«

Du dämliches vierbeiniges Milchmonster, denke ich mir. Wie wär's mit *Saftige Maus aus eigenem Garten* oder *Lecker Tritt in Hintern*? (Keine Sorge, liebe Tierschützer, ich tu's nicht, aber wollen wird man doch mal dürfen mögen!) So, und *Körnli* (ländlich für: *Trockenfutter*) gibt's heute die allerbilligsten vom Lidl! (Seinerzeit wusste man noch nichts von den versteckten Kameras!) *Katzen würden* Whiskas *kaufen*. Dann geh doch selbst, taubes Vieh!

Schwere Milchkartons oder Sprudelkisten sind, Sie erinnern sich, seit Christines erster Schwangerschaft Sache der Männer – und von dieser Sorte leben in unserm Hause recht wenig.

Seltsam nur: Irgendwelche Sektkartons, Kofferräume voll mit Holzhexenmasken, kleine runde Stehtische oder anderes schweres Geschütz für anstehende Hexentreffen lupft meine Privathexe mit Leichtigkeit aus dem Auto!

Irgendwie, scheint mir, muss sie trotz intakter Wirbelsäule einen Hexenschuss haben!

Zu den Holzlarven (*Häs*, wie die Alemannen das fasnetträchtige Outfit nennen) im Kofferraum hätte ich noch eine Bitte, liebe Christine: Wenn die

Dinger wieder einmal nach spätdämmeriger Heimkehr im Astra verbleiben, dann warne mich bitte vor!

Erklärung erwünscht?

Bitte!

Ich fahre mit ellenlangem Einkaufszettel bepackt frohen Mutes zum Discounter im Süden und öffne unschuldig auf dem Parkplatz den Kofferraum, um nach dem Klappkorb zu langen. Die rechte Hand greift instinktiv in Richtung Korbnähe. Bis auf die Knochen erschreckt zuckt selbige zurück, indes die linke den Kofferraumdeckel hastig zuhaut.

Stellen Sie sich mal vor, lieber Leser, Sie öffnen die Klappe und plötzlich werden Sie von drei geköpften hässlichen Frauengesichtern angegafft. Und die roten Kopftücher erwecken natürlich im ersten Moment den Anschein, als lägen sie in einer Blutlache. Die zerzausten Frisuren aus echtem Pferdeschwanz erledigen den Rest-Schock, sodass man mental zwischen Horrorfilm und Abdeckerei taumelt!

Als ob ich nicht schon genug mit diesen Pferdeschwänzen mitgemacht hätte. Sie, liebe Leserinnen und Leser, haben nicht die leiseste Ahnung, vermute ich, wie bestialisch abgeschnittene Pferdehintern stinken, wenn diese nach dem Gerben im Keller aufgehängt wurden!

Im Bezug auf Hexen-Überraschungsangriffe bin ich übrigens nicht das einzig schreckhafte Familienmitglied. Regelmäßig, wenn's »dagegen« geht (Alemannisch für: *Die närrische Zeit steht bevor.*), flüchtet Mausi zügig unters Bett oder ins Freie, sobald sich eine der drei Frauchen maskiert und mit Besen bewaffnet dem Sonnhof nähert. Gott sei Dank ist Mausi keine Kuh! Sonst hätte sie schon längst die Strohschuhe gefressen – mitsamt Bommel!

Aber Mausi wäre ja auch kein passender Name für eine Kuh. Eher Berta oder Elsa oder Chri...

»Mike! Was lachst du wieder so beim Schreiben?!«

Weiter im Text: Die Realitäten im Kofferraum reflektierend, schiebe ich den Einkaufswagen samt Klappkorb in Richtung Discountereingang.

Verkaufspsychologen haben ja die Einkaufswägen extra so tief konzipiert, damit der dumme Kunde ordentlich auffüllt. Eine bescheidene Abdeckung des halben Wagenbodens würde eigene Armut suggerieren. Aber mit mir nicht, Leute! Nur, was auf dem Zettel steht!

Obwohl heute nicht Montag ist, ist doch Stresseinkauf angesagt. *Müsli* steht auf der Bestellung! Larissa hat mir zuvor genaue Instruktionen erteilt, was es denn heute sein darf. Vor allem – was es *nicht* sein darf: Rosinen! Sie würde, gleich einem Polizeihund, eine einzige Rosine in einer ganzen Müsli-Lastwagenladung erschnüffeln. Also Obacht, noch mal genau ihre Bestellung mit den Riesenkartons vergleichen:

Nuss-Crisp, *Choco-Chips*, *Honey-Cereals*, *Knusperflakes*, *Cornflakes Natural* und *Crunchy Rings*. Alles vorhanden. Rein damit. Und jeder Karton so groß, dass ein Paar Stiefel Größe 45 bequem Platz darin finden könnten. Ich werfe einen skeptischen Blick auf die jungfräuliche Einkaufsliste, danach einen zweiten auf sechs Kartonagen mit jeweils 750 Gramm essbarem Verpackungsmaterial, welche das Wagenvolumen bereits übersteigen. Ein Dritter folgt, während ich mich umdrehe und ich im Hinterkopf analysiere: *Ca. fünf Meter zurückgelegt ... Einkaufswagen schon brechend voll ...* Die Verkaufspsychologen haben sich jeden Cent verdient!

Dabei erinnere ich mich an meine eigene Kindheit: Haferflocken nannten wir damals das, was heuer als Müsli angeboten und als farbige Styroporflocken verkauft wird. Ein Löffel Kaba in den Teller gestreut, schon war unsere kleine Kinderwelt perfekt. Zugegeben, die braunrote Pampe war keine Augenweide, wenn im Sommer als kulinarische Krönung noch eine Handvoll Himbeeren dazukamen – aber lecker war's und bescheidener und zufriedener und deutscher.

Nun denn, Nostalgie nutzt nichts. Ab damit: schnurstracks zur Kasse. Die Kassiererin schubst routiniert mit dem rechten Unterarm die Artikel in den Wagen, weil ich mit dem Umschichten vom Band nicht nachkomme.

»Zahlen Sie bar?«

Natürlich – geschenkt werde ich das Zeug wohl nicht bekommen! Zwischenstopp am Auto, die drei Damen ohne Unterleib im Kofferraum grinsen: *besetzt!* Familie Knusperflakes darf auf der Rückbank Platz nehmen. Mit dem entleerten Rollcontainer zurück zum Fünfmeterpunkt. Go!

Wie immer zuerst der obligatorische Griff zu meinen Lieblingskeksen, vis-à-vis Marmelade – Ecke Toastbrot.

Zwischendurch tritt mir ein leicht desorientierter Mittfünfziger auf die Füße und meint frech:

»Ja, hinten hab ich halt keine Augen!«

»Deshalb hat uns der liebe Gott die Zehen nach vorne gebaut – damit wir nicht rückwärts laufen!«, antworte ich säuerlich und beende den unerfreulichen Dialog.

Isolier-Pannenband (die Heimwerker unter uns sprechen vom *Kaltschweißband*), *Kfz-Scheinwerfer-Ersatzlampen H4*, *Pattex*, oder *Kabelbinder* in verschiedenen Größen stehen zwar nicht auf Christines Checkliste, trotzdem gefällt mir der Laden zunehmend besser.

Die Wühlkisten im Mittelgang erinnern stark an die Container auf dem Recyclinghof. Ob ich die zwei Pullen von dem gelben Weichspüler wohl gegen ein paar verbeulte Fahrradfelgen tauschen darf?

Diese Frage gewinnt an Aktualität, als ich, beladen mit allerlei einkaufszetteloktroyierten überflüssigen Luxusleckereien wieder an der Kasse stehe und schon wieder freundlich leblos interviewt werde:

»Zahlen Sie bar?«

»Nehmen Sie auch gebrauchte Felgen in Zahlung«, liegt mir auf der Zunge, ich trau mich aber nicht und zahle bar.

Nein, gestatten: K. Albrecht – mir gehört der Laden, wäre ebenfalls eine lustige Antwort. (Oder? Wie wär's? Hätten Sie eine schlagfertige Idee parat? Den originellsten Einfall belohne ich – kein Witz – mit einer Packung meiner Lieblingskekse: dänische Hafertaler mit Kakaocremefüllung.)

Apropos: Bevor ich Ihnen, liebe Leserschaft, weiterhin mit meinen Discounterbesuchen auf den Keks gehe, fliege ich, begleitet von drei hölzernen Hexenhäuptern, auf dem Opel-Besen heimwärts.

Wenn ich bis zum Mittagessen nicht zurück bin, wartet der Scheiterhaufen auf mich.

Glück gehabt! Es ist lediglich eine *Menthol Light*, die sich mein Funkenmariechen auf der Terrasse anzündet.

Geschickt nutze ich diese Gelegenheit, um die abgearbeitete Einkaufsliste überm Kellerhals vor der Küche so aufzutürmen, dass Hexe Chris darübersteigen muss. Vielleicht könnte ich so ein anerkennendes *War ganz schön viel, gell?* oder zumindest eine grenzwertig positive Reaktion auf mein hauswirtschaftliches Engagement erhaschen.

Sie müssen noch wissen, dass ich traditionell in den närrischen Tagen für den Haushalt eingeteilt bin. Einkaufen, kochen, Konfetti aufsaugen. Mein weiblicher Dreierbund (die Kinder sind ebenfalls vom Fasnetvirus infiziert) braucht sich um nichts zu kümmern – außer um Strohschuhbommel. Und ich hab eine knappe Woche meinen Frieden, sodass ich in aller Ruhe renovieren oder zum Beispiel an diesem Buch schreiben kann.

Miss Menthol Light (wenn ich mir ihre Leibhaftigkeit so betrachte, dann wäre eine *Miss Menthol Strong* glaubhafter – aber lassen wir das) begutachtet kritisch den Turm an *Food* und *Non-Food*.

Ich höre, wie sich in ihrem Oberstübchen die Rädchen drehen.

Lob?

»Mensch, wie soll ich denn da rein kommen?«

Ich halte ihr 200 Gramm *Grünländer* entgegen:

»Schau mal, ich gehe ja wegen *jedem Käse* einkaufen«, versuche ich meine missbrauchte Männlichkeit zu betonen.

»Da kannst du mal sehen: Ich habe diese Schlepperei das ganze Jahr über. Ich muss mich ja schließlich noch um andere Sachen kümmern.«

Thomas Mann würde an meiner Stelle den Frust eventuell so umschreiben: Während der Dauer ihrer Vorwurfshaltung habe ich Muße, mich zu ärgern.

Indem sie die allgemeine Harmonie stört, nimmt sie eine belehrende Weise an, die ihr nicht zukommt. Es dünkt mich an der Zeit, sie um Frieden zu ersuchen. Um sie in Zucht zu halten, komme ich mit mir überein, ihr ein Gleiches zu tun.

Während also die übliche Tirade von geschundenen Hausfrauen auf mich herniederzuprasseln droht, ziehe ich die frisch gekaufte Pattex-Tube aus dem Klappkorb. In gespielter Geschäftigkeit lasse ich einen leisen Satz fallen:

»Ja du, ich räum das gleich weg. Ich geh nur schnell in die Werkstatt runter ... wegen der Maske.«

Es ist, als ob man an der TV-Fernbedienung auf stumm schaltet: Der Ton ist weg, das Bild bleibt. So kann man sich in diesem Moment Christines Antlitz vorstellen. Indessen sie im Oberstübchen kombiniert: *Maske aus Holz im Kofferraum – Nase abgekracht – Pattex: Der Depp hat nicht aufgepasst!*

Ihre zornigen Furchen ähneln zunehmend den Gesichtszügen der Maske (ausgenommen die schwarze Warze auf der Nase – beim Häs meine ich).

Wütend, mich mit einem verächtlichen Blick ignorierend, stampft das hochexplosive Gemisch aus Fluchen und Schweigen in Richtung Kofferraum. Akribisch werden drei Holznasen makroskopisch untersucht. Drehen, wenden, noch mal drehen, schütteln, Kopftuch abnehmen. Indes die OP-Schwester drei völlig gesunde Patienten zu behandeln versucht, steht ein zufriedener Psychiatriepfleger hinter ihr, der laut vernehmlich mit ausgestreckten Armen eine zweizeilige Büttenrede improvisiert:

Die Nas vo dere Hex isch nit abkracht,
ich hab nur e Witz gemacht.
Da ward mir leicht.
Helau!

»Dieses war der erste Streich, doch der zweite folgt sogleich.«

So oder so ähnlich würde unser vertrauter Humorkaiser Wilhelm B. ein Kapitel beenden. Nach den Kalamitäten um Einkaufsorgien, verschütteter Milch und Pferdehaaren an Hexenköpfen will ich Ihnen hier eine kleine Pause gönnen, bevor *Einkaufen – zweiter Streich* beginnt.

Also trinken Sie mal zwischendurch einen Kaffee, gehen Sie ein paar Minuten an die frische Luft (falls nicht gerade Sommer ist und Sie eh im Liegestuhl hängen) oder gehen Sie einkaufen. (Zahlen Sie bar?) Die Geschichte ist so spannend, dass Sie sofort und nahtlos weiterlesen müssen? Vielen Dank!

Einkaufen – zweiter Streich (Untertitel: *Schlüpfriges aus dem Paradies*):

Ich hatte es bereits erwähnt, dass mein Modebewusstsein sich frei von aktuellen Katalogen bewegt. Ich lebe diesbezüglich ungezwungen. Trendy ist stets das, was im Kleiderschrank hängt. Angesagtes wie Hair, Style and Fashion heißen bei mir Waschen, Rasieren und Jogginghose.

Unterwäsche, Schlafanzüge, Hemden, T-Shirts, eigentlich fast alles an Bekleidung, kauft mir meine liebe Gattin. Sie begründet dies damit, dass ich auf Station nicht »so lotzig« rumlaufen kann.

Den Arbeitskollegen – vor allem den Arbeitskolleginnen – bleibt das nicht verborgen:

»Oh, schickes Hemd. Hast *du* aber nicht gekauft, oder? War sicher Christine.«

Der wahre Grund für Christinchens Mitleid steckt eher in ihrem angenagten Gewissen, wenn Sie Versandhäuser halb leerbestellt hat. Dies erklärt im Übrigen das *Post, Päckchen zurück* auf dem obigen Einkaufszettel.

»War nur zum Probieren. Wollt ich eh nicht behalten«, höre ich Frau Neckermann rumdrucksen.

Ja, ich merk das ja nicht, dass sie stets zwei Größen bestellt. Die eine (und nur die eine) geht dann tatsächlich wieder zurück – gelogen hat sie also nicht.

Fast alles an Klamotten, wie gesagt, besorgt mir meine Herzallerliebste. Sogar Socken strickt sie mir, was ich ihr ernsthaft hoch anrechne. Sie wirkt dabei hinreißend brav, wenn sie mit Stricknadeln klimpert und Maschen abzählt – und den Mund hält.

Schade, dass ich mit Herrn Kishon nicht mehr diskutieren kann, wer von uns beiden die beste Ehefrau von allen zu Hause sitzen hat.

Nur um Schuhe und Hosen muss ich mich selbst kümmern. Also investiere ich gezwungenermaßen regelmäßig so alle fünf bis sechs Jahre eine Viertelstunde im Schuhladen. 41 – billig – passt – auf Wiedersehen.

Tja, meine Damen, so geht's doch auch!

Bei der letzten anschließenden Modenschau im trauten Heim erntete ich statt eines dreifach resignierten Kopfschüttelns plötzlich Anerkennung, ja sogar Zuversicht.

Zum reellen Ladenpreis von 39,95 Euro hatte ich einfach 60 Euro dazugedichtet.

»Die haben sie von 139 auf 99,95 runtergesetzt. Na, und zu dem Preis!, dachte ich ...«

Meine Frau bemühte sich, mich und meine »Verschwendung« anzuerkennen:

»Mensch, da hast du dir endlich mal was Gutes gegönnt. Sieht man doch gleich, dass das was Gescheites ist.«

Frauen!

Zweimal in meinem gesamten Eheleben hatte ich mir unbeaufsichtigt eine

Hose zugelegt. Die erste war eine knallgelbe Jogginghose mit seitlich grauen Streifen und »passendem« Oberteil mit Reißverschluss. Beide Teile sind umgehend verloren gegangen. (Ich habe selbstredend keine Ahnung, wie das passieren konnte!) – Aber eine gelbe Couch, das ging! Der zweite Versuch war eine schöne schwarze Jeanshose.

»In der hast du ja überhaupt keinen Arsch!«, erinnere ich das schonungslose Zeugnis. Auch dieses Textil musste angeblich vor dem ersten Tragen gewaschen werden. Inzwischen, nach etwa 20 Jahren, dürften die Sachen eigentlich langsam trocken sein.

Es scheint alles auf *den* Befehl hinauszulaufen, *die* Katastrophe schlechthin:
»Du musst dringend mal wieder neu eingekleidet werden!«
Boäh! Da hilft kein Zappeln. Sätze, wie *Ich hab' doch noch genug!* werden in mutwilliger und penetranter Weise schlichtweg überhört. Auf dem Familienkalender in der Küche, auf dem die wichtigen Termine eingetragen werden, steht für übermorgen *Frieburg* – unter den Spalten *Mike* und *Christine*. Jetzt erschließt sich mir auch der harmlose Eintrag auf dem Einkaufszettel *Bank, Geld holen*. Sämtliche Indizien sprechen also dafür – alle meine Wünsche dagegen.

Frieburg steht für: Einkaufsbummel in *Frieburg*.

Es ist übermorgen. Hinein ins Vergnügen! Ein letztes kränkelndes Husten wird mit der frohen Bemerkung *In Frieburg gibt's auch Apotheken!* geheilt.

Im Parkhaus ausgestiegen, schwant mir schon der Unterschied zur Parkuhr an der Straße: Dort parkt, wer sich auf einen *kurzen* Aufenthalt einrichtet.

Außer Christine strahlt auch schon die erste Leuchtschrift uns entgegen: *Black & Decker?* Wäre schön gewesen. Nur: Leider heißt es diesmal *C & A*.

Wende dein Gesicht der Sonne zu, dann fallen die Schatten hinter dich, heißt ein afrikanisches Sprichwort. Also gut, machen wir das Beste draus!

Schon stehen wir vor dem Hosenrondell. *27 – Inch – L.*

Hä?

»Die fallen etwas weiter aus. Können Sie ruhig mal probieren«, säuselt mir die erste Verkäuferin (oder Fachberaterin – mir egal) von hinten ins Ohr. Mir reicht's schon, ich könnte schon wieder kehrtmachen. *Etwas weiter!* – Müssen ja nicht alle so dürr sein wie die, finde ich!

Meine heute auffallend zuvorkommende Gattin reicht mir eine Bluejeans. Nur zur Information: fünf oder sechs Stück habe ich davon zu Hause.

Chris deutet auf die Umkleidekabinen. Inständig hoffe ich, dass das erste Ding passt und damit unser Einkaufsbummel beendet ist.

»Da habe ich noch eine. Probier die doch noch an. – Schau mal da!«

Und schon hängen weitere vier Beinkleider über dem Vorhang. Die Maskerade kann beginnen:

»Mhmm, dreh dich mal um! Mhmm, lauf mal ein Stück vor! Mhmm, na, hat alles Platz da drin? Dein *Handy* da vorne, meine ich«, versucht sie mit etwas Erotik meine derangierte Laune zu heben.

»Also, wenn die beiden Akkus aufgeladen sind, wird's eng«, pariere ich.

Mit zwei neuen Hosen spazieren wir – zur Kasse? Nicht wirklich, sondern zur Abteilung der schicken Herrenoberhemden.

»Au, das passt aber prima zur neuen Hose.«

(Unter uns: Die alten Hemden passten genauso prima zu den alten Hosen.)

»Du, schau mal, das Karierte haben sie herabgesetzt auf 20 Euro.« Nach 23 Ehejahren lernt man solche Botschaften zu lesen: *Nimm's – und keine Widerrede!*

»Für den Preis gibt's im Baumarkt grad schöne Sets mit Bohrern, Dübeln und Schrauben«, bekunde ich meinen Unwillen zur überflüssigen neuen Oberbekleidung.

»Ha-ha!«, lacht die Gutste gewinnend, »aber Schrauben kann man halt nicht anziehn.«

»Da irrst du dich, Schrauben kann man wohl anziehen, haha! Aber mit Hemden kann man keine Löcher bohren!«

Mit den beiden Spendierhosen und zwei Hemden der neuen Frühjahrskollektion über dem linken Unterarm sage ich mir, dass nur in Afrika die Sonne von vorne scheint. Muss am Äquator liegen. In dem Laden hier finde ich jedenfalls nur Schattenseiten für mich!

Mein Sonnenschein hingegen findet, dass mir das T-Shirt gut stehen würde. Im Grunde ist es grün. Zu Hause habe ich ein grünes im Schrank – aber das hier ist halt anders grün!

Eines muss man den Leuten in diesem Kleiderladen lassen – Service wird hier großgeschrieben! (Ich darf Sie beruhigen: *Service* ist ein Hauptwort – das wird überall großgeschrieben.) Vor dem Aufzug stehen nämlich einladend Körbchen mit großen Röhrensäcken. Erinnern mich stark an den Grasauffangsack bei mir daheim. *C & A legt Wert auf Tragekomfort. Nutzen Sie diesen praktischen Tragekorb!*, steht dezent darüber. Ich entscheide mich schnell, diesen Tipp für mich zu behalten, sonst gibt meine Frau nicht eher Ruhe, bis die Riesensäcke gefüllt sind.

Durch meine Hirnwindungen rollen die Euromünzen zu einer Summe von nicht unter 160. Demonstrativ blättere ich im Geldbeutel die übersichtliche Anzahl von Scheinen zusammen. Dabei denke ich laut:

»Hoffentlich reicht's noch fürs Parkhaus. *Rien ne va plus*, Christine!«

In ihrer Shopping-Laune hält sie mir, scheinbar nebenbei, meine Bankkarte entgegen (*scheinbar nebenbei* heißt bei Frauen *präzise geplant*).

»Keine Angst, ich habe dein Kärtchen dabei. Du hast es in der Küchenschublade vergessen – das passiert dir sonst nie. Gut, dass ich noch mal nachgeschaut habe.«

Ihre Frage, ob ich »noch was schauen« will, beantworte ich mit einem entschlossenen *Nee du, ich habe ja jetzt alles!*, verbunden mit der innigen Hoffnung, dieses Haus verlassen zu dürfen.

Zahlen. 175 Euro!

Ich meine, den Ausgang im Erdgeschoss zu erinnern, weshalb mich die Rolltreppe die uns nach oben führt, etwas irritiert.

Meine liebe Gewebeforscherin geht *nur schnell was gucken*, bevor sie mit einer vollgestopften Tüte mich vor der Rolltreppe-Warte-Ecke abholt. Bezahlt hat sie schon ...

Sind Ihnen diese Warteecken vertraut? Ein paar entlastende Schließfächer in der Rückwand – mit dem Vorwand von Kundenservice. Die Fächer sollen dem orthopädisch geschädigten männlichen Begleiter ermöglichen, nun wieder mit beiden Händen frisch gefüllte Tüten aufzunehmen.

Davor drei bis vier Klubsessel mit kleinem Beistelltischchen. Das Klub-Schild ist wohl noch nicht fertig? Mein Vorschlag: *Willkommen im Aktiv-Saldo-Abschieds-Club!*

Auf dem Tischchen liegen Sachen, die dem Wort *Lesematerial* spotten! *Playboy, Good Times, Auto-Bild*? – Fehlanzeige! *Unsere neue Sportswear für den Mann von heute!* steht titelträchtig auf dem Schund.

Der Mann von heute will endlich heim!

»Wir müssen noch ganz kurz zu *Ute Popcorn*. Die hat hier in der Nähe neu aufgemacht – hier drin gibt's das nicht, was ich brauche.«

Wir müssen – kein Kommentar. War es nicht meine Wenigkeit, die neu eingekleidet werden sollte?!

Ich kann mir schon denken, was Frau Popkorn neu aufgemacht hat: ihre Registrierkasse für meine schönen Euronen.

Bei Ute ist es toll! Keine Rolltreppen; ich darf die Klamotten anbehalten; bequemer Korbsessel. Sogar Tee darf ich mir machen – umsonst – *Indian Summer*.

Vom Körbchen aus hat man einen schönen Ausblick zu den Umkleidekabinen. In so manch anderer Körbchengröße würde ich jetzt gerne verweilen.

Hier kann ich mir auch bequem Notizen für das Buch *Drei Frauen und ich* machen. Nebenbei versuche ich, anhand dreier nackter Beinpärchen unter drei Vorhängen die Konfektionsgrößen zu schätzen. Macht Spaß! Wo verbirgt sich der Zonk?

Vorhang 1 = doppelt schlank – wie meine.

Vorhang 2 = Marke *Okay, Fräulein, ich hätte grad Zeit.*

Vorhang 3 = sie hat es anscheinend mit dem Wort *Konfekt* in *Konfektionsgröße* zu wörtlich genommen.

Wussten Sie übrigens, dass im Wörterbuch *Konfektion* für *Fertigbekleidung* steht?

Stimmt: Ich habe fertig!

Denkste! Wir waren noch nicht in der *Galeria Kaufhof!*

Die probateste Methode, einen unwilligen Mann dort reinzulocken, funktioniert mit Essen. Tatsächlich darf sich der Lastesel ein Bällchen Stroh in Form von *Schweineschnitzel mit Spätzle in Pilzrahmsoße* gönnen. Damit er wieder zu Kräften kommt – der Tag ist schließlich noch lange nicht zu Ende!

»Du hast ja noch Eau de Toilette.«

Das ist weniger als Frage, denn als Feststellung zu verstehen. Ihre eigenen Likörproben im Schlafzimmer (Sie erinnern sich …) könnten einen neuen Jahrgang vertragen, will sie mir suggerieren.

Immerhin läuft die Probespritzerei bei meiner angetrauten Duftlampe gesitteter ab als bei unserer großen Tochter.

Auch mit dieser hatte ich schon das Vergnügen, sie in genau dieser Parfümerie zu begleiten, um ein Düftchen für Mamas letzten Geburtstag käuflich zu erwerben. Einen 30-ml-Flakon hatte sie schon beim ersten Rundgang ausgewählt, jedoch erst beim dritten Besuch dort tatsächlich gekauft. Bei allen drei Terminen (innerhalb 20 Minuten) hatte sie die drei Beraterinnen so fantasievoll vollgequasselt, dass das Töchterchen am Schluss mit sechs Probe-Ampullen für sich selbst und einem 30-ml-Sprüher für Mama herausgeschlendert kam.

Christinchen scheint nicht in Eile. Deshalb wird meine ungeduldige Frage, ob sich die winzigen Flakonschildchen auf Literpreise beziehen, praktisch überhört.

Christines freundliches Angebot, mir eine teure Marken-Duschlotion zu spendieren, riskiert sie nur deshalb, weil sie weiß, dass ich mir niemals so was wünschen würde. Meiner Meinung nach spült das Wasser eh den ganzen Duft und somit das ganze Geld wieder weg. Da wirken bei mir Werbe-Tollheiten wie *Aromatherapie*, *Kirschblütenduft* oder *Provitamin & Jojobaöl* wenig überzeugend. Nachher fliegen wieder alle Mücken auf mich!

Es ist leider wieder an der Zeit, liebe Lesergemeinde, Sie um Hilfe zu bitten. Derweil mein Goldschatz die Juwelier-Abteilung recht ausführlich frequentiert, schaue ich an mir herunter und entdecke lediglich einen Ehering als schmückende Zierde meiner selbst. Nichts an Edelmetall ist seit 23 Jahren hinzugekommen – und ich lebe noch! Meine Gattin zeigt sich zum Thema *Spenden für die armen Juweliere* mehr verantwortlich. Wenn ich vor meinem geistigen Auge ihre vollen Schatullen vorbeiklimpern lasse, dann müssten die Goldreserven von Fort Knox langsam zur Neige gehen.

Aber warum? Warum tragen Frauen so furchtbar gerne Schmuck?

Ein paar Theorien habe ich bereits aufgestellt. Für *die* zündende Erklärung hoffe ich jedoch auf Ihre Nachricht!

Rein abstammungsgeschichtlich kann ich festhalten, dass *meine* Vorfahren keine Afrikaner waren. Während unseres damaligen Kenia-Urlaubes besuchten wir ein Massai-Dorf. Dort trägt auch der Mann gerne bunten Schmuck – und aufwendig gestylte Haare. Bei meiner Tonsur würd's da ganz schön problematisch werden. Wenn seine Frau (Mwanamke – Sie erinnern sich sicherlich) ohne Ohrringe die Hütte verlässt, gilt das als unanständig, halb nackt gewissermaßen. Ja, doch, verhält sich bei Christine ähnlich.

Die Frauen in Laos tragen ihre Familienersparnisse in Form eines aus Silbermünzen angefertigten Stirnreifes permanent mit sich herum. »Donnerwetter«, würden meine Nebenbuhler wohl staunen, »hast du gesehen? Mikes Christine trägt 500 Tupperschüsseln auf dem Kopf – wäre 'ne gute Partie.«

»Und guck mal, 20 Tortenhauben kriegst du als Aussteuer noch obendrauf …«

Sinnvoll hingegen finde ich die pragmatische Haltung der Nuba-Mädchen im Sudan. Sie tragen kleine Kräutertäschchen um den Hals. Die sollen Glück bringen. Fände ich auch für unsere Breitengrade ganz praktisch. Ein Beutel *Maggi-Fix* um den Hals – da bist du immer gerüstet.

Die Inderinnen tragen wertvolle Nasenringe als Zeichen ihres Ehestandes. Ich brauche das nicht für mich. Meine versteht es auch ohne Ring, mich an der Nase herumzuführen.

Wir kommen mit der Suche nach ethnologischen Verweisen einfach nicht weiter! Die Psychologen müssen noch mal ran!

Hängt's womöglich doch mit dem Penisneid zusammen, wenn sie sich die Klunker umbinden? Oder hat's was mit der Nabelschnur zu tun? Ist das Kettchen vielleicht als späte Rache anzusehen, weil man ihnen damals diese Schnur weggeschnitten hatte?

Nachdem sich meine liebe Duftkerze an sämtlichen Handgelenken sowie Halspartien mit trendigen Parfüms chloroformiert und wehmütig die »billigen« Ohrringe für nur 225 Euro zurückgelegt hat, erkundigt sie sich nach einem schlichten schwarzen Halstuch. Das alte sei während eines Hexen-Straßen-Umzuges verloren gegangen. Schwarze Halstücher gibt es neuerdings in Weinrot – vorne zum Zuknöpfen, mit V-Ausschnitt und Seitentaschen …!

Schräg gegenüber, vor der Bettenabteilung, hat man wieder mal der armen Männer gedacht und Geräte im Zusammenhang mit Essgenüssen ausgestellt wie zum Beispiel die neuesten Teflon-Superpfannen. Mit meinen beiderseits mit mehreren Plastiktüten beladenen, herunterhängenden Schultern scheine ich offensichtlich das Mitleid der Demo-Köchin erregt zu haben, denn sie spendiert mir einen Pfannkuchen.

Zum Thema Handtaschen kann ich mich glücklicherweise kurzfassen. Oder haben Sie etwa geglaubt, dass meine Herzallerliebste das Gebäude ohne eine neue Handtasche verlassen würde?

Der Zusatz *Galeria* vor dem *Kaufhof* ist jedenfalls zutreffend, legen sich doch etliche Galeerensträflinge in die Plastiktütentrage-Riemen, angetrieben von den Peinigerinnen, die mit ihren Stöckelschuhen voraus den Takt dazu trommeln. So durchpflügt das Handelsschiff *Armer Mike* mit seinen geladenen Plastiktüten das Fußgängerzonen-Meer.

Im Straßencafé leisten wir uns einen Früchtebecher und einen Eiskaffee. Derweil ich krampfhaft versuche, die geschundenen Füße zum Beton-Blumentrog auszustrecken, um sie dort hochzulegen, tippt die Frau Mama die Nummer unserer Großen in ihr Handy. Hinter vergnügter Miene höre ich Depeschen von einem Papa, der froh sei über die neuen Klamotten und einer Mama, die für sich selbst fast nichts gefunden habe.

Hä – fast nichts gefunden?

Contenance, Mike. Contenance!

Nach dem knappen telefonischen Feuilleton – es dürften gefühlte 15 Minuten gewesen sein, wartet die Telefonistin mit einer angeblichen Überraschung für mich auf.

Mit *Weißt du, wo wir jetzt noch hingehen?*, versucht sie wieder, die abgeschlaffte Spannung erneut auf den nicht vorhandenen Siedepunkt zu bringen.

»Ja, zum Konkursverwalter!«, sage ich.

»Ach was«, schwadroniert sie ungerührt weiter, den degenerativen Schwund des Geldbeutels souverän missachtend, »wir gehen ins Paradies!«

Oha – da ist doch schon mal was schiefgelaufen!

PARADISE – tatsächlich. Eine Boutique in der City-Passage nennt sich so. Dachte ich's mir doch, dass es kein Baumarkt sein wird!

Nur mal schauen dauerte eineinhalb Stunden. Wieder stehe ich eingepfercht im Chambre séparée – diesmal mit drei Pullovern über der Vorhangstange. Zwei davon gefallen mir besonders gut – meint Christine.

»Picobello!«, meint sie.

»Wie ein kastriertes Masthühnchen«, versuche ich erfolglos schon nach der ersten Anprobe zu opponieren.

Es hilft nichts, der Mummenschanz geht weiter. Um mir selbst den imaginären Laufsteg zu ersparen, werden die Sachen gleich in der Kabine für gut

befunden. Sie hilft mir sogar beim Ausziehen – was meinen schlaffen Gliedern wiederum Leben einhaucht:
»Schön hier, im Paradies. Schau mal, der Baum des Lebens, mitten im Garten Eden.«
»Arschloch! Zieh den Pulli endlich an!«
»Wer wollte denn ins Paradies? Also. Und sie waren beide nackt, der Mann und seine Frau, und schämten sich nicht.«
Kurze Pause, Christine überlegt. Sie kneift Augen und Lippen kurz zusammen, dann legt sie los:
»Und zum Mann sprach Er: *Weil du gehorchet hast der Stimme deiner Frau, verfluchet sei der Acker um deinetwillen. Mit Mühsal sollst du dich von ihm nähren dein Leben lang.* Also, nimm die Tüten!«
Die Schwellkörper, die zum Einsatz kommen, sind lediglich acht dicke Finger – eingeschnitten von schweren Einkaufstüten, indes die Grande Dame wohlvergnügt zum Ausgang flaniert.
Während ich überlege, wie diese ganzen neuen Errungenschaften in meinem bescheidenen Schlafzimmer-Zweitürer Platz finden sollen, höre ich im Vorbeigehen einen männlichen Leidensgenossen aus der Umkleide vis-à-vis stöhnen:
»Und wohin mit den alten Sachen?«
»Kein Problem, das alte Zeug kommt einfach wieder in den Altkleidersack. dann hast du sogar noch ein gutes Werk für Bedürftige getan.«
Moment! Langsam dämmert mir das häusliche Engagement der lieben Gattin, wenn sie die Altkleidersäcke füllt und dazu meine Hilfe *nicht* benötigt.
Mülleimer runterkarren (Hanglage!), Gelbe Säcke einhängen beziehungsweise verschließen, Altpapiertonne versorgen, zum Recyclinghof fahren – mache alles ich. War schon immer so. Nur: *Die paar alten Anoraks von den Kindern* kann die liebe Christine erstaunlicherweise ganz allein in den Altkleidersack packen und in den Kofferraum schleppen (wenn gerade keine Hexenköpfe drin sind), das funktioniert völlig unauffällig. Ich kann also feststellen, dass zur Entsorgung im Sammelcontainer das sogenannte schwache Geschlecht freiwillig auf meine Hilfe verzichtet!
Soso, die paar alten Anoraks von den Kindern – Und wo ist mein schöner gelb-grau gestreifter Jogginganzug hingekommen?! Und die schwarze Jeans?!
Ich glaube, Frauen sind so!
Die farbigen *Special-Offer*-Sterne, die hier im *PARADISE* von der Decke runterbaumeln, erinnern mich an Weihnachten auf Station, denn meine Kolleginnen sind genauso listig: Die entsorgen Wertgegenstände ebenfalls hinter meinem Rücken.

Ich erklär Ihnen das kurz.

Wie bitte?

Nein, nein, ich lass mir das nicht nehmen.

Mit der hübschen Kollegin Silke sollte ich den Weihnachtsbaum abschmücken. Um ehrlich zu sein: Silke wollte diese Arbeit eigentlich allein erledigen, was mir völlig unverständlich war, man hilft doch gern. Letztes Jahr war's doch auch so nett mit ihr zusammen – fand ich jedenfalls definitiv!

Zwei Kartons waren bereitgestellt. Einer für Christbaumkugeln, Strohsterne, Lichterketten und zahlreichen Holzfigürchen. Der Zweite für den Abfall: zerbrochene Kugeln, defekte Lichterketten, alte Verpackungen. Und zwei Menschen hat man danebengestellt: eine moderne junge Frau und einen alten Messie.

Silke ist auf Station für ihre zügige Arbeitsweise bekannt. Was irgendwie kaputt schien, landete im zweiten Karton. Etwas zu zügig, wie mir schien. Als Silke von der Toilette zurückkehrte, stand bescheiden eine dritte Kiste (waren Kaffeesahneflaschen drin) neben den anderen.

»Mike, was willst du mit dem Karton? Geh mir ja nicht wieder auf den Keks wie letztes Jahr! Der Abfall kommt weg! Wir sind hier nicht auf dem Recyclinghof!«

Die militärisch in die Hüften gestemmten Hände, die zusammengepressten Lippen, der bohrende Blick – ich fühlte mich wie daheim. Wehmütig blickte ich in den Karton Nr. 2, der solche Schätze beinhaltete wie eine abgebrochene Nikolausfigur, eine verknotete Lichterkette, Porzellanengel ohne Flügel oder kleine Plastikschächtelchen, für die ich irgendwann Verwendung finden könnte.

»Schau doch mal«, lachte mein Recyclingherz der Silke laut entgegen, »dieser Nikolaus und der Draht von der kaputten Kugel – damit lässt sich doch noch ein toller Schlüsselanhänger basteln. Daran erkennst du am Schlüsselbrett dann sofort den Schlüssel für diesen Weihnachtsschrank.«

»Dann mach halt«, sagte sie völlig uninteressiert.

»Und die Flügel kann man ja wieder ankleben.«

So leerte sich kontinuierlich Nr. 2, während Nr. 3 und Silke sich langsam aufluden. Bevor Nr. 3 und Silkes Kragen platzte, stand Heidi, unsere Stationsschwester, schon unterm Weihnachtsbaum, um wie ein Weihnachtsengel die frohe Botschaft an mich zu verkünden:

»Herr Unschuld (den Namen habe ich aus Datenschutzgründen geändert; Anm. d. Verf.) müsste zum Zahnarzt begleitet werden.«

Mir war, als ob Silke ihrer Chefin zugezwinkert hätte, als sie Karton Nr. 3 einen unscheinbaren, aber verächtlichen Fußtritt andeutete. »Komm Mike, das ist was für dich als Mann. Du weißt ja, wie schwierig Herr Unschuld sein kann.«

Herr Unschuld wurde vor über zwei Jahren auf unserer Station aufgenommen. Er ist zwar zeitweise etwas verwirrt, aber sonst der friedlichste Mensch, den ich kenne.

Silke winkte mir mit breitem Grinsen zum Abschied hinterher.

In diesem Zusammenhang sollte ich Ihnen, liebe Leserschaft, heute anvertrauen, dass für mich Zahnarztbesuche mit schmerzlichen Erinnerungen behaftet sind. Man könnte sagen: Ich habe Angst vor dem Zahnarzt! Schon einmal nämlich begleitete ich einen Patienten zu diesem Etablissement höchst zweifelhaften Vergnügens. Wir saßen ein paar Minuten im Wartezimmer, bis die Sprechstundenhilfe meinen Patienten aufrief. Beide standen wir, da ich den Kranken begleiten musste, vor dem Behandlungsstuhl.

»Na, wer ist denn der Glückliche von Ihnen beiden?«, fragte der Zahnarzt süffisant lächelnd. »Bitte, Platz zu nehmen.«

Dummerweise bohrte ich genau in diesem Moment verlegen mit der Zunge in der Backentasche rum.

Die Behandlung begann unverzüglich. Das Bohrersurren war ziemlich unangenehm, aber der Patient erwies sich als tapfer.

Nach der Behandlung half ich ihm in die Jacke, und wir gingen gegen 16 Uhr optimistisch auf Station zurück.

Als ich am Stationszimmer-Schreibtisch Platz nahm, merkte ich sofort, dass etwas nicht stimmte. Tatsächlich! Das ist doch wohl die Höhe! Die Psychotherapeuten hatten sich während meiner Abwesenheit wieder des Druckerpapieres bedient! Und Büroklammern fehlten auch!

Und heute wird garantiert Nr. 3 hinter meinem Rücken entsorgt!

Sehen Sie, deshalb habe ich Angst vor dem Zahnarzt!

Aber das nur nebenbei ...

Zurück zur Einkaufsrallye:

Auf dem Weg zurück zum Parkhaus bemühe ich mich beflissen, meine »Marketingleiterin« in ein Gespräch zu verwickeln.

»Schade, dass wir die beiden Schlemmergutscheine von *Möbel Haagen* nicht dabei haben, da könnten wir jetzt noch die Gratiswienerle mit Brot verputzen.«

Tatsächlich sind die Pilzrahm-Spätzle noch gar nicht verdaut, aber das spielt momentan keine Rolle. Das Ziel wurde erreicht – ich hab's geschafft: Sie hat den Kleidermarkt der freien Händler am Ende der Einkaufsstraße übersehen. Neben diversen Textilitäten erkenne ich dort schlichte schwarze Halstücher. Die gibt's da mit Sicherheit auch in Größe 40 als Pantoletten!

»Na, hat's dir gefallen heute?«, grinst mir die Undercover-Stilberaterin entgegen.

»Ja, ja, es hat schon seine Berechtigung, dass wir verheiratet sind: Gegensätze ziehen sich halt doch an.«

Ein liebes Küsschen auf meine Backe lässt ahnen, dass sie die zarte Kritik nicht ganz verstanden hat – oder nicht verstehen will. Also plane ich die Fortsetzung bescheiden:

»Die nächsten 23 Jahre können wir's ja mal umgekehrt machen – dann darf *ich* mal bestimmen!«

Balcony Island

Am Pool mit Paprikaschiffchen, Flachbildschirmen und Ringelschwänzchen, abgebissenen Mäuseköpfen, unschuldigen Schwammköpfen, Maultaschen, Kleopatras Angelausflug, Dschungelprüfungen und Bratwürste an Dachrinnen

Wie eine riesige Nylonstrumpfhose mit unzähligen Laufmaschen. Oder besser: Wie eine fünf Meter lange aufgeplatzte Bratwurst! Nur ist das, was da auf mein sommerlich erhitztes Haupt bröselt, kein Senf. Wäre ja noch schöner: Senf vom Dach!

Außerdem esse ich keinen Senf – bin eher der Ketchup-Typ.

Jede einzelne Flocke der aufgeplatzten Farbe bekniet mich: Du solltest die Dachrinne wieder mal streichen!

Pah, als ob's damit getan wäre«, ahne ich während ich auf dem Liegestuhl liegend nach oben starre.

Ein solides Gerüst aufstellen. Dann die alte Farbe abbürsten, eventuell Haftgrundierung drauf und zum Schluss streichen.

Aber nicht heute – auch nicht morgen. Wir haben Urlaub! Also schnell den Kopf auf andere Gedanken bringen und ihn zur Seite drehen – in Richtung Kirschbaum. Dort, wo seine Äste den Ausläufern des Nussbaums schon die holzigen Finger schütteln. Sollten dringend geschnitten werden! Aber, was juckt mich das? Ich hab ja Urlaub! Da genieße ich doch lieber meine Zigarillo und das kühle Schorle. Den mit Minigolfbällen verstopften Abfluss direkt unter meiner Liege ignoriere ich ganz einfach, indem ich überlege, wann ich den Rasen mähe.

Sie haben es sofort erkannt, liebe Leserinnen und Leser: Ich entspanne!

Warum denke ich genau in diesem Moment eigentlich an die pfiffige Silke?

Letztens bin ich mit ihr vom Frühdienst heimgefahren – keine Angst, da war nix –, wir nutzen lediglich hin und wieder unsere Zweier-Fahrgemeinschaft. Sie, ein freizeitbewusster, lebensfroher blonder Schatz, berichtete von der anstehenden Feierabendplanung.

»Ich hau mich jetzt noch zwei, drei Stunden auf den Liegestuhl. Und du, Mike?«

Wenn sie so fragt, dann kommt das weniger als Frage an, sondern eher als Seitenhieb. Ihrem schallenden Lachen entnahm ich, dass meine selbstbewusste Antwort mich nicht wirklich zu verteidigen vermochte:

»Du, ich hab kein Problem damit, mich einen Nachmittag auf die Terrasse zu legen – sobald ich Zeit habe!«

Eines der Bücher, in denen ich mich dieser Tage zu lesen bemühe, ist der erwähnte Wälzer *Feuer im Bauch – Über das Mann-Sein* des Psychologen Sam Keen.

In einem Dreifrauenhaushalt nimmt man(n) jede Hilfe, die man(n) kriegen kann!

Und recht hat er, der Herr Keen!

Hier geht's nämlich grad um aufgeplatzte Farbe an Dachrinnen.

Die Frau als Schöpferin. Sie, und nur sie allein, schenkt dem Kinde das Leben. Die Großartigkeit, ein lebendes Geschöpf zu gebären, ist an Wertigkeit mit nichts zu überbieten, nicht einmal mit selbstverlegtem Laminatfußboden. Laut Keen muss ein Mann dagegenhalten, seine Existenz rechtfertigen und sich selbst irgendwie aufwerten. Ergo, was macht er? Er versucht, Schöpferisches nachzuahmen! Er bastelt Schuhbänkchen, entwickelt Strumpffilter für Wassercontainer, baut Schnappvorrichtungen am Garagentor oder streicht Dachrinnen. Keen spricht von Kunstbabys.

Während ich mich nur höchst mangelhaft auf die Literatur konzentrieren kann, weil ein paar Meter gegenüber Larissa mit ihren Freundinnen im neuen Plastikpool in die frühe Nachmittagssonne kreischen, sinniere ich, *wer eigentlich diesen Pool aufgestellt hat, und vor allem – warum?!*

Auf kreisrundem Durchmesser von 3,60 Meter Sand herschleppen, nivellieren, Plastikfolie zuschneiden, den gebrauchten Pool von unseren Freunden hertragen, sauber machen, Schlauch aufpumpen ... ich! Und wer zahlt die Wasserrechnung? Und wer taucht im Kunststoffcontainer des Recyclinghofes nach dem Ersatzschlauch? Alles für *mein* Kunstbaby! Der Ärger, weil der Gartenschlauch um ein paar Zentimeter vom Badezimmeranschluss zum Pool nicht ausreiche, die verdammten Falten auf dem Plastikboden, die sich trotz bemühten Glattstreichens eingeschlichen haben, der abgebrochene Käscher – das waren praktisch *meine* Geburtsschmerzen. Ob die honoriert wurden? Fragen Sie mal einen Mann, ob Männlichkeit überhaupt respektiert wird!

Das Schorle ergießt sich erfrischend auf meinen Schoß. Der Ball schlägt mir das Buch aus der Hand. Eine der Nixen hat vortrefflich gezielt. Die Erheiterung ist hauptsächlich aus Richtung Pool zu vernehmen. So, wie reagierst du nun als gelehriger Keen-Schüler?

»Saubande! Könnt ihr nicht aufpassen!? Habt ihr keine Augen im Kopf?!«

Aber nicht doch – Brutalo ist out!

»Na, habt ihr viel Spaß? Sorry, dass das dumme Glas euren Ball getroffen hat.«

Ja, bin ich Herr im Haus oder Depp vom Dienst?!

Die Überschrift von Keens zweitem Kapitel macht mir die Überlegung nicht einfacher:
Die Welt gehört der Frau.
Prima!
Zwischendurch surrt Christine über die Terrasse:
»Weisch dü, wu mini Schlabbe sin?«
(Für die Städtler: Hast du eine Ahnung, wohin ich meine Hausschuhe verlegt haben könnte?)
»Papa, Paapaa!«, schreit eine ungeduldige Mädchenstimme vom Klofenster runter.
»Was gibt's, Luise?«, bemühe ich mich freundlich.
»Der Computer geht wieder nicht!«
Derweil sich die PC-Hotline nach oben begibt, fordert Frau Mausi mit verlogen ausgehungertem Blick Nachschlag vom saftigen Kaninchen in Gelee.
Im Buch steht übrigens was von *Sich nichts gefallen lassen und trotzdem anständig bleiben.*
Ich weiß nur eines: Mir stinkt's!
Außerdem weiß ich, dass Robert Lembke ein gescheiter Mann gewesen sein muss, denn er behauptete: *Der einzige Geschäftszweig, bei dem die Mehrzahl der leitenden Positionen von Frauen besetzt ist, ist die Ehe.*
Wenn ich mir eine klitzekleine Ergänzung erlauben darf, Herr Lembke: Bei Töchtern verhält es sich nicht viel anders!
Die vier minderjährigen Poolnixen müssen zur Terrasse unbedingt den Umweg übers Gemüsebeet nehmen. Mit nassen Füßen durch Gurken und Paprika – die Zucchini leider verfehlt. Welches Schweinderl hätten's gern?
Was bin ich?
Der Herr im Haus oder der Depp vom Dienst, der dann alles wieder herrichten darf!
Ab sofort werde ich nur noch Bier trinken, an Bäume pinkeln und Socken in der Gegend rumwerfen!
Remo holt Luise mit seinem Auto zum Minigolf ab. Larissa haut mit ihren Freundinnen zum Chillen ab. Sie wollen sich am Brüggle treffen mit noch ein paar anderen Mädchen. Klar, mit Fräulein Manuel, Steffen, André usw. – Eltern sind ja sooo blöd!
Außer einer vierbeinigen Minitigerin, die wieder ein angefressenes Opfer aus der Mäusewelt in meinem Schlappen ablegt, bleibt die liebe Christine für wenige Stunden einzige Gesellschaft im Hause. Sie pflegt übrigens feine Antennen auszufahren (sofern sie will), wenn es darum geht zu spüren, ob mir die ganzen Weiber auf den Keks gehen.

Im Badeanzug setzt sie sich zu mir auf das Fußteil des Liegestuhls und säuselt:
»Na, jetzt sind wir ganz alleine.«
Das reicht als Impuls völlig aus, um eine passende Stelle von Mr. Keen zu erwähnen:
»Du, der schreibt hier vom neuen Männerideal – zupackend und sanft zugleich soll er sein. Was hältst du davon?«
Wir schließen die Terrassentür hinter uns, und studieren im Milkalila-Labor das Feuer im Bauch. Nachdem wir uns ausführlich aneinander in praktischer Gleichberechtigung übten, komme auch ich. Ja, komme auch ich zum Resümee: Mannsein ist doch was Herrliches!
Nach dem entspannten Intermezzo im elterlichen Refugium läutet uns Frau Nachbarin via Telefon zurück auf die Erde.
»Grüß dich, Mike. Wie geht's? Da ist Lisa. Ich habe beide Autos im Hof gesehen. Hab's einfach mal klingeln lassen. Aber ihr seid nicht rangegangen. Hab's schon vor einer halben Stunde mal probiert. Wollt einfach noch mal wegen morgen Abend fragen. Ist Christine zufällig da?«
Als pikante Antwort, welche ich mir nicht verkneifen kann (»Und ob wir rangegangen sind!«), lasse ich die Nachbarin etwas konfus zurück. Mit einem leichten Klaps auf ihren Allerwertesten bringe ich das Schnurlose ins Schlafzimmer zur lieben Gattin.
»Ach, äh, wir waren gerade, äh …«
Die Erklärungsversuche scheinen am anderen Ende der Leitung in emanzipierte Ohren gedrungen zu sein, was ein anschließendes gemeinsames Gelächter am Telefon bestätigt.
»Ja, wegen morgen. Nee du, Grillfleisch haben wir genug. Und Würstchen für Sven statt Salat? Au ja, super! Bring's mit. Haha, bin gespannt auf die Gesichter unserer Männer. Also, ich freu mich. Tschüss.«
Nicht, dass ich lauschen würde, aber das laute Organ meiner Telefonistin ist nur schwer zu überhören – grad wenn man sich zufällig so nahe an der Schlafzimmertür aufhält.
Dass unsere Nachbarn zu Besuch kommen, ist an und für sich nichts Außergewöhnliches. Wir treffen uns lose zum Kaffee, zum Bier oder so. Eigentlich das ganze Jahr über. Ab einer bestimmten Anzahl der Gäste (präzise lässt sich die imaginäre Grenze nicht definieren) wird die Dame des Hauses unruhig. Dann muss unbedingt die Dusche vorher geputzt werden. Fragen Sie nicht, liebe Leser, es ist halt so! Ich helfe für mein Empfinden viel bei der Reinigung im Haushalt. Regelmäßig Staub saugen, Abstauben ist meine Aufgabe und die unserer Kinder – so ist es bei uns selten dreckig. Aber die Dusche sauber machen, das ist eine Kunst, derer ich scheinbar ohnmächtig bin. An

Erfahrungen, dass sich Gäste in der Duschkabine tummeln, oder sich über angetrocknete Wasserflecken an der Glastür beschweren, kann sich niemand erinnern, aber lassen wir dieses Thema – man muss doch, auch nach 23 Ehejahren, nicht alles verstehen!

Stattdessen zünde ich mir auf der Terrasse eine »Zigarillo danach« an. Während die unteren Extremitäten vom Liegestuhl runterbaumeln, lese ich in der Biografie über das Leben Kleopatras. Zwischendurch huscht meine Königin mit Putzeimer und aggressivem Fugenreiniger ins Bad. Alle drei Fenster werden aufgerissen – nicht nur, um den bissigen Essig abdampfen zu lassen, sondern um mir damit ihr geschundenes Hausfrauendasein unter schrubbendem Wehklagen mitzuteilen.

»He, du stöhnst ja immer noch!«, rufe ich süffisant zum Fenster.

Das nasse Putzleder verfängt sich umgehend am Fenstergitter, sodass ich beschließe, mich fortan nur noch schweigend der Lektüre hinzugeben. Nach sechs Monaten Tête-à-tête mit Caesar kehrte Kleopatra wieder nach Ägypten zurück. Ihr Land schien sie vermisst zu haben: Die Nilkanäle wurden nicht gereinigt, vielmehr fand sie kümmerliche Ernten vor, Hungersnot, Beulenpest. Hm, als Erstes hatte Kleo sicher ihre Badewanne geputzt – die Milchränder waren aber auch hartnäckig!

Es hat mit der momentanen Situation nichts zu tun, aber weil wir gerade beim Thema sind, muss ich Ihnen unbedingt mitteilen, was die ägyptische Königin mit Antonius angestellt hat: Kleopatra machte mit ihrem neuen Macker Antonius einen Angelausflug. Irgendwie haute es nicht so recht hin mit dem Anglerglück. Also ließ er heimlich einen bereits gefangenen Fisch an den Haken hängen. Sie durchschaute die List und ließ beim nächsten Auswerfen einen bereits gepökelten Fisch anbringen. Schon wollte er wieder mit seinem Fang prahlen, als die ganze Versammlung in schallendes Gelächter ausbrach.

Erinnern Sie sich noch an meine alten Pralinen zum Hochzeitstag und die Antwort der Beschenkten?

»Die bringen wir morgen zurück – du hast sicher noch den Kassenbon.«

Ja, ja, so nah kann Ägypten sein!

Um den Hausfrieden zu wahren, lege ich die Biografie beiseite und versuche mich nützlich zu machen. Das stellt für einen Workaholic im Urlaub grundsätzlich ein nicht unerhebliches psychisches Problem dar: Urlaub heißt Freizeit genießen. Genießen bedeutet, nicht zu arbeiten, nicht arbeiten heißt: nicht helfen, nicht helfen hat wiederum eine ungenießbare Ehefrau zur Folge, was hinwiederum zur Folge hat, dass diese mir ihrerseits die Urlaubsstimmung verdirbt. Ein wahrer Teufelskreis!

Also suche ich nach einer Beschäftigung, welche zwar geschäftig wirkt, aber dennoch Spaß macht. Obatzter heißt die Losung! Alles, was nur irgendwie mit Grillen zu tun haben könnte, lässt mich wieder Mann sein in diesem Frauenhaushalt. Und was gehört zum Grillen *nicht* dazu? Fertigsoßen vom Supermarkt! Stattdessen Obatzter – wahlweise Zaziki.

Der bayrische Nationalkäse ist in meinem Verwandten- und Freundeskreis gefürchtet. Die Arbeitskollegen haben mir inzwischen das Mitbringsel zu Stationsfeierlichkeiten schlicht verboten. Weder Visiten noch Teambesprechungen wären angeblich am nächsten Tage zumutbar!

Achim kommt morgen auch mit. Er kennt das Rezept noch nicht. Also dann!

Sollten Sie es bisher bereut haben, dieses Buch gekauft zu haben, wovon ich nicht ausgehen will, so wird sich die Investition in diesem Augenblick amortisieren. Ich verrate Ihnen nämlich nachfolgend eines der Originalrezepte und meine persönliche Verfeinerung. Damit wird man noch lange nach der Party an Sie denken.

OBATZTER (Angemachter Camembert als Brotaufstrich)

200 g reifer Camembert mit der Gabel zerdrücken.
40 g weiche Butter und eine Zwiebel kleingehackt vermischen.
Ca. fünf Essiggürkchen in kleinen Würfeln hinzugeben.
Weißer Pfeffer, Salz, edelsüßer Paprika und Kümmel gestoßen zum Abschmecken.

Und nun meine verfeinerte Rezeptur (als Grillbeilage – statt Kräuterbutter):

Zuerst mal, lassen Sie die albernen Gürkchen weg.
Camembert schockgefrieren, anschließend fein würfeln.
Weniger Butter – stattdessen milder Sahnestreichkäse (ohne Kräuter).
Anschließend Zwiebeln sehr fein hacken.
Zusätzlich frischen Schnittlauch in kleine Röllchen schneiden.
Ein bis zwei Knoblauchzehen fein gehackt oder gepresst.
Zum gestoßenen Kümmel eine Prise ganze Körner.
Von der Pfeffermenge ein Drittel grob aus der Mühle.
Selleriesalz statt normalem Salz.

Und bedenken Sie: Es gibt kein »nur probieren« – eine Messerspitze schon führt zur gleichen Einsamkeit wie nach einer großen Portion!

Da der Koch selbst der Versuchung nicht widerstehen konnte und vom sündigen Obatzten probierte, wurde er für diese Nacht aus dem lila Paradies verwiesen, sodass er im kargen Gästezimmer zu liegen kam.

Der Rollladengurt ist etwas zu kurz geraten, sodass die ersten Lichtstrahlen schon vor sieben Uhr früh durch die Lamellen züngeln.

»Der frühe Vogel fängt den Wurm«, klingt versöhnlicher, als sich die innere Unruhe einzugestehen.

Silke sagt:

»Statt immer nur zu arbeiten, solltest du lesen – das entspannt.«

Nach kurzer Katzenwäsche schlüpfe ich in Shorts und T-Shirt und finde mich gleich auf der noch leicht kühlen Terrasse im Liegestuhl wieder. Ich sollte keine Zeit verlieren, ich muss unbedingt lesen! Für die dreieinhalb Wochen Urlaub habe ich mir einiges zurechtgelegt. Auf dem überdachten Kiefer-Sideboard, es ist ein Andenken meiner Eltern, liegen Zeitschriften, Lesebrille und Bücher meiner lieben Frau, zum Beispiel Romane von Nicholas Sparks; von Vollidioten und Resturlauben ist in anderen Werken die Rede; Corinne Hofmanns *Die weiße Massai* (durfte ich mir als einziger Mann mit Christine im Kino reinziehen); *Eine Handvoll Männlichkeit*; *Suche impotenten Mann fürs Leben* aus der spitzen Feder von Gaby Hauptmann, und der dickste Hund: *Ein Liebhaber zu viel ist noch zu wenig*. Seht, ihr Männer, das haben wir nun von dieser Emanzipation!

Weiter im Text – meine Bücher: Theodor Storm neben Ringelnatz; *Kalt ist der Abendhauch* (Ingrid Noll), ein ironisch bitteres Kriegsdrama; *Das verrückte Buch der Experimente* von Reto U. Schneider – ich finde, das passt gut zu mir; der gute Sam Keen; ein Riesenfoliant von 1949: *Das Reich der Hausfrau* (daraus lese ich Ihnen nachher noch was vor); Elmar Bereuters *Hexenhammer*; ein paar Biografien und so manches mehr, wovon das eine nicht zum anderen passt.

Verrückterweise bezeichne ich mich nicht als Leseratte – eher als extremer Lesemuffel. Sie verstehen das nicht? Herzlichen Glückwunsch!

Den *Schimmelreiter* bin ich durch. Endlich! Ich weiß, Kritik steht mir nicht zu, die schwermütige Novelle öffentlich zu befinden. Deshalb sei mein Kommentar nur ganz privat zu verstehen: Ich verstehe den Unterhaltungswert des Werkes nicht!

Die Regentrude erinnert irgendwie an *Rumpelstilzchen* – nur unterirdisch. Aber dieser *Schimmelreiter*! Das Kompetenzgerangel von Deichgrafen, Oberdeichgrafen und amtlich Bevollmächtigten kapier ich nicht. Ich vermute, ich bin zu dumm für Storm!

Schade, dass sich Storm und Ringelnatz nie privat getroffen haben (Ersterer ist 1888 gestorben, »Seepferdchen« Ringelnatz wurde 1883 geboren.) Vielleicht hätte sich Herr Storm etwas von der Unbeschwertheit des Meisters Ringelnatz anstecken lassen sollen. Ein mit sich selbst versöhnliches *Ich bin etwas schief ins Leben gebaut* von Ringelnatz – quasi als Aufputschmittel gegen Storms behäbiges *Das Leben selbst muss Wunder sein, von außen kommt keins.*

Just blättere ich im Lebenswerk von Thomas Harris, dem Autor von *Das Schweigen der Lämmer*, während Mausi knirschend hinter mir einen kleinen Nager filetiert. Die frühe Katze fängt die Maus.

Manche Geschichten schreibt, wie es so schön heißt, das Leben – das könnte man auch von folgender Szene behaupten:

Als formatfüllende Nahaufnahme wäre die Horrorszene, wie sich die Eckzähne ins Mäusegenick bohren, schon perfekt. So hätte meine taube Tigerin eine prima Gruselautorin abgegeben. Mausi bastelt zwar keine Lampenschirme aus abgenagter Haut, jedoch immerhin wohlgemeinte heimliche Felleinlegesohlen in meine Hausschuhe. Mister Harris schrieb auf Long Island – Mausi frisst auf Balcony Island. Er verzichtet in seinem Büro an der Ostküste angeblich auf Fax und Telefon – auch Mausi braucht das nicht. Sie präsentiert ihren dicken Schwanz, wenn sie das Opfer in die Enge treibt. Herr Harris schreibt Krimis.

Als Ausgleich arbeitet Harris gerne im Garten – was glauben Sie wohl, wo Mausi ihr Opfer gefangen hat?

Der Anblick von vier Nagezähnchen mit etwas Kopf drum rum; darunter, an einem dünnen Faden hängend, ein winziger roter Ballon, den ich als Magen interpretiere. Dieser Rest der Anatomie stützt schließlich meine Diagnose: Das Tier ist tot!

Anschließend will es sich Hannibal mit seinem blutigen Schnurrbart auf meinem Schoß bequem machen. Nein, danke! Da gehe ich lieber Brötchen holen.

Selbstständig wie ich bin, ziehe ich anständige Klamotten an – eine Bäckerei ist schließlich kein Baumarkt. Ich muss gestehen, dass beim Beck ums Eck zwar nicht die Brötchen, jedoch die Bedienung knuspriger ist als bei der Konkurrenz.

Die Forscher behaupten, sexuelle Düfte würden die zwischenmenschliche Anziehungskraft maßgeblich fördern. Die große Brünette hinter der Theke ist aber auch ein besonders süßes Stückchen. So komme ich bei der Entscheidungsfindung schwer ins Trudeln, ob der Duft von frischen Brötchen oder die dunkelhaarigen Pheromone mich in diese Backstube lockten.

Sämtliche sekundären Geschlechtsmerkmale wollen aktiviert werden – die männliche Stimme ist momentan das einzig Verfügbare.

Meine Stimmlage würde ich als normal bezeichnen – normalerweise. Nach ihrem freundlichen *Morgen! So, bitte?* (Ich glaube, ich gefalle ihr) gerate ich urplötzlich in den Stimmbruch. Vom Welpen zum Bello in einer Sekunde. Vom Konfirmanden zu Bruce Springsteen *himself*.

Hey little girl, is your daddy home?

»Ich hätte gern vier Laugenknoten«, brumme ich, »und zwei Milchweckle bitte. Dann drei Brezeln …«

Vor lauter Stimmbanderektion bemerke ich erst nach dem 15. Brötchen die

mengenmäßige Übertreibung. Die beiden üppigen süßen Teilchen mit den zwei Rosinen in der Mitte hätte ich zwar auch gerne vernascht, doch ich entscheide mich für die Teile in der Auslage. *Mhmm ... I'm on fire!*
Einen heißen Ofen haben die in dieser Bäckerei. Da würde man gern beim Kneten helfen.
»Macht 10,15 Euro«, holt mich die Realität zurück.
And a freight train running through the middle of my head ...
Zurück zu *My Hometown* Sonnhof. Dort deckt *the boss* den Frühstückstisch in freier Natur.
Meine drei weiblichen Fans brauchen nicht unbedingt zu wissen, dass ich zuvor ein kurzes Gastspiel auf der Recyclinghofbühne hatte – es ist schließlich wieder mal Samstag.
Unterm Sonnenschirm, auf dem großzügigen, weißen ovalen Kunststofftisch decke ich für fünf Personen Geschirr ein – Remo hat bei Luise übernachtet.
Erst in einer halben Stunde fange ich an, das Essen zu richten, sonst kringelt sich bei der Wärme der Wurstaufschnitt, und die Margarine wandelt sich wieder zu Pflanzenöl. Bis dahin möchte ich die Zeit sinnvoll nutzen (ein richtiger *Wöehli*, so nennen die Badenser den Workaholic, nutzt die Zeit immer sinnvoll – solange er sich nicht auch noch um sein eigenes Wohlergehen kümmern muss). Also erkläre ich Ihnen, wie dieses Buch entstanden ist.
Neben mir, auf dem Tisch liegt ein älterer zerknüllter Einkaufszettel. Darauf steht gekritzelt:
Mausi taub – Marko. Vergiss das Parfum nicht. Keine eigene Krawatte – Rückschau auf Konfirmation. Aus solchen Splittern ist dieses Buch entstanden. Die Zettel finden sich in der Hosentasche, im Hemd, auf der Eckbank-Ablage. Im Auto liegt ein ganzer Block. Blöd ist's mit dem Schreiben unter der Dusche – hoffentlich vergesse ich die witzige Idee nicht! Sämtliche Notizen wurden immer wieder gesammelt und im Büro zu einer Stoffsammlung zusammengetragen, bis nach ein paar Wochen ein überzeugendes Konvolut an Ideen – nach Themen sortiert, eine Gebrauchsanweisung für eine Handkreissäge und Schlemmergutscheine von Möbel Haagen gebündelt waren. Die Stoffsammlung nahm mehr und mehr Form an, sodass die Leidenschaft verlangte, das Buchvorhaben nun wirklich zu realisieren.
Ich habe noch niemals ein Buch für die breite Öffentlichkeit geschrieben; ich verfüge über keinen journalistischen Hintergrund; ich habe lediglich Realschule. Ein paar Rechtschreibregeln sind mir geblieben; ich erinnere mich an die Prämisse: Einleitung – Hauptteil – Schluss. Sämtliche Deutschlehrer und -lehrerinnen amüsierten sich damals köstlich über meine lebendigen Aufsätze. Frau Orth belächelte mich wohlwollend, wenn ich als Teenager *Buchautor* als Berufswunsch angab. Die Antwort der Klassenlehrerin liegt mittlerwei-

le über 30 Jahre zurück. Nichtsdestotrotz kann ich mich an den ungefähren Wortlaut erinnern:
»Autor ist eigentlich kein richtiger Lehrberuf. Du solltest zuerst einen ordentlichen Beruf erlernen. Dann kannst du mit deinem Talent trotzdem noch was machen.«
Okay, ich hoffe, Sie sind zufrieden mit mir, Frau Orth!

Das, was man nach einigen Seiten als meinen eigenen Stil bezeichnen könnte, ist nirgendwo abgeguckt. Dafür müssen Sie mit der forcierten Sprunghaftigkeit leider zurechtkommen. Das scheinbar unruhige Hüpfen innerhalb verschiedener Themen, basiert paradoxerweise auf einer zuversichtlichen inneren Ruhe, diese Themen letztendlich wieder verknüpfen zu können. So zwinge ich mich nicht zum Schreiben, sondern vertraue auf Inspirationen aus dem Umgang mit Menschen und auf eigene Beobachtungen und dem Gespür für konträre Themen, die bei Geschichten immer das Salz in der Suppe ausmachen.

Sie können sich das Ganze etwa wie beim Puzzeln vorstellen. Es liegen 1000 Teile von verschiedenen Puzzles vor Ihnen. Es ist unklar, aber spannend, wie viele Bilder dabei entstehen. Von manchen existiert noch das »Kartonmotiv«, das heißt, es gibt einen Plan, andere setze ich aufs Geratewohl zusammen. Manchmal passen die Teile nicht zusammen, was die Fantasie herausfordert, sie passend zu machen.

Die Grundidee war die Botschaft, den Menschen ihre Macken zu lassen, solange sie anderen damit nicht unnötig wehtun und sich selbst nicht allzu sehr einengen. Und wo treten Gegensätze wohl mehr im täglichen Umgang ans Tageslicht als in der Ehe, in der freiwillig-unfreiwilligen Koexistenz von Frau und Mann. An den Beziehungsklischees lässt sich wunderbar augenzwinkernd herausarbeiten, was für den einen Partner Eigensinn und für den anderen die Seele seines Ichs bedeutet. *Recyclinghof kontra Tupperware* sollte der Anfang des roten Fadens sein – am anderen Ende sollte dann *Recyclinghof und Tupperware* stehen. Bald haben sich auch erotische Anspielungen eingeschlichen. Gegenüberstellungen von klassischen Dichtergeschichten und aktuellen Beobachtungen waren nicht geplant – trotzdem finde ich sie reizvoll. So bin ich, wenn Sie so wollen, bei der Reise mit meiner Familie nicht stur von einem Datum zum nächsten durch den Kalender gehüpft, sondern habe versucht, all das aufzuheben, was so auf dem Wege (oder am Wegesrand) lag.

Also in diesem Sinne: Lassen Sie sich überraschen, was noch alles so rumliegt.

Bis auf den Senf wandert alles aus dem Kühlschrank in Richtung Terrasse. Käse, gekochte Eier (wer hat wohl die Vierminuteneier so super hingekriegt?), Schwarzwälder Schinkenspeck, Brötchen und Süßteile für etwa zehn Personen, drei angefangene Gläser eigener Marmelade (der Keller wird niemals leer davon), Obst und Karotten, Paprika und Tomaten. Milch, Kaba, Rama – das volle Programm eben. Wie im First-Class-Hotel sieht's aus. Ein paar Blümchen noch in die neue Vase auf den Tisch – super! Und was für ein Timing! Der knatternde Rollladen des Schlafzimmers verspricht jedenfalls ein baldiges Erscheinen der Hausherrin.

(Oh, schau mal lieber Leser, da liegt wieder was Schönes auf dem Weg: *Wenn das Weibchen des Webervogels mit dem Nestbau des Männchens nicht zufrieden ist, reißt es das Nest hemmungslos vom Baum.* Dann guckt Herr Piepmatz blöd zum Himmel.)

Ich: »Morgen, Schatz.«

Küsschen.

Sie: »Morgen, Schatz. Hä, was ist denn das für ein Scheißdreck?!«

Ihre Augen fixieren die schöne Blumenvase.

»Wieso? Habe ich den Tisch nicht toll hergerichtet?«, versuche ich in der tollkühnen Hoffnung abzulenken, ein Lob zu erhaschen.

»Was macht Spongebob mit Blumen im Kopf auf unserem Frühstückstisch? Außerdem ist er kaputt. Und dreckig!«

Das schmale Loch am Hinterkopf des Schwammkopfes von der etwa 20 Zentimeter hohen Plastikfigur fällt eigentlich gar nicht auf, wenn man ein paar Blumen reinstellt. Kaputt ist sie nicht, nur der Lack ist an einigen Stellen etwas abgesplittert. Passt hervorragend zur Regenrinne.

»Warst wieder auf'm Recyclinghof, gell?«

(Genauso gut hätte sie sagen können: »Du armer Lazarus, du kannst ja nichts für deine Krankheit!«)

Und ich guck blöd in den Himmel!

Nachdem ich vom Wecken der drei restlichen Hausbewohner wieder zurück bin, ist Freund Spongebob wohl entführt worden. Vielleicht ist er ja auch nur aufgrund des ungastlichen Empfangs weggerannt. Vorher hat er noch die Blümchen in mein Trinkglas gestellt.

Warum ausgerechnet in meines?, fragen meine Augen eine kichernde Dame im Schlafanzug, die mit jovialem Achselzucken jegliche Aussage verweigert.

Tja, so ein Webervogel wie ich, der hat's nicht leicht!

Larissa steht als nächste Besucherin des Fünfsternefrühstücks unter der Terrassentür.

Ihr prüfender Blick schweift über das Gelage – kein Kommentar – Kehrtwende – zurück in die Küche.

Christine gibt mir einen leisen, doch evidenten Tipp: Müsli!

Um Himmels willen, wie konnte ich das nur vergessen! Weckle, Käse, Eier, Wurst – das kann man ja alles nicht essen! Freudestrahlend stampft die Kleine selbstbewusst zurück ins Schlaraffenland. Ähnlich einer jamaikanischen Reggae-Musikerin mit zwei Bongos unter den Armen, tänzelt sie mit den beiden Müsleimern umanand.

Liebe Leserschaft, das Wort *Eimer* ist in diesem Zusammenhang keinesfalls despektierlich gemeint. Es handelt sich tatsächlich um 10-Liter-Tupper-Eimer. Zwei Stück an der Zahl.

Normale Menschen kaufen sich gelegentlich ein Pack *Vollwert Haferflocken* mit ein paar Ingredienzien aus Cornflakes und Rosinen – normale Menschen!

Bei uns wird üblicherweise vom Eimer in eine schmale Schütte umgefüllt (von welcher Plastikfirma wohl?) Nein, da fehlen noch einige Schritte: noch mal von vorn. Gleich wissen Sie auch, warum es genau zehn Liter sind. Jeder Liter steht quasi für eine Station. Deshalb hier, die zehn Leben eines Cornflakes. Aldi – fertig – los:

750-g-Pakete vom Discounter in Einkaufswagen (der ist schneller voll, als man glaubt)

Vom Einkaufswagen aufs Fließband. (Wir zahlen bar.)

Wieder zurück in Rollcontainer – auf Wiedersehen.

Von hier in den Kofferraum (falls nicht von Hexen belegt).

Aus Kofferraum im Kellerhals zwischenlagern.

Jetzt auf das Kellerregal.

Alarm! – Müsli ist leer: Pakete hoch in die Küche, leere Eimer mitnehmen. (Nebenbei: Sie können das auch überspringen, wenn Sie möchten.)

In der Küche Pakete in Eimer füllen. Mischen.

1. Voller Eimer zurück in Keller; angebrochene Kartons zukleben; leere zum Altpapier.

2. Voller Eimer portionsweise in Schütte füllen. (*Tupper, A 64, Eidgenosse oval, 2,3 Liter.*)

Eidgenosse oval in Müslischale.

Endlich: großer Löffel – Mund auf – rein in den Hals!

Guten Appetit!

»Einen schönen guten Morgen, wünsche ich. Mhmm, das sieht aber lecker aus. Wenn ich das gewusst hätte! Ich melde mich schon mal freiwillig fürs Abräumen.«

Solche Wertschätzungen sind natürlich aus dem Munde einer Pubertierenden schwer vorstellbar, und schon gar nicht zu dieser unchristlichen Zeit, um 11.30 Uhr – praktisch mitten in der Nacht!

Sie haben recht – es war Remo! Seine Freundin dürfte sich gern ein oder zwei Scheibchen von seinem freundlichen Stil abschneiden, statt – Sprechprobe gefällig?

»Ah! Voll geschmeidig sieht's hier aus! Wann essen wir!«

Trotz Luises latentem Essensimperativ (*Wann essen wir!*) bin ich hingegen geneigt, daraus eine Frage zu interpretieren, die eine deutliche Anerkennung meiner Küchenkunst impliziert.
Bei Larissa ist das anders!
Da ich persönlich ein Freund von deftiger Hausmannskost bin, schwärme ich für Gemüse (solange es nicht mit Z anfängt) in fast jeglicher althergebrachten Rezeptur. Auf der Hitliste stehen dabei insbesondere Gemüsesuppe, Eintopf, Borschtsch, Minestrone oder gleichwertige Mixturen, die ich gelegentlich gerne selbst zusammenbraue. Larissa teilt diese Vorliebe nicht – überhaupt nicht! So fragt sie nicht, wenn sie aus der Schule kommt, wann wir essen, sondern:
»*Wer* hat heute gekocht?«
Schwindeln hilft da nicht. Sie hat einen besonderen Riecher für Papas Kochkunst – und greift spontan zur alternativen Müslischale.
»Sag mal, kommt noch jemand?«
Mit jener Frage, die auf eine Bemerkung aus dem polemisch abfälligen Formenkreis deutet, eröffnet die Chefin, inzwischen vom Schlafanzug in einen Pluderdress geschlüpft, die Matinee.
Bevor die Anwesenden den Denkanstoß auseinanderklavieren, schiebt sie den Grund ihrer feinsinnigen (im Grunde jedoch feindsinnigen) Frage nach:
»Das sind ja mindestens 20 Brötchen! (Sie neigt zu Übertreibungen: Es sind 18.) Und 1000 süße Stückchen (sehen Sie!). Und die vielen Croissants. Du maulst doch ständig, das sei nur teure gebackene Luft!«
Gönnerhaftes Achselzucken meinerseits.
»Ach, weißt du, die war halt so knusprig, die Auslage, da konnte ich nicht widerstehen.
Burning in my soul it's out of control: fire ...
Die jüngste der drei luftscheuen Langschläfer legt Wert auf ihr Äußeres. Auch am heimischen Frühstückstisch. Overdressed nennt man das, glaube ich. Erinnert irgendwie an unser vorheriges Thema von Kleopatra. So muss damals die ägyptische Halbgöttin ausgeschaut haben: Die Augenlider kunstvoll mit Lampenruß geschminkt, Lippen mit Ocker bemalt, Fingernägel mit Henna gefärbt, der Körper duftet nach Lilienöl, Halskettchen, Armreifen, Fußkettchen, Zahnspange.
Die Lorbeerumkränzte, heißt Larissa auf Lateinisch. (Stimmt!)
»Na, Kleopatra, was machen die Pyramiden?«
Ich versuche, am Beispiel der ägyptischen Königin das Kompliment für ihr Styling weiterzugeben.
»So hübsch wie du hat Kleopatra vor über 2000 Jahren den römischen Feldherren Antonius verführt. Die hatte sich auch als Aphrodite – als Göttin der Schönheit – herausgeputzt. Bei dir werden die Jungs auch bald Schlange ste-

hen. Ach, übrigens: Wie war's denn gestern am Brüggle? Mit deinen Freundinnen, meine ich.«

Luise, die im Notfall – und die leichte Verlegenheit Larissas scheint einen solchen darzustellen – ihr Schwesterchen wie eine Bärin ihr Junges verteidigt, lenkt frech ab:

»Hat diese Aphrodite eigentlich das Aphrodisiakum erfunden?«

»Hä, was ist denn das?!«

Mit grinsend-aufforderndem Blick, forderte die gute Frau Mama mich auf, Larissas Bildungslücke doch bitteschön zu schließen! Auch Luise und Remo, die immer noch frisch verliebt zeitgleich in einen Tomaten-Schnitz beißen, lauschen frivol-gespannt meinen unfreiwilligen Erläuterungen.

»Also Aphrodisiaka, das sind so Sachen, die wachsen am Boden, und wenn man die isst, dann sorgen die für weitere wachsende Begeisterung.«

Der Lacher ist mir sicher – Larissa's Stirnrunzeln ebenso. Ich erkenne, es hat wohl wenig Sinn, hier unten von den Bienchen zu erzählen, während oben in ihrem Zimmer der *Bravo*-Aufklärungsreport offen rumliegt.

»Weißt du, Larissa, es ist wie bei der Milka-Kuh in der Werbung. Wenn du die ansiehst, dann bekommst du einfach Lust auf Schokolade. Bei den Aphrodisiaka ist es ähnlich: Wenn man davon isst, kriegt man unwillkürlich Lust auf seinen Schatz. Früher gab es in der Küche noch Sauerampfer, aber auch Wein, Petersilie, Muskat oder scharfe Gewürze sollen lustig machen. UND TOMATEN!«

Während Luise und ihr Lover ihr rotes Nachtschattengewächs hastig beiseiteschieben, zupft Christine die Petersiliengarnitur von der Käseplatte und legt sie süffisant, mit einen flüchtigen Streicheln über meine rechte Wange, auf meinem Vierminutenei ab.

»Guten Appetit, du kleines Klugscheißerchen!«

Einigermaßen zufrieden, paniert sich Larissa allerlei Ingredienzien an *Choco-Chips*, *Honey-Wheat* und *Knusperflakes* in die Milch. Meine Frage an Remo, ob er mit seinem neuen Handy – er hatte es kurz zuvor erwähnt – auch SMS schreiben könne, stößt bei ihm auf sichtbare Irritationen. Larissas Einmischung (*Mensch, Vadder – mit jedem Handy kann man simsen!*) weist deutlich auf meinen altfränkischen Sachverstand hin. So ist der erste Versuch, heute mit meinem Schwiegersohn in spe ins Gespräch zu kommen, eine SMS an einen nicht vorhandenen Empfänger.

Ich hake weiter nach, immerhin gibt es ja noch das Thema *eingebaute Kamera*. Nach kurzem Räuspern verleihe ich meiner Verwunderung Ausdruck, wie erstaunlich es doch sei, die Technik auf einen so engen Raum zu pressen.

»Meine erste Videokamera war ja eine 3700 Mark teure Schulterkamera gewesen. Damit hatte ich Luise gefilmt, als sie noch ganz klein war. Im

Urlaub war's immer 'ne Mordsschlepperei. Auch auf Hochzeiten habe ich oft gedreht. Das war ...«
»Vadder! Wir wissen! Vielen Dank, Mr. Spielberg!«
»Blöde ... Iss du erst mal dein Müsli!«
Gott sei Dank kamen wir dann zu Elementarfragen wie: *Wann lasse ich mir endlich Ohrstecker stechen?* Aber wir berührten auch so grundsätzliche Dinge wie, dass wir im Winter viel weniger Heizöl bräuchten, wenn die Temperaturen so sommerlich wie heute wären, und wie erstaunlich schnell Schlangenbeschwörerin Christine letzten Sommer laufen konnte, als Luise sie mit einer Blindschleiche aus dem Garten jagte. Der Spaß sei, laut Luise, voll gediegen gewesen. Geilomat!
Das Adjektiv *voll* muss übrigens innerhalb des juvenilen Slang nicht zwingend für voll genommen werden, denn das leere Saftglas auf dem Frühstückstisch beschreiben meine Kinder gerne als *Da ist voll nichts mehr drin.*
Die verschüttete, auf die Terrasse tropfende Milch ruft das sechste Familienmitglied aus der schattigen Buchshecke hervor. Das Thema *Schöllkraut unterm Kirschbaum gegen Warzen* wechselt nun nahtlos zu *Abgebissene Mäuseköpfe*. Ein kariöses Exemplar davon klebt anschaulich ein paar Meter hinter uns unterm Sideboard. Seine Speiseröhrenverbindung vom Kopf zum Magen ist inzwischen weggetrocknet, was die OP-Schwester unbedingt an ihren Berufsalltag erinnern muss.
»So könnt ihr euch das vorstellen bei einer Vasektomie. Ihr wisst schon, wenn ein Stückchen von den Samenleitern herausgetrennt wird.«
Remo und mir durchfährt ein berührtes Zucken durch die Oberschenkel - bei Christine und Luise sind es die Mundwinkel. Bevor Frau Frankenstein weiterreferiert, navigiere ich zur Frage, die mich schon seit gestern Mittag plagt:
»Du, heute Abend kommen doch Lisa und Klaus und Andrea und so. Was ist denn das für eine Überraschung, die du und Lisa für uns Männer geplant habt, hm?«
Schweigen. Grinsen. Schweigend grinsen. Grinsend schweigen.
»Na, lass dich halt überraschen!«
Da diese Antwort wenig Hinwendung zu konkreten Inhalten verrät, beende ich das Interview.
Zum Thema Urlaub weiß sich Christine zu erinnern, dass Luise nur im Buggy einschlief, nachdem sie mindestens eine halbe Stunde ums Hotel gekarrt wurde. Das zwischenzeitliche diffuse Piepsen des Wäschetrockners lässt Lissie natürlich nicht unkommentiert. (*Kann man das nicht als Klingelton runterladen?* – Hahaha!)
»Ich geh dann«, verkündet Larissa.
Sie trifft sich wieder zum Chillen mit ihren Freundinnen Marie, Sarah (und

Antonius?). Christines Bitte, das Geschirr abzuräumen, wirkt bei Larissa wie ein Kontaktgift. Man lässt von beidem lieber die Finger weg! Wenn sie einer solchen unzumutbaren Aufforderung nachkommt, wenn, wie gesagt, dann in einer Geschwindigkeit, als wäre sie einem Bummelstreik beigetreten.
»Wehret der Kinderarbeit – Schluss mit der Ausbeutung!«
Das ist alles, was sie dazu zu sagen weiß. (Man hätte gern weniger und dafür mehr aufgeräumt gewusst.)
Dagegen stößt Remos manierliches *Ich mach das für dich, Larissa!* auf umgehenden Wohlklang bei Larissa.
»Und tschüss!«
Kommentar beendet.
Meine vorsichtige Nachfrage, ob da eventuell auch Jungs zum Chillen eingeladen werden, stößt dagegen bei Frau Mama auf Kommentarbedarf. (*Ach, der Papa wieder!*)
Madonna soll genau so verschüchtert gewesen sein, habe ich vorhin gelesen. Sie wurde durch ihre Stiefmutter aufgeklärt. Jedes Mal, wenn's um Geschlechtsorgane ging, hatte Kleinmadonna, peinlich berührt, lautstark den Wasserhahn aufgedreht – *like a virgin* ... Sie ist übrigens Sternzeichen Löwe – wie Larissa. Beide sind wohl gern und viel unterwegs – es scheint offensichtlich wieder Fütterungszeit im Löwenkäfig ...
Remo fragt anständig, ob er etwas Salz haben könne – habe ich vergessen zu richten, sorry! Ich verweise ihn auf den Küchenschrank.
»Dort, wo die zwölf Topflappenpaare liegen. Bei den schön sortierten leeren Gewürzstreuern. Also in Augenhöhe, unter den vier originalverpackten Werbegeschenk-Isolierkannen.«
Wieder mit dem Salzstreuer zurück, lässt er die subtile Bemerkung über den schönen Ausblick hier von Herbolshome auf seine Nachbargemeinde nicht aus. Tatsächlich, es ist lebhafter geworden in Kensington, seit der elektrische Strom auch dort eingeführt wurde.
Noch eine ausgedehnte Weile kampieren wir unter kulinarischer Begleitung, sprich Käseproben aus dem nahegelegenen Elsass. Ich finde die typisch französischen Käsesorten unwiderstehlich, zum Beispiel den würzigen Parmigiano, den Bergkäse aus Tirol, den Frankendammer. Gibt's ja alles nicht bei uns! Ein Eckchen zum Probieren, hatten wir vereinbart. Inklusive dem Gruyère und ein paar Sorten Camembert duften nun über zehn Sorten auf den Tisch. Im Vergleich musste Kaiser Neros Festgelage im Nachhinein direkt als Armenspeisung erscheinen.
Nero, äh, Remo berichtet stolz von seiner EDV-Ausbildung – mit Ziel zum Systemadministrator (oder so ähnlich). In seiner Firma werden hochempfindliche Messinstrumente zum Beispiel zur Kalibrierung von Emissions- und

Thermoprozess-Geräten entwickelt. Er referiert leidenschaftlich von elektronischen Gasleck-Suchgeräten, auch von der Reproduzierbarkeit der Messung im Präzisionssensor. Heutzutage laufe alles über den Computer.

»Die Berechnungen, ja«, antworte ich. »Aber bauen muss die Dinger doch auch irgendjemand. In einer richtigen Werkstatt. Mit den Händen und so, meine ich.«

Dafür gäbe es doch heute CNC, meint er. Es steht zu befürchten, dass im Moment keine Brücke zwischen Monitor/Tastatur zu Schraubstock/Feile geschlagen werden kann. So lassen wir die Brunchorgie allmählich ausklingen.

»Kommt, zu zweit geht's schneller«, fällt der freundliche Befehl der Hausherrin in die idyllische Kontroverse.

Der Camembert läuft nach Kensington, bis die beiden Jungverliebten den Tisch endlich abgeräumt haben. Wenn Luise alleine den Abendbrottisch abdeckt, dauert's in der Regel halb so lang.

Das ist jetzt keine höhere Mathematik, liebe Lesergemeinde, es bestätigt lediglich die Aussage des französischen Agronomen Max Ringelmann. In seinem Seilziehen-Experiment um 1883 hat er bewiesen, dass die Anzahl an Helfern nicht zwangsläufig proportional zur Kraft im Gesamten steht.

Der Mensch ist faul – besonders, wenn er glaubt, es werde nicht bemerkt.

Apropos Experiment: Bevor es richtig heiß wird, eröffne ich den Chemiebaukasten. Vor mir liegt der hellblaue Pappkoffer für knapp 40 Euro aus dem Baumarkt: *meine Poolpflege*. Krankenpflege ist mir ja durchaus begrifflich. Aber dass für die Gesundheitserhaltung des Badewassers schier ein Diplom vonnöten ist, war mir bislang nicht bewusst.

Algenschutz, flüssig; Randreiniger, mit hohem Öl-, Fett-, Schmutzlösevermögen; ein ph-Minus-Granulat; Chlor in Körnchenform – gibt's auch als Riesentablette; ph-Teststreifen mit Farbtabelle auf dem Döschen. Mein lieber Schwan!

Tatsächlich hat es einen Hauch von Laborküche auf Balcony Island, wenn ich Wasserpflegeprodukte im Familienplanschbecken verrühre, und die liebe Christine, ein paar Meter nebenan, in einer geringfügig kleineren runden Schüssel, die Bowle ansetzt.

Sommertraum geht ganz einfach:

Tiefgefrorene Beerenmischung aus der Supermarkt-Tiefkühltruhe – könnte man nehmen, wenn man keinen Garten hätte. Nicht, dass die eigenen Himbeeren, Josta-, Johannis- und Brombeeren zwingend billiger wären, wenn man Setzlinge, Spritzmittel, Dünger zusammenrechnen wollte. Aber es sind halt eigene. Damit kann man einfach besser angeben. *Aus eigenem Anbau* klingt doch irgendwie naturverbundener als *aus eigenem Aldi*.

Hoffentlich vergisst Edith heute Abend nicht zu fragen.

Dann das Übliche: Eine großzügige Pulle Sangria dekantieren, mit gut gekühltem Sekt vor dem Servieren auffüllen. Das Obst vorher in Likör einzulegen gilt als out. Analog dazu verzichten wir großzügig auf das Mineralwasser.

Christine überzeugt sich zwischendurch davon, ob die Dusche noch sauber blitzt. (Was denn sonst?) Seit der Putzaktion von gestern wurde über die Familie das Antispritz-Duschembargo verhängt.

Heute Morgen drängelten sich drei Damen um ein Waschbecken im zweiten Stock. Der Mann hat eine bessere Idee. Er badet! Raten Sie mal, wo? Kleiner Tipp: Dort wo er ganz viel Platz hat, und wo er ganz viel spritzen darf. Nee, nicht in der Bowle. Knapp daneben.

»Ich hab sie!«, jauchzt laut und vernehmlich Christine aus dem Vorraum (der mit dem super verlegten Laminat).

Intuitiv denke ich an ihre Hausschuhe. Auf mein halbherziges Interesse, wo sie wohl gewesen wären, gibt sie keine Antwort, so als ob sie die Frage überhört hätte. Keine Antwort ist in diesem Falle eine konkrete Antwort. Erfahrungsgemäß standen in solchen Fällen die Schuhe ausnahmsweise dort, wo sie hingehören: auf dem Schuhbänkchen. Vielleicht werde ich tatsächlich eines Tages diese Schlappen verstecken, um ihrer chronischen Vorwurfshaltung – *Wo hast du meine Schlappen hin?!* – einen Sinn zu geben.

Die Lokalisierung ihres Schuhwerks darf ergo als erfolgreich abgeschlossen betrachtet werden – vorübergehend. Unklar bleibt die Ortung des diffusen Geplätschers aus Richtung Garten/Terrasse. Vom Pool kommt's nicht. Man neigt dazu, es als Schlabbern zu beschreiben – aus Planquadrat *B*. *B* wie Bowle!

»Grüß dich, Marko. Na, du alter Schlingel. Hast mich wohl vom Sonnhof unten gesehen. Komm jetzt, lass gut sein, unsere Frauchen wollen heute Abend auch noch was davon haben.«

Empfindliche Leser würden sich eventuell darüber befremden, wie ich so ruhig Hundegesabber in Bowle dulden kann. Ich bin da nicht so empfindlich, denn ich mag eh keine Bowle. Sie erinnern sich, dass die liebe Christine Marko gegenüber etwas eigen ist. Nur weil er damals auf ihre Unterwäsche gek… hatte. Nun ja, Zucchini sind halt nicht jederhunds Sache! Um die Vorfreude auf die Nachbarn nicht unnötig zu gefährden, fülle ich Marko seinen Napf mit frischem Wasser, rechtzeitig bevor die zweifelhafte Hundeliebhaberin den Tatort betritt. Aus *Der schon wieder!* lässt sich die mangelnde Liebe zu dem Tier überzeugend ableiten.

»Warum ist denn hier alles versaut?«

Christines Blick weist argwöhnisch in Richtung Bowlenschüssel.

»Da fehlt ja!«

»Ich hab etwas davon probiert. Gar nicht schlecht, du!«

»Du trinkst doch keine Bowle. Außerdem: Womit denn? Hast ja gar kein Glas.«

Der aufmerksame Leser weiß, dass ich nicht so schnell aufgebe, wenn die Tigerin die Krallen wetzt – man hat schließlich nur ein Leben!

Gott sei Dank habe ich zufällig den Einmalbecher für den Algenschutz griffbereit neben mir stehen.

Mit gewisser Restskepsis ruft sie:

»MAUSI, schau mal, du hast Besuhuch!«

Derweil lockt sie raschelnd mit dem Trockenfutterkarton. Diese Schachtel ist gewissermaßen unser Katzenhandy. Wenn das klingelt, geht sie sofort ran.

Bevor mir Hundeliebhaber mailen und mich belehren, dass West Highland Terrier früher normalerweise zur Jagd von Dachsen, Iltissen, ja, sogar Ottern genutzt wurden, und sie vor einer ordinären Hauskatze niemals Angst hätten, will ich zwei Dinge betonen:

Erstens: Ja, Mausi ist ein ordinäres Vieh.

Sagen Sie es aber bitte meinen Damen nicht!

Zweitens: Hatten Sie beim Lesen dieses Buches auf irgendeiner Seite schon einmal den Eindruck gewonnen, dass es bei uns am Sonnhof normal zuginge?

Oder anders ausgedrückt: Marko muss von seinen Ahnen erfahren haben, dass bei solchen Jagden der Westie oft selbst ums Leben kam.

Marko sieht sich nicht gerne in der Tradition der Märtyrer – und ergreift die Flucht, als Mausi auf der Terrasse patrouilliert. Er saust über die Steintreppe, rast durch den Kräutergarten, rumpelt an die Umwälzpumpe, welche sich über dem Dreierstecker ergießt, hechelt durch die stachelige Brombeerbüsche und rennt über den Rasen heimwärts. Wobei er, vermutlich durch den alkotoxischen Einfluss der Bowle, jede sinnvolle Koordination seiner Körperhaltung vermissen lässt.

Wenn Achim jemals vermuten sollte, dass ich seinem Hundchen geschadet hätte, dann wäre es aus mit Nachbarschaftshilfe!

Aber, wie Sie weiter erfahren werden, herrscht dank meiner kreativen Wahrheitsfindung, wieder Frieden auf Balcony Island.

Luise lässt sich von ihrem Freund, auf dem Verkehrsübungsplatz auf ihre erste Fahrstunde vorbereiten. Larissa hat vor zwei Stunden den Brunch verlassen, um sich mit ihren Freundinnen Marie und Sarah zu treffen.

Christinchen genießt ihren Kaffee und liest provokative Geschichten von einer Handvoll Männlichkeit oder löst Kreuzworträtsel. Zwischendurch legt sie eine Zigarettenpause ein. Ich genieße (soweit ein *Wöehli* das überhaupt kann) in der Hängematte hängend ein paar heitere Internetsprüche aus der Zeitung unter der Überschrift *Frau und Mann*. Bei so manchen Weisheiten denk ich mir, mhm, muss ja nicht immer Herr Keen sein! Ich darf zitieren:

Ja und Nein sind fantastische Antworten auf fast jede Frage.
Ich glaube, das sollte ich Christine mal unter's Kopfkissen legen.
Die Leute starren dir (dem Mann) ins Gesicht – nicht auf die Brust.
Ergänzend stelle ich befriedigt fest, dass ich *oben ohne* in der Hängematte liegen darf. Des Weiteren darf ich ohne Rücksicht auf das Aussehen meiner Beine Shorts tragen. Rasieren muss ich mich nur im Gesicht.
Telefonate sind bei Männern nach 30 Sekunden abgeschlossen.
Meine drei Frauen ohne Telefonflatrate, das wäre wie Schlittschuhlaufen auf dem Bodensee im Juni.
Pflaume, Aubergine, Zitrone sind Früchte – keine Farben.
Jawoll!
»Irrtümer mit *F*?«
»Hä?!«
»Na, Irrtümer mit *F*, steht da, sechs Buchstaben. Der Fünfte müsste ein *E* sein«, grübelt laut die Kreuzworträtslerin.
»Hmm.«
Ich muss kurz überlegen.
»*Frauen!*«, ruf ich g'scheit.
»Lass nur, ich hab's schon: FEHLER. Arschloch!«
Der Pool übrigens, das habe ich Ihnen noch gar nicht erzählt, ist ein Geschenk von Konstantin und Petra. Sie wohnen wie Remo zwei Kilometer weg von hier in Kensington. Kennengelernt haben wir sie letztes Jahr mit ihren Kindern Mick und Alice auf Kos. Es war einer unserer witzigsten Urlaube. Aber das würde jetzt zu weit führen ... (Oh, sehe ich da dankbare Gesichter unter den Lesern?)
Jedenfalls ist der Pool ein sogenanntes selbstaufstellendes Modell, ca. 3,60 Meter im Durchmesser, knapp 70 Zentimeter hoch; oben stabilisiert durch einen Luftschlauch von etwa 20 Zentimetern Stärke.
Falls ich vorhin Fans von Theodor Storm verärgert haben sollte – ich mach's wieder gut! Ich erinnere mich gerade an einen Zweizeiler, der schön in die Terrassen-Pool-Gartenidylle passt:

Kein Klang der aufgeregten Zeit
drang noch in diese Einsamkeit.

Schön, gell?

Erinnern Sie sich an den rustikalen Werbeslogan?
Drei Dinge braucht der Mann: Feuer, Pfeife, Stanwell!
Heute haben sich die Wünsche verlagert:

Haushaltsgeld für Christine – Führerscheingeld für Luise – Taschengeld für Larissa!
Wie ich plötzlich auf diesen Unsinn komme? Weil das Buch, das Christine respektlos hier draußen als Trockenblumenpresse missbraucht, noch ganz andere Blüten hervorbringt. Um die 600 Seiten schwer liegt der Foliant *Das Reich der Hausfrau* von 1949 im Hängematten-Schoß. Da das Werk samt Verlag wohl nicht mehr aufzutreiben ist, muss ich der Nachwelt (also Ihnen) dem einen oder anderen Eintrag wortgetreu nachtrauern.
Mal sehen, ob die moderne Chris erkennt, dass ich die Empfehlungen die ich vortrage, aus einem 60 Jahre alten Buch stammen.
»Du, Chris, darf ich dir was aus der neuen *Frau Aktuell* vorlesen? Da wird grad an die lobenswerten Tugenden der Frauen erinnert.«
»Au ja! Steht da was von dieser Simone de Beauvoir drin? (Anmerkung von mir: Frauenrechtlerin; lebte mit dem berühmten Philosophen Jean Paul Sartre zusammen; sie wäre heuer 100 Jahre alt geworden.) Von der habe ich auch grad was in der Zeitung gelesen. Sie wäre heuer 100 Jahre alt geworden. Muss 'ne klasse Frau gewesen sein. War mit so 'nem Studierten zusammen.«
Mannomann!
»Ja, genau die. Da steht: *Frau de Beauvoir empfiehlt …*« (Heft und Autorin sind natürlich geschwindelt, aber die Auszüge aus dem alten Schinken sind wörtlich zitiert.) »Hör mal zu: *Regelmäßige häusliche Gymnastik erhält die Frau jung und frisch.*«
Chris: »Findest du mich nicht mehr frisch?«
Mike: »Schon gut, ich mein ja nur.«
Das Reich der Hausfrau (DRdH): *Die Frau lehre frühzeitig ihre Söhne und Töchter, ihr an die Hand zu gehen … Die Kinder lernen dabei spielend, sich nützlich zu machen, und sie selbst ist entlastet … Zu den Mahlzeiten haben sich alle Familienmitglieder pünktlich einzustellen, sonst kommt die Tageseinteilung der Hausfrau in Unordnung.*
Chris: »Siehst du, heute Morgen, pünktlich um halb zwölf, haben wir gefrühstückt. Und haben Tochter Luise und unser Schwiegersohn nicht schön abgeräumt?
Mike: »Und Larissa? Die hat sich abgeseilt!«
Chris: »Lass sie doch. Sie ist doch noch ein Kind. Gestern hat sie übrigens die Spülmaschine völlig freiwillig ausgeräumt.«
Mike: »Wahnsinn!«
Chris: »Ach du, wegen der Tageseinteilung … Hast du die Paprikaschiffchen zum Grillen eigentlich schon fertig?«
DRdH: *Ordne alle Gebrauchsgegenstände, besonders in der Küche, so an, dass sie dir ohne unnötige Gänge zur Hand sind.*

Mike: »Wie war das noch mal mit deinen Schlappen?«
Chris: »Schuhe sind für eine Frau keine Gebrauchsgegenstände!«
Mike: »Was dann?«
Chris: »Existenzgrundlagen!«
Mike: »Ah, du glaubst demnach intensiv an die Wiedergeburt?!«
Chris: »Gut, dass du mich dran erinnerst. Ich bräuchte dringend wieder ein Paar neue. Wir könnten ja morgen zusammen …«
DRdH: *Wo Hausangestellte vorhanden sind, sollen sie von der Hausfrau mit in den Bereich ihrer Fürsorge aufgenommen werden.*
Chris: »Und?«
Mike: »Na, *ich* bin ja wohl dein Knecht hier!«
Chris: »Ach, Schatz!«
DRdH: *Im Winter sind die Heizregeln zu beachten, dass der Ofen keinen Schaden tun kann … Der Feuerungsrost muss stets von Schlacke und Asche frei sein.*
Mike: »Und wer darf morgen wieder den Grillrost schrubben?«
Chris: »Der Knecht.«
DRdH: *Die Pflichten der Hausfrau gegen die Familie* (Gegen? Aha!) … *Auch ist dafür zu sorgen, dass Haustiere in Abwesenheit der Herrin keinen Mangel erleiden.* (Herrin? Aber hallo!)
Chris: »Hat eigentlich Mausi schon ihr Frühstück gekriegt?«
Mike: »Ja. Dreimal! Bei mir, bei Luise, und … schau mal unter das Sideboard.«
Chris: »Bäääh!«
DRdH: *Erfreulich ist es für die treu sorgende Gattin, wenn der Mann mit einem freundlichen Wort, mit ein paar Blumen der alljährlichen Wiederkehr des Verlobungs- und Hochzeitstags gedenkt.*
Chris (urplötzlich eine aufrecht aufmerksame Haltung einnehmend): »Was war das?«
Mike: »Ach, nichts. Ich wiederhol noch mal.«
DRdH (Ich wiederhole mich ungern; auch das Nachfolgende, unter dem Titel *Gutes Benehmen im Verkehr mit dem Gatten* ist wörtlich zitiert.): *Die Frau wird stets des Mannes Wünsche den eigenen voranstellen; seinen Liebhabereien wird sie Anteil entgegenbringen; seine Ruhezeit wird sie gerne berücksichtigen … Häuslichen Ärger soll die Frau nach Möglichkeit ihrem Gatten fernhalten … Das Zimmer des Hausherrn sei behaglich … Die Entscheidung in allen wichtigen Dingen, namentlich bei größeren Geldausgaben, soll die Frau ihrem Gatten anheim stellen …*
Chris: »Sonst noch was, mein Herr und Gebieter?!«
DRdH: *Der Mann soll Bier trinken, an Bäume pinkeln und seine Socken in der Gegend herumwerfen. Zur Freude seiner Gattin.*

(Okay, der letzte Satz ist gelogen.)

Chris: »Wie wär's mit einer Abkühlung im Pool. Ich glaub die Sonne tut dir nicht so gut. Oder steht da, *Du sollst nicht mit deiner Gattin baden*?

Von der Nachmittagssonne und heißen Hausfrauenthemen erhitzt, erfrischen wir unsere hydrophilen Leiber im kühlen Nass des neuen Erwachsenenplanschbeckens. Nun, kühl scheint mir untertrieben. Kalt! Saukalt! Lassen Sie es mich am eben zitierten Borstenvieh so illustrieren: Also das mit dem Ringelschwänzchen scheint mir bei diesen Wassertemperaturen eine solide Metapher zu sein. Die Schönwetterwolke über uns ist eben nicht das Einzige, was sich zurückzieht.

Während ich bei meiner Planschpartnerin das Gespräch über ihr (verglichen mit damals) verwöhntes Hausfrauendasein fortsetzen möchte, erkenne ich deutlich, wie auch die weibliche Anatomie auf Kaltwasser reagiert. Geh ja nicht zu nah an den Luftschlauch mit den beiden Dingern!

»Schaltet sich die Pumpe eigentlich von selbst aus?«, versucht meine liebe Taucherin technisches Interesse vorzutäuschen. Am Stirnrunzeln erkennt sie umgehend meine Ratlosigkeit.

»Ich mein ja nur, weil der Stecker noch drin ist und der Knopf da (sie meint den Ein/Aus-Schalter) auf ON steht.«

Tatsächlich ist es nicht erlaubt, die elektrische Pumpe während des Badebetriebes zu betreiben. Aber wer hat sie ausgeschaltet, obwohl sie eingeschaltet ist?

»MARKO – der hat einen Kurzen!«, ruf ich.

»Nicht nur Marko«, prustet sich Frau Oberelektromeisterin auf, die frech an mir herunterschielt. Natürlich, der katzenphobe Köter hat vorhin auf der Flucht die Pumpe umgeworfen und dabei das Sammelwasser auf den Dreierstecker gekippt – Kurzschluss! Klar habe ich das nicht bemerkt – die beiden Teenager sind ja nicht zu Hause. Irgendein elektronisches Radaugerät ist bei denen doch ständig in Betrieb. Eine Unterbrechung der Energiezufuhr währe umgehend aus dem Fenster plärrend gemeldet worden. Also, raus aus dem Pool, Pumpe OFF. Abtrocknen – sorgfältiges Abtrocknen empfiehlt sich dringend bei Arbeiten am Stromverteiler. Sicherung wieder EIN, Mike wieder EIN – in den Pool. So können die ergiebigen Gespräche an Deck fortgesetzt werden. Ich weise auf den Pumpenschlauch aus dem Recyclinghof hin, der uns 18 Euro erspart hat (abzüglich einer zerrissenen Jogginghose, dem Gelächter der Stadtarbeiter, einem aufgeschlitzten Unterschenkel, einem verleumdeten Haustier und einem blamierten Hausherrn).

Christine zeigt auf das (angeblich!) tadellose Ergebnis des gestrigen Fußpflegebesuches.

Auch ein neuer Versuch, Näheres über die angesagte Überraschung von

Lisa und Christine zu erfahren, scheitert an ihrem Ablenkungsmanöver, wonach wir langsam das *Sach* für heute Abend richten müssten. (*Sach richten* heißt frei übersetzt: *Vorbereitungen für die Gäste treffen* – wobei die dringlichste Angelegenheit ja schon erledigt ist. Sie erinnern sich: die Dusche ...)

Meine Gattin bereitet die Paprikaschiffchen vor. Dies geschieht in der Form, dass sie die Paprika aus dem Gemüsefach holt. Den Rest könne ich ja machen.

Sehr geehrte Damen und Herren!
Ich habe mir gerade überlegt, ob Sie wirklich der deftige Obatzter-Typ sind. Falls nicht, dann hätte ich hier noch einen milderen Supertipp, der bei Grillgästen stets gut ankommt. Ist meine eigene Kreation, aus mehreren Rezepten zusammengewürfelt, aber lecker:

Längliche Paprika längs halbieren; aushöhlen. (Vorsicht: nicht einstechen.) (Strunk belassen, sonst läuft Füllung/Flüssigkeit aus.)
Frischkäse mit Gartenkräuter (oder neutral mit eigenen Kräutern) in Schüssel rein.
Feta, grüne Oliven, fein würfeln, dazugeben;
gehackte Mandeln dazugeben;
mit Olivenöl alles vermengen.
Die Mengenverhältnisse richten sich nach Ihren persönlichen Vorlieben.
Die halben Früchte gestrichen mit der Masse füllen. Auf den Grill-Rost legen.
Das Produkt ist verzehrfertig, wenn die Masse köchelt.

Noch ein Tipp. Ich verspreche Ihnen, das ist das letzte Rezept für heute. Sie werden es nicht bereuen!

Fürs Grillen mit Kindern habe ich eine geradezu geniale Idee erfunden, die wir seit Jahren mit beharrlicher Begeisterung praktizieren: ohne Kochbuch, total einfach, nicht würzen, nicht vorkochen, nur auspacken und direkt auf den Rost damit: *Maultaschen!* Total geschmeidig, wie Luise sagen würde. Noch eine Flasche Ketchup dazustellen. Mehr sage ich nicht – probieren Sie's!

Auf der Terrassenhazienda wird alles gedeckt und das Gelage aufgetürmt. Der Tisch mit Efeu garniert, anschließend frisches Baguette, Knoblauch- und Currysoße aufgetischt. (Chris kann's nicht lassen, meinen bayrischen Nationalkäse zu boykottieren.) Es folgen: Steaks plus Thüringer Würstchen und Maultaschen. Die Paprikaschiffchen warten neben dem Elektrogrill auf ihre Bestimmung.

Wenn die Gäste eintreffen, habe ich keine Zeit für Sie, liebe Leserinnen und Leser, Ihnen die Nachbarn persönlich vorzustellen. Deswegen hier nochmals, ganz kurz, die Erinnerungen aus den ersten Kapiteln.

Edith Gerber: Das letzte überlebende Gründungsmitglied unserer Sonnhofgemeinde – herzensgute ältere Dame, Mutter von Klaus und Andrea.

Klaus: Ebenfalls Heimwerker. Fachgebiet: Gartenbau (meint er jedenfalls; ich erinnere an das Zucchini-Missverständnis auf dem Recyclinghof). Im Übrigen auch Bierflaschensammler.

Lisa: Schnuckelige Gattin von Klaus – leckeres Früchtchen in der Blumen-Oase; tolerant, einziges Manko: mag Zucchini; beide in unserem Alter (Anfang vierzig).

Sven: Junior von Lisa und Klaus. Drei Jahre alt. Der Babysitter hat heute frei.

Andrea: Apothekenhelferin.

Achim Hahn: Andreas Freund. Arbeitet bei der Stadt. Hasst Zucchini wie Klaus und ich. Auch Heimwerker, Haus selbst gebaut, Berater für mein Garagentor. Beide um die zehn Jahre jünger als wir.

Marko: Kommt heute nicht mit (leidet irgendwie an Gleichgewichtsstörungen und Magenverstimmung).

18.30 Uhr war vereinbart. Sie kommen 18.40 Uhr – garantiert!

Sie müssen nämlich wissen, liebe Städtler, das Landleben hat seine eigenen Gesetze.

Pünktlich zu erscheinen hieße: Wir haben daheim nichts zu tun (auf dem Lande hat man immer was zu tun – auch die *Nichtwöehlis*.)

Allzu spätes Erscheinen würde den Gastgeber verärgern – das wiederum würde man sich noch über Generationen merken). Zehn Minuten nach dem offiziellen Zeitpunkt gilt quasi als korrekte Verlässlichkeit.

Es ist 18.40 Uhr.

DINGDONG!

»Hier trifft man sich wieder. Grüß dich, Klaus. Wo habt ihr denn Marko gelassen?«

»Mit dem Laufen geht's halt immer schlechter.«

»Wie geht's dem Remo?«

»Hat der doch den ganzen Flur verkotzt, als ob er Rotwein gesoffen hätte. – Hmm, danke für die Blumen.«

»Uuii, das ist also der neue Pool.«

»Ja, hat Mike selbst gemacht. Sind noch Zwiebeln und Knoblauch drin. Mausi muss wohl draußen sein.«

Sie kennen das sicher, wenn alle durcheinanderreden. Nach etwa 15 Minuten hat jeder die gröbsten Mitteilungsbedürfnisse erst einmal gestillt, sodass wir uns nach einer weiteren Viertelstunde setzen können.

»Bitini bodn, bitini bodn, bitini bodn!«, schreit Sven wie wild, als er den Pool erblickt, und wirft seine gelbe Plastikfigur hinein.

»Ach, er meint *Bikini Bottom!* Ihr kennt sicher Spongebob, der wohnt doch auf dem Meeresgrund. Sven ist ganz verrückt nach dem Schwammkopf.«

Wir wissen bezüglich Larissa ein Lied davon zu singen. Federmäppchen, Aufkleber, T-Shirt – alles mit Spongebob-Aufdruck. Sogar ich, muss ich gestehen, sehe den kapriziösen Thaddäus, Patrick und die meschugge Hausschnecke ganz gern.

Der erste Lacher des Abends ist sicher, als Achim feststellt, warum auch er die Trickserie so gern schaut. Der Spongebob wohne ganz allein in seiner Ananas. Keine Spongebobbin würde ihm reinreden. Die einzige Frau wohne unter einer Glaskuppel, auch allein, weit weg – hahaha!

Die weitere Schwammkopf-Botschaft der lieben Lisa finde ich weniger komisch. Chris auch nicht! Aber wir lassen uns nichts anmerken.

»Und stellt euch mal vor, ihr werdet es nicht glauben, kommt vorhin Sven vom Spielen im Garten mit einer so großen Spongebob-Figur aus Plastik rein – hat er am Hang unten gefunden. Die muss ein Kind verloren haben.«

Die hat kein Kind verloren, die hat eine Erwachsene schwungvoll vom Frühstückstisch entfernt, signalisiere ich meiner Gattin mit vorwurfsvollem Blick.

Lisa überschlägt sich beinahe vor Begeisterung.

»Erst dachte ich, die Figur hat ein Loch im Kopf, wie bei einer Blumenvase. Aber nein – Wisst ihr, was das war?«

Gespanntes Kopfschütteln, als würde Miss Marple persönlich referieren.

»Tss-tss, das war ein Geldschlitz! Die Figur ist eine Spardose! Toll, oder? Aber das Beste kommt noch.«

Die Runzeln auf meiner Stirn werden immer runzliger.

»Klaus hat das Ding gleich aufbekommen. Der hat ja alle möglichen Schlüsselchen in seiner Werkstatt, gell Klaus?«

Angeber!

»Und was soll ich euch sagen? 65 Euro waren da drin! Die Scheine hat er getrocknet. Müssen irgendwie Wasser und ein paar abgebrochenen Blumenstängel reingekommen sein. Toll, was?«

Ja, wahnsinnig toll! Unterdessen sich die ganze Nachbarschar frenetisch über den Dummkopf belustigt, der die Figur weggeworfen hat, kommandier ich dezent die Gastgeberin in die Küche ab. Drinnen vermögen wir nur unzureichend zu klären, wer der größere Dummkopf sei: derjenige Unbekannte, der die Figur im Plastikcontainer des Recyclinghofes entsorgte, ich, weil ich entgegen meiner angeborenen Neugierde unkritisch nicht nach dem Inhalt forschte, oder Christine, weil sie 65 Euronen den Hang runterwarf! Wütend greift die liebe Gattin zum Handy, um ihrer besten Freundin, nämlich ihrer Tochter Luise, die Misere brühwarm zu beichten.

»Wir haben Gäste draußen«, versuche ich vorsichtig die Stimmung nicht noch weiter zu reizen.

Doch die Telefonistin winkt ab, als würde sie die ganze Sache nichts angehen. Im gleichen Verhältnis, wie meine Laune sinkt, so hebt sich ihre Stimmung beinahe bis ins Manische.

»Bist halt doch 'n Schatz, Luise. Klar wird Papa mitspielen. Also bis nachher.«

Man kann wohl nicht von mir verlangen, diese Szene zu kapieren!

»Komm endlich, Mike, unsere lieben Gäste wollen wir doch nicht warten lassen«, haucht sie, während sie mir lässig vergnügt ihre Hand um meine Schulter legt.

»Wir haben nur kurz nach der Bowle geschaut«, lügt sie mit erprobter Selbstsicherheit, die Riesenschüssel vor sich her tragend.

Die Kelle, mit der neulich noch Gemüseeintopf geschöpft wurde, schapft nun in Beerenauslese aus privatem Anbau, von Glas zu Glas.

»Prost! Auf die Dummköpfe!«

Mein Geist, noch unwissend, woher die Gewinnerlaune der lieben Bowlenfee herrührt, entschließt sich, sich dem Frohsinn anzupassen. Wer weiß, wann das bei Chris wieder umschlägt. Wir wissen ja: *La donna è mobile!*

Während Edith nichts ahnend elegant ein weißes Tierhaar aus ihrem Glas fischt, blicke ich spontan unauffällig vorwurfsvoll auf ihr ergrautes Haupt.

»Kann passieren, Edith«, entschuldige ich gönnerhaft ihr vermeintliches Missgeschick. »Ich halte mich lieber an mein Bier – von der Bowle krieg ich immer Sodbrennen. Prost, ihr Lieben!«

Christines skeptischer Rundblick endet in meine Richtung. Es arbeitet in ihrem Oberstübchen: Wie kommt weißes Haar ins Bowlenglas, *bevor* Edith sich darüberbeugte. Sieht aus wie Hundehaar. Marko ist aber nicht da. Marko *war* aber da – heute Mittag, als die Schüssel auf der Terrasse stand. Seit wann verträgt Mike keine Bowle?

Den Gästen schmeckt's. Jedenfalls nach den wohlig grunzenden Schlabbergeräuschen zu schließen.

Die Gastgeberin nippt indes zurückhaltend.

»Wie geht's denn Marko?«, erkundigt sich Chris wohl nicht zufällig nach dem Allgemeinbefinden des Köters, den sie nicht leiden kann. »Erbrochen hat er vorhin?«

»Ja du«, weiß Andrea geschäftig einzusteigen. »So 'ne rote Brühe hat er gespuckt. Hat schon richtig gegärt. Und ganz schwindelig war ihm. Wir hatten schon Angst, dass er uns abnippeln würde. Er ist doch erst zwei, und so ein Westie kann immerhin gut und gerne 13 Jahre alt werden.«

»Na, dann müssen wir ja nur noch elf Jahre warten«, flüstert mir meine bessere Hälfte gehässig ins Ohr.

Unsere Nachbarn referieren jetzt über West Highland Terrier. Nun sind sie richtig in ihrem Element.

»Die wurden früher im schottischen Hochland als Jagdtiere ausgebildet. Ha, Mäuse und Ratten hatten da keine Chance«, weiß sein Herrchen Achim zu ergänzen.

Christine, die eigentlich nicht viel von Hunden versteht, hat sich eine Beobachtung aus einer TV-Tierreportage gut eingeprägt:

»Die weißen Welpen wurden ja früher getötet, weil sie schwächer waren als die dunklen.«

Achim runzelt die Stirn. Er zeigt ausnahmsweise wenig Humor.

Ich versuche, mir durch den Zigarillorauch hindurch Klarheit zu verschaffen und ziehe ein kurzes Resümee der ersten Dreiviertelstunde unserer Party:

Nachbars Hund beinahe vergiftet.
Sven hat unsere 65 Euro eingesackt.
Marko diffamiert.
Wir sind heimliche Dummköpfe.
Ediths Silber als Hundehaar verleumdet.
Bowlenschüssel als Trinknapf entfremdet.

Warum war die verstimmte Chris nach dem Telefonat mit Luise so gut drauf? Wo werde ich mitspielen?

Und Edith hat immer noch nicht nach der Herkunft der Bowlenfrüchte gefragt!

Let's have a party!

Und dein Verlangen soll nach dem Manne sein! Meine private Eva scheint den Bibelspruch etwas eigenwillig für sich zu interpretieren, als sie nach mir verlangt, indem sie konsterniert auf das Grillgut zeigt.

»Was ist denn mit deinem Würstchen los?«, ruft sie lauthals über den ganzen Garten. Der Lacher ist ihr gewiss – die Party kann beginnen. Allerdings werden die Würstchen vom Lachen nicht knuspriger. Sie werden nicht einmal heiß. Sie werden, genau betrachtet, eigentlich gar nichts! Ich hätte den neuen Elektrogrill vorher ausprobieren sollen. Aber, kein Problem: Wozu sitzen schließlich drei Männer am Tisch?! Ab damit in die Werkstatt. Gehäuse öffnen, Klemmverbindungen prüfen, drei verschiedene Fachmeinungen einholen: von Kabelbruch über falsche Polung bis zur schadhaften Heizschlange, wird alles überprüft. Stecker rein. Na also. Kaputt!

Enttäuscht wie drei kastrierte Gockel treten wir zum Rückzug zu den gackernden Hühnern auf dem Terrassenhof an.

»Vielleicht ist da auch kein Strom mehr drauf, Mike«, gackert die Haushenne.

»Haha, kein Strom mehr. Meinst wohl, der Strom-Eimer ist leer. Tss-tss! Frauen!«

»Nee, ich meine den Scheißköt... Äh, die Pumpe heute Mittag – vielleicht ist ja noch eine andere Sicherung raus«, scharrt die Chefhenne weiter. Das Problem war ergo weniger der Stromausfall, sondern vielmehr, dass sie damit recht hatte – meine Frau hatte recht! In einer technischen Frage!

Kikeriki!

Rechtzeitig zur männlichen Blamage tauchen Luise mit Remo leicht zerzaust vom Verkehrsübungsplatz auf. Wie gesagt, die Große tritt am nächsten Dienstag ihre erste Fahrstunde an.

»Na, habt ihr schön den Verkehr geübt?«

Alles lacht – außer mir!

So ein ordentlicher Tritt von einer stämmigen OP-Schwester ans Schienbein tut weh! Derweil Klaus Thüringer Würstchen, Steaks, Maultaschen und Paprikaschiffchen auf dem Rost dreht und wendet (habe ich ihm das erlaubt?), dreht Luise die dritte Runde um die Terrasse. Meine Nachfrage, wonach sie suche, beantwortet mir ihre Mutter mit einem unauffälligen Augenzwinkern nur unzureichend. Larissa, als letztes Familienmitglied den heimischen Garten betretend, unterstützt sogleich nach Kräften die Suche. Nur der blöde Vadder blickt's nicht! *Klar wird Papa mitspielen*, erinnere ich mich an das rätselhafte Telefonat von vorhin. Welche Rolle eigentlich bittschön?

»Papa, kannst du uns noch mal etwas Geld geben? Larissa und ich wollten uns doch am Montag nach der Schule im KIK Klamotten kaufen«, trompetet Luise mit identischem Augenaufschlag ihrer Mama.

»Wieso noch mal? Ihr habt mir doch gestern erst 80 Euro abgeluchst – wo sind die denn?«

»Heute Morgen waren sie noch drin.«

»Wo drin?«

»Ha, im Spongebob!«

Mein väterlich-ehelicher Instinkt signalisiert mir knallhart: Hier stimmt was nicht!

»Larissa und ich haben unser ganzes Klamottengeld in der Spongebob-Spardose aufbewahrt. Auf der Terrasse wollten wir das Geld zählen. Müssten mindestens so 100 Euro gewesen sein. Und jetzt ist es weg – samt Spongebob!«

Lisa und Klaus starren simultan Sven an, so als ob sie ihn auf eine bevorstehende Enttäuschung vorbereiten wollten.

»Da ging aber auch e grüsige (alemannisch für *stark, beträchtlich*; Anm. d. Verf.) Sturm heute Morgen über die Terrasse, gell Mike?«, haucht mir Chris augenzwinkernd zu.

Ich erinnere mich an den Sonnenschirm, den ich zum Brunchtisch stellte, sonst hätten wir's heute, bei dieser Windstille nicht ausgehalten. Aber der Papa wird schon mitspielen. Umgehend erkenne ich das heutige Spiel. Es heißt wohl: *Lüg die Nachbarn an!* Warum auch immer.

Wenn wir schon spielen, sage ich mir, dann in der Oberliga!

»Die Servietten, die Dose mit den Süßstofftabletten – alles ist in der Gegend rumgeflogen. Mir war noch, als wäre da was Gelbes den Hang runtergepurzelt«, bestätige ich verlogen.

Bei Gerbers wird's plötzlich so ruhig. Wir brauchen des Lichtes wegen noch keine Partyfackel anzuzünden – die beiden glühenden Gesichter von Klaus und Lisa reichen völlig aus. Jedes Paprikaschiffchen könntest du auf deren Backen braten. Wenn ich mir dazu Klaus' offenen Mund so betrachte – sogar ein Kamin wäre vorhanden. Auch die Maultaschen gewinnen eine passende Bedeutung.

Edith hat auf ihre alten Tage zwar Probleme mit ihren Beinen, aber treten kann sie damit wohl noch ganz gut. Sonst hätte sich Klaus nicht augenblicklich so grimmig ans rechte Schienbein gefasst. In freier Übersetzung bedeutete der Kick in etwa, dass er gefälligst den Mädchen »ihr« Geld samt Spardose zurückgeben solle.

»Äh, also«, zögert er, doch auch das linke Schienbein erweist sich als vergleichbar schmerzempfindlich, »Luise, Larissa, ich hab da eine tolle Überraschung für euch.«

Er verschluckt sich – ob es an den Bowlenfrüchten oder an der eigenen Heuchelei liegt, vermag ich momentan nicht zu beantworten. Jedenfalls beichtet er säuerlich die Geschichte vom freudigen Geldfund in der Plastikfigur. Enttäuscht verzichtet er auf Details. Ich nicht! Deshalb lasse ich mir noch mal ausführlich erklären, wie er mit einem passenden Schlüsselchen aus seiner Superwerkstatt die Geldscheine an Bord holte. Wenn es nicht die flimmernde Sommerluft wäre, so könnte man annehmen, es rauche aus Klaus' Ohren.

»Und dann hast du die Scheine getrocknet«, hake ich überflüssigerweise nach. Das *du* betone ich besonders, als ich resümiere: »*Du* hast tatsächlich 65 Euro rausgefischt«, sage ich und werfe Luise einen kritischen Blick zu – soll sagen: Und wo sind die restlichen 35? (Wohlwissend, dass es diese nie gegeben hat.) Lisa wirft ihrem Gatten einen vorwurfsvollen Blick zu, als dieser seinen Geldbeutel zückt und nur 65 Euronen rausrücken will.

»Lass mal, Lisa«, springe ich weltmännisch ein: »Der Rest ist für Sven.«

»Und weißt du was, Sven«, meldet sich meine Liebe barmherzig (keine Angst liebe Leser, sie ist noch da, auch wenn sie sich die letzte Minute nicht zu Wort gemeldet hat), »den schönen Spongebob darfst du behalten.«

Auch Luise und Larissa grinsen gönnerhaft über zweimal beide Ohren.

Klaus scheint die Bowle nicht mehr so recht schmecken zu wollen. Er lehnt sich langsam zurück und starrt dabei kurz zum Firmament, als ob da oben einer die Schuld an der Misere trüge. Gut, dass ich Gedanken lesen kann. (Lieber Gott, womit habe ich das verdient?)

65 wie eine Seifenblase zerplatzt. Von der eigenen Familie als Betrüger hingestellt. Und ein Taschengeld von 35 Euro, die ich nie gesehen habe, an Sven »zurückzahlen.« Und nun soll ich auch noch brav Danke! sagen!

Falls Sie die TV-Trickserie kennen: Svens kindliche Freude über den Schwammkopf-Freund ist vergleichbar mit dem fröhlichen Patrick. Klaus' zunehmend distanziertes Verhältnis zu Schwammköpfen erinnert eher an den grimmigen Thaddäus.

Edith, friedliebend, wie die ältere Generation nun mal ist, rettet die Situation.

»Hmm, fein! Sind die alle aus deinem Garten, Christine?«

Wir Männer dürfen uns nun getrost zurückziehen. Angesichts der zurückbleibenden überragenden Themenvielfalt zwischen Beerenauslese und deren möglicher Konservierung (zum Beispiel im Gefrierschrank mittels Tupperware), Obstkuchenrezepten und weiteren Anregungen internationalen Interesses werden die Frauen uns Männer kaum vermissen.

Wir wenden uns dem Grillgut zu. Der Unterschied beim Elektrogerät von Ohne-Strom- zu Mit-Strom-Grillen ist enorm. Klaus hat für heute genug gelitten. Ich bin ja kein Unmensch, weshalb ich die Bierkiste näher ranhole und ihm das neue Feierabendpils anbiete, wovon er nachher eine Flasche für seine Sammlung mitnehmen darf.

Prost, Achim! Prost, Klaus! Prost, Mike! Hier trifft man sich wieder, was? Haha!

Meine Steak-Adjutanten, Klaus und Achim, sind wie ich von der preisbewussten Sorte. Modetrends akzeptieren wir großzügig – solange wir nichts damit zu tun haben. Wir stellen fest, dass wir insgesamt drei Krawatten besitzen und damit ausgezeichnet zurechtkommen. Es ist ja nicht so, liebe Leserin, dass wir uns nicht sachlich übers Einkaufen unterhalten würden, nein! Die Schwerpunkte sind nur etwas anders gelagert.

»Die eine zum Beispiel«, berichtet Achim, »auf der Rolltreppe vor mir im C & A. Da hast du wirklich alles gesehen. Der hätte ich auch gern bei der Anprobe geholfen.«

»Die Kopfsteinpflaster vorm Plus – wer hat sich denn so was überlegt –

bestimmt 'ne Frau. Da rüttelt's dir ja sämtliche Eier im Karton durcheinander«, weiß einer zu berichten. »Ha, lass doch mal die von der Rolltreppe den Wagen schieben, haha – Prost!«

Weitere interessante Themen schließen sich nahtlos an. Für die Nahtlosigkeit zeigt sich das eine oder andere Feierabendpils durchaus hilfreich. Oder, liebe Leserinnen, Hand aufs Herz – wissen Sie, wo's Schläuche für Schubkarrenräder gibt, hm?

Beim Fahrradhändler? Auf die Idee kann nur eine Frau kommen!

Im Baumarkt? Ja – musst allerdings das komplette Rad oder die ganze Karre kaufen!

Ich verrate es Ihnen, liebe Leserin, falls Sie mal gefragt werden sollten: Im Lagerhaus oder da, wo landwirtschaftliche Geräte (das sind beispielsweise Rasenmäher) verkauft und repariert werden.

Bitteschön! Gern geschehen!

Dort gibt's übrigens auch die Sicherheitsstiefel, mit Metalleinlagen im Schienbeinbereich (wäre vorhin für Klaus sinnvoll gewesen). Neulich habe ich mir dort, nach ca. 15 Jahren (!) ein Paar neue gegönnt, nachdem ich die alten x-mal geflickt hatte. Was hat wohl mein liebes Sparschweinchen, dem zwei Schuhschränke längst nicht mehr ausreichen, dazu gemeint?

»Was, schon wieder neue Arbeitsschuhe?!«

Nahtlos von alten Schuhen kommen wir zum Sperrmüll, von dem so manches Elektrokabel abgezwackt wird. Ohne Seitenschneider fährt von uns dreien keiner rum.

Klaus ist fasziniert von meinem Hinweis, dass die Stöckchen im Kräutergarten zum Hochbinden vom Liebstöckel, gesammelte abgestürzte Raketenstecken von Silvester sind. Er revanchiert sich mit einem vergleichbar wertvollen Tipp. Er hebt für die jährlichen Gesundheitstage der Krankenkassen alte Zahnbürsten auf. Dort kann man die alten gegen neue tauschen.

Dass die farbigen Schirmchen in den Bowlegläsern keine gekauften, sondern gebrauchte aus den Eisdielen-Besuchen sind, wird kurz erwähnt, jedoch als selbstverständlich empfunden.

Auch das preiswerte Kaltschweißband vom Aldi sowie Haftgrundierungen und Garagenzubehör kommen noch einmal zu Ehren im Themenkosmos maskuliner Einkaufshitlisten. Bevor der Artikel Flachbildschirm sich entfaltet, dürfen nun die knusprigen, fachmännisch gegrillten Steaks & Co. den hungrigen Leibern zugeführt werden. Fachkundig legen die drei Grillgötter am Würstchen-Olymp gleich nach. Doch ein hysterisches *Halt, halt!* pfuscht uns unvermittelt in die Männerrunde!

Ich darf vorweg kurz rekapitulieren: Steaks, Würstchen, Maultaschen für die Kinder, ja sogar Paprikaschiffchen sind ganz passabel – ist ja auch mein

Rezept. Was da allerdings die grinsende Lisa aus ihrem Tupper auspackt, ist ja wohl die Höhe! Es ist unfassbar! Man will uns vergiften – zumindestens schwerstens beleidigen!

Eingelegte Schlabberscheiben – ZUCCHINI-SCHEIBEN!

»Bring's nur mit. Bin gespannt auf die Gesichter unserer Männer.«

Jetzt dämmert's mir: das fiese Telefonat mit Lisa gestern Nachmittag! Wir Männer schauen uns an, wir schauen die Zs an, wir schauen den schönen Grillrost an, wir schauen unsere Teller an. Schon fangen die Scheiben an zu brutzeln. Wie damals die entsetzten Gesichter meiner Töchter, als das Z-Gemüse auf dem Tisch stand, flehen mich heute zwei Nachbargesichter an: Mensch, tu was, Mike, sonst müssen wir das Zeug essen!

Jetzt wäre ein Stromausfall willkommen!

»Braucht euch gar nicht so umzugucken – Marko ist unten, haha«, lacht Andrea sardonisch – und sie lacht nicht allein.

Als guter Gastgeber verteile ich generös die fertigen Scheiben erst einmal am Frauentisch beziehungsweise am abrupt reduzierten Frauentisch. Das Gourmetduo Luise samt Larissa musste nämlich schlagartig aufs Klo. Remo, der Glückspilz, musste vor einer halben Stunde heim, und Sven isst grundsätzlich kein Gemüse – verwöhnter Bengel!

Drei Scheiben bleiben übrig. Während diese unentschlossen an der Gabel baumeln, gibt Chris, die Verräterin, per Dekret kurz zu bedenken, dass man die Z-Scheiben abwaschen könne, falls sie zufällig herunterfielen! Trotz stabiler innerer Widerstände dekoriere ich drei schöne Mixed-Grill-Teller mit jeweils einer degenerativen Z-Garnitur. Flugs wollen mir zwei Gesichter die Freundschaft kündigen. Zwischen zusammengepressten Zähnen presse ich die Bitte heraus, Lisa um Gottes willen nicht beleidigen zu wollen.

Wie war das damals noch nach dem Rausschmiss aus dem Paradies mit dem Acker? *Dornen und Disteln soll er dir tragen. Und du sollst das Kraut auf dem Felde essen.* Aber von Zucchini hat Er nichts gesagt! Er war gnädig. Womit bewiesen wäre: Er ist keine Frau!

Sogar im Fernsehen weiß man letzte Grenzen zu respektieren. Im Dschungelcamp müssen sie zwar lebendige Spinnen fressen oder auf rohen Känguru-Hoden rumkauen, aber gebratene Zucchini musste noch niemand verschlingen!

»Rache ist süß, Leute!«, zische ich.

Zunehmend jedoch erhellen sich wie durch Zauberei die männlichen Mienen. Ja, sogar ein Lächeln meldet sich auf ihren Gesichtern zurück. Schließlich würgen wir unsere angeschmorten Zucchinilappen runter. Dschungelprüfung bestanden – drei Sterne.

Na, neugierig geworden, liebe Leserinnen und Leser?
Die Auflösung erscheint im nächsten Buch ...
Quatsch, war nur ein Witz!
Also, woher kommt die Wandlung? Nicht nur ihr Frauen habt eure Geheimnisse – ich hatte auch eines. Achims Humor scheint nach weiteren zwei Pils zurückgekehrt, sodass er die Wahrheit besser annehmen kann. Also habe ich Klaus und Achim aufgeklärt, woher das weiße Haar in der Bowle stammte. Gut gelaunt wird den Damen zugeprostet. Und während unsere beleidigten Gaumen mit Feierabendpils wieder geheilt werden, erfreut sich das Frauenquartett an der frischen Bowle.

Nachdem das vorletzte aufgeplatzte Würstchen, das zwingend an die Regenrinne erinnert, verspeist wurde, sitzen Männlein und Weiblein wieder vereint am großen weißen Gartentisch. Dem Thema Bauchhöhlenschwangerschaft fällt es noch etwas schwer, sich dem Gebiet Computer-Flachbildschirm zu nähern.

Ich erwähnte ihr ansprechendes Äußeres in einem der ersten Kapitel; nicht nur Lisa's Steak ist knusprig, auch der Rest vom Fleisch.

Sie trägt ein leichtes, gelbes Trägeroberteil. Darunter, glaub ich, nichts – obenrum jedenfalls!

Klaus referiert stolz in seinem Hearing über die Vorteile des neuen Flachbildschirms, währenddessen mir seine Gattin gegenübersitzt.

Klaus: »So'n flaches Teil ist echt super!«

Ich: »Tatsächlich? Sollte man gar nicht glauben!«

Klaus: »Du musst beim Aufstellen aber unbedingt auf den optimalen Blickwinkel achten!«

Ich: »Mhmm, kann ich bestätigen«, antworte ich, für einen kurzen Moment durch den weiten Ärmelausschnitt schielend. »Und wie ist's mit der Bedienung?«

Klaus: »Echt benutzerfreundlich. Brauchst du nur antippen, dann geht's ab! Superschnelle Reaktionszeit. 22.«

»Zentimeter?!«, rufe ich entsetzt.

Klaus: »Zoll – Bildschirmdiagonale.«

Ich: »Ach so, da bin ich ja beruhigt.«

Klaus: »Und die eingebauten Lautsprecher sieht man gar nicht.«

Ich: »Ich schon Achim!«

Ich erkenne wohl die beiden prächtigen Boxen.

Mit meinem wechselnden Blick von Lisa zu Chris versuche ich zu abstrahieren, was Klaus wohl mit dem Vor-Ort-Austauschservice gemeint haben mag.

Klaus: »Wenn du nicht klarkommst – einfach Hotline anrufen: 36 Monate Umtauschgarantie.«

Ich: »Und ich bin 23 Jahre verheiratet – aber da is nix mit Hotline anrufen!«

Die aktuelle chronometrische Messung ergibt 22.30 Uhr – halb elf.

Sven ist inzwischen samt entleertem Spongebob auf dem bequemen Liegestuhl eingeschlafen.

Das Gespräch mit den Frauen offenbart klare Ansichten zur ehelichen Rollenverteilung, wobei Lisa klar den Part als Stimmführerin übernimmt. Klaus sei der Techniker, sagt sie (der sich den Hochdruckreiniger bei *mir* ausleiht). Sie selbst dagegen fühle sich für Einkaufen, Kochen und Erziehung zuständig – Haushalt eben (den lockeren Part also).

Es ist zwndzwnzuhrvrzig – Zeit für einen Witz vom Hausherrn.

»Wir helfen uns gegenseitig, nicht wahr, Chrissie?«, leite ich den nächsten Gag ein.

»Ich helfe ihr beim Einkaufen, Waschen und so, dafür hilft sie mir beim Bügeln, haha!«

Die Lacher geben sich zurückhaltend. Möglicherweise hängt dies damit zusammen, dass ich diesen Witz bei unserem Treffen neulich schon mal losgelassen habe – vor etwa 20 Minuten. Die gestrenge Mahnung im Antlitz der Bowlen-Queen bedeutet: Alkoholfreies Bier soll ja auch ganz gut sein, Mike! Oder Kaffee! Den gibt es nämlich jetzt. Andrea hat Kuchen mitgebracht und befreit ihn sogleich aus einer hellen, halbtransparenten Plastiktrommel mit Henkel. Erraten Sie den Hersteller des Gefäßes? Kleiner Tipp: fängt mit *T* an. Aus Rücksicht auf die Männer, die sich gleichwohl unter die Leser dieses Buches gemischt haben, verkürze ich die nachfolgende halbe Stunde, welche von dem T-Thema vollends ausgefüllt wird.

Der Bewegungsmelder reagiert, das Licht zum Vorraum geht wieder an. Chris betritt mit Kaffee, Milch und Zucker ausstaffiert die Bühne. Mir scheint sie momentan das Porzellan nicht anvertrauen zu wollen. Doch auch an ihr ist die Bowle nicht spurlos vorübergeschwipst.

Hoppla! Splitterndes Poltern verrät zerbrochene Kuchenteller! Eine Tasse, nun ohne Henkel, rollt vom Laminat in Richtung Terrasse.

»Wir sollten das Verteidigungsministerium konsultieren: Fliegende Untertassen am Sonnhof gesichtet, ha-ha-ha!«

Meine unglückliche Kellnerin teilt in diesem Augenblick den männlichen Humor nur ungern. Auch nicht, als ich frage, ob das Wort Bowle von Bowling stamme, während alles auf die ausrotierende Tasse starrt.

»Alkoholfreie Bowle soll ja auch ganz gut sein, Christine!«

»Kannst mich mal am …«

Den Rest konnte ich unter ihrem lauten murrigen Kehrschaufeln schwer verstehen. Es klang irgendwie nach *Waschbecken* oder so ähnlich.

Meine bissige Frage, ob es denn nicht auch Kaffeegeschirr von Tupper gäbe, sollte jedenfalls von meiner Seite heut der letzte Spotteinsatz gewesen sein – sonst gäbe es heute Nacht keinen Sex.
Nun ja, eigentlich war's auch gar nicht so lustig, das mit den kaputten Tellern.
Apropos, Bewegungsmelder: In der Wohnung haben wir auch Bewegungsmelder. An der Küchentür, im Wohnzimmer, zum Schlafzimmer, ins Bad, überall. Von der Firma *Christine Arriving*! Sobald ich nämlich, wo auch immer, in der Wohnung einen Raum betrete, in dem sich meine mitteilungsfreudige Frau Gemahlin aufhält, ertönt umgehend ein akustisches Signal:
»Wenn du grad da bist!« Oder: »Du, was ich sagen wollte!« Wahlweise könnte man auch nennen: »Hab ich dir schon erzählt?«
Gut, lassen wir das.
Der Kuchen sieht aus, wie eine Sahnetorte mit so Schokodingern drauf. Von wegen! Nur gut, dass ich's nicht ausgesprochen habe – hätte mich ja bis auf die Knochen blamiert. Passen Sie mal auf, lieber Leser, haben Sie so was schon mal gehört?
Trüffel-Sahnecreme mit feinherber Schokoladensahne und lockerem Vanilleschaum, umschlossen von dunklem Biskuit mit Nusssahne, garniert mit Zartbitterflocken auf Sahnetupfen.
Wahnsinn, was die kleine Apothekenhelferin da alles reingeworfen hat! Selbst gemacht! Klar, wir sind auf dem Land, da zeigt man gern, was man kann – obwohl, sie wirkt sichtbar verwundert, als Edith den eingepressten Pappboden mit C & W-Emblem entdeckt. Allen schmeckt's – sind ja auch keine Zucchini drin, sodass mit vollen Bäuchen abermals Zerstreuung im heiteren Gespräch gesucht wird. Achim scheint nicht mehr so ganz zurechnungsfähig zu sein, wenn er von seiner neuen Vorliebe für Sushi plaudert, die er sich neulich im Asia-Market eingefangen hat. Schön kross, von allen Seiten angebraten, mag er es am liebsten.
Oh, heilige Einfalt!
Edith ist eingenickt. Überhaupt wird beim Thema Essen so manche Weisheit zum Besten gegeben. Ich zum Beispiel lasse kurz einfließen, dass ich den Schäufeleknochen – das schwäbisch-badische Schulterblatt vom Schwein - stets für Marko aufhebe.
Der behäbige Achim schwört beim Schwein eher auf die Haxn mit knuspriger Schwarte. Lisa macht aus den Resten vom Raclette am nächsten Tag einen prima Auflauf. Beim Beck ums Eck ist am Sonntagmorgen auch immer ein großer Auflauf, wacht Edith auf. Andrea rennt schon wieder aufs Klo – ja, sauf halt noch mehr Bowle! Klaus brät sich gern mal zwischendurch ein paar Speckeier (das ist alles, was er am Herd fertig bringt). Und die liebe Chris-

tine? Was weiß sie Kulinarisches zu berichten? Sie nasche ja so gerne diese *After Eight*. Die teile sie stets gerecht mit mir – gerecht! Im Verhältnis 20 : 1!

Inzwischen ist es schon after eins. Sven quengelt.

»Ja, Kind, wir gehen jetzt«, beruhigt ihn seine Mutter. »Mama trinkt nur noch schnell die Bowle aus.«

Mama trinkt das Glas aus. Mama schöpft sich noch mal »nur noch ein letztes Schlückchen«, was das Glas fast zum Überlaufen zwingt. Klaus greift hastig ihre Hand, als selbige wieder zum letzten Mal zur Schöpfkelle greifen will. Ich unterstütze seine Heimkehrabsichten, indem ich die Flasche Feierabendbräu subtil auf dem Tisch platziere.

»Kannst gleich ausprobieren, ob du noch Platz hast in deiner Sammlung.«

»Ciao, Andrea. Ich hoffe, Marko hat nichts Ernstes.«

Im selben Moment ahne ich, von wem der Köter diese Bowlensauferei hat. Auch der Rest der Gang sammelt sich auferstanden um den Tisch. Klaus würde gern noch eine Weile bleiben – bis ich mich erneut für die freundliche Erstattung der 65 Euro bedanke. Entschuldigung, liebe Leserschaft! Bevor das Kapitel mit den Nachbarn zu Ende geht, muss ich noch was klarstellen, bevor Sie zu Bierflaschensammlungen und Bowlen-Auslese falsche Schlüsse ziehen: Ich schwöre, dass unsere heiteren Zusammenkünfte noch niemals zu irgendwelchen verbalen oder gar tätlichen Auffälligkeiten führten. Und alle gehen am nächsten Tag wieder brav zu Arbeit. (Der lieben Chris ist diese Ergänzung wichtig – *was sollen denn die Leute denken?!*)

Nachdem sechs Mitbürger abschließend mein blau weiß gefliestes Klo besuchten – die Männer jeweils alleine, die Frauen in einer Dreiergruppe –, lanciere ich die frohe Pinkelschar geschickt zur Haustür, bevor sie wieder auf der Terrasse Platz nehmen kann.

»Tschüss. Also Tschüss. Tschüss dann also.«

Die Klamotten eilig auf dem Schlafzimmerteppich verstreut, vertieft ein seit 23 Jahren verheiratetes Ehepaar in dieser Nacht, angefacht durch so manches gegrillte Würstchen des heutigen Abends, seine innige Beziehung.

Eine Dreiviertelstunde später (Chris meint, es waren drei Minuten) stehe ich mit einer Zigarillo auf der Terrasse.

Mausi kehrt wieder vom nächtlichen Streifzug zurück. Sie ist ja kein besonders gastlicher Typ. Sie hatte Reißaus genommen, als sie der dreijährige Nachbarsjunge am Schwanz ziehen wollte. Nun holt sie sich ihre Streicheleinheiten bei mir ab und stupst mich mit ihrer Nasenspitze am Hosenbein. Sie scheint zu lächeln. Ich finde, Katzenmundwinkel sind grundsätzlich so geformt, als würden sie permanent grinsen. Na, vielleicht hat sie auch nur unten, vor dem Haus von Markos Herrchen das Schild gelesen: VORSICHT – BISSIGER HUND!

Im verschwiegenen Mondschein fällt einem das leiseste Rascheln und die geringste Bewegung auf. Entsprechend vorsichtig schieben sich meine Barfüße zum Hang, um neugierig die Flüstertöne zu orten. Die taube Katze ist mir keine Hilfe. Sie stellt sich nur neben mich – bis auch sie das geschäftige nächtliche Treiben erkennt. Die Silhouetten von zwei Personen sind klar zu erkennen. Es muss ein langer Rechen sein, mit dem sie das Gras in einem begrenzten Hangbereich hin und her durchkämmen. Die Männerstimme, die mehr und mehr an einen Bierflaschensammler aus der Nachbarschaft erinnert, flüstert:

»Da muss es gewesen sein. Könnte auch weiter oben liegen. Scheißdreck!«

Die Frau weist die gleiche Statur wie Lisa auf. Sie hilft zwar nicht direkt beim Rechen, bietet jedoch deutliche moralische Unterstützung:

»Komm, streng dich ein bisschen an. Wir müssen unbedingt die 35 Euro finden. Die muss Mike nicht auch noch kriegen. Wenn der morgen hier mäht, ist alles im Arsch!«

Nur Sie und ich wissen, liebe Leserinnen und Leser, dass es dieses Geld niemals gegeben hat, jedenfalls nicht aus der gelben Spardose, aber das verraten wir den beiden nicht, oder? Deshalb verrate ich auch nur Ihnen, was ich morgen tun werde: mähen! Dort unten! Doch vorher werde ich mir den bescheidenen Geldbetrag von 35 Euro in die Tasche stecken und diesen, wenn einer der beiden nächtlichen Pfadfinder in der Nähe ist, unter lautem *Heureka, ich hab's gefunden!* entzückt aus dem Gras fischen.

Wieder zurück von der Observation, inhaliere ich die letzten Dämpfe aus der Zigarillo. Eine andere Sache fällt mir noch auf, bezüglich des Herrn im Haus:

Gerade bin ich über die Socken im Schlafzimmer gestiegen; hier draußen stehen einige leere Bierflaschen (inklusive Klaus' volle). Dabei rechne ich aus, dass ich es heute Abend beinahe geschafft hätte. Jetzt müsste ich nur noch an einen Baum pinkeln …

Köln für Insider

Insider-Antworten auf Insider-Fragen wie: Wie kommt der Strom zum Dom? Wer wird Millionär? Was macht Karl Valentin in Köln? Wo ist Mr. Spocks Pille gegen spitze Ohren? Wer zieht im Schokoladenmuseum die Rollläden hoch? Un en Kölsch för dä Doosch?

Er ist jetzt schon ziemlich voll. Total blau! Am Schlossbräu kann's nicht liegen. Die restlichen Flaschen vom Grillfest mit Nachbars stehen unberührt in der Bierkiste im Getränkekeller.
Die Bowle ist auch nicht schuld. An der hatten sich doch eher die Damen verlustiert beziehungsweise davon, was Marko davon übrig gelassen hatte. Hatte ich zu viel Sekt intus? Nee, Fehlanzeige. Das Viertele Weinschorle auf der Terrasse? Auch nicht: Hatten die halbwüchsigen frechen Poolnixen mit ihrem Wasserball umgekickt. Aber, oha: Das Parfümfläschchen ist halb leer!
Muss ich mich darüber wundern? Ich denke: nein!
Nein, ich wundere mich nicht darüber, dass meine Herzallerliebste nur eben diesen besonders winzigen halb leeren 30-ml-Flakon in den vollen blauen Reisekoffer eingepackt hat.
Nach 23 Ehejahren erkennt selbst der Dümmste: Sie »muss« sich wieder ein neues Düftchen kaufen, in Köln – da, wo wir morgen hinfahren.
(Na, wie fanden Sie die raffinierte Einleitung? Voll geilomat, gell? Hab auch lange daran herumgebastelt – bis ich's fast selber nicht mehr verstanden habe.)
Ihr Männer mögt staunen, warum zwei Erwachsene bei zwei Übernachtungen in Köln, einen großen Reisekoffer benötigen. Kleiner Tipp: eine der beiden Personen ist eine Frau! In der riesigen zusätzlich aufgeblähten Sporttasche transportiert nicht der Trainer (ist ja auch nicht seine Aufgabe) Trikots, Schuhe, Schienbeinschoner usw. für seine elfköpfige Fußballmannschaft plus Ersatzspieler. Nein, sie gehört uns! Damit sparen wir viel Platz im Rucksack. Dort lagert nämlich der Proviant für die lange Reise. Und falls die Fußballer unterwegs doch noch zusteigen sollten, kriegen wir die mit unserer Wegzehrung auch noch locker über den Winter.
Angefangen hat alles mit dem irischen Musiker Chris de Burgh.
The Lady in Red, *Don't Pay the Ferryman* oder *Patricia the Stripper* – kennen Sie. 1983 hatten Christine und ich ihn zum ersten Mal live gesehen. Es war super! Es war unser erster gemeinsamer Konzertbesuch. So wie mich damals meine ältere Schwester Elke mit der Beatmusik infizierte, so konnte

ich mein bis heute anhaltendes Faible für Oldies der Sechziger/Siebziger an meine Frau weitergeben. (Ich hoffe, sie hatte nicht nur deshalb einen älteren Mann geheiratet.)

Die Stones, Barclay James Harvest, Tremeloes, Equals, Lords – die Reibeisenstimme Lord Ulli lebte damals noch –, The Sweet, Slade, Smokie in sämtlichen Besetzungen. Ostbands wie Puhdys, Karat – mit dem inzwischen verstorbenen Über-sieben-Brücken-Sänger Herbert Dreilich –, Mungo Jerry, Herman's Hermits und x-mal die Leder-Susie Suzi Quatro. Auch der smarte Chris Andrews. Marmorstein war bekanntlich Deutscher, der nette Graham Bonney ist Brite, und und und …

In den Reunions Anfang der Neunziger gab's zumindest teilweise noch Originalbesetzungen. Heute wird der Kreis der Rockveteranen zusehends enger. Die Veranstalter lassen sogar *T-Rex* auftreten, obwohl keines der Bandmitglieder mehr unter uns ist.

Zahlreiche Tickets – Eintrittskarten hießen sie 1983 noch –, Fotos, einen Slip von der irischen Stripperin (ich sag's ja: Unterhosen spielen in diesem Buch eine besondere Rolle), ein Drumstick vom Hermits-Drummer, ein Luftballon, mit dem schon *The Mamas & the Papas* zusammen mit Scott McKenzie gespielt hatten. Alles akkurat ausgestellt in meiner Popvitrine. Habe ich schon erwähnt, dass ich dem wunderbaren Reinhard Mey vor ein paar Jahren die Hand schütteln durfte? Barry Ryan hatte ich in Mannheim, als Security getarnt, vorm Klo interviewt, als … Jaja, schon gut, ich werde langweilig.

Nur eine letzte Oldie-Musik-Anekdote noch. Ich mach's auch kurz!

Dave Dee, unser beider Lieblings-Oldie (inzwischen leider auch verstorben), musste seinerzeit als unglücklichster Stern unterm Pophimmel geleuchtet haben. Er trat als Vorgruppe, mit seinen *Dozy, Beaky, Mick & Tich* vor einem gewissen Jimmy Hendrix auf. Obligatorisch zerschlug oder verbrannte das Gitarrengenie am Ende des Konzerts sein Instrument. Aus Jux und Liebhaberei sammelte Mr. Dee drei Stück der demolierten Original-Hendrix-Gitarren in Vaters Garage. Beim Umzug hatte der Herr Papa das »kaputte Schrottzeug« weggeworfen. Meines Wissens existiert offiziell weltweit kein Original-Bruchstück mehr. Der starke Dave Dee ist trotzdem niemals in die Psychiatrie eingewiesen worden – Respekt, Respekt!

Schon gut, liebe Leserin, lieber Leser, ich beende meine obsessive Beat-Exkursion. Dann erzähle ich Ihnen eben nicht, wie Mick Jagger die Nena zu den *99 Luftballons* inspirierte, auch nicht, warum *My Generation* von *The Who* der Aversion der guten alten Queen Mum gegen Leichenwagen zu verdanken ist.

Wo waren wir stehen geblieben? Ach ja, was hat das Oldie-Gedöns mit Köln am Hut?

Erstens: Köln ist so 'ne Art geheime Hochburg für Fernsehshows – live, wahlweise als Aufzeichnung. Und wer tritt übermorgen Abend in Oli Geissens *Ultimative Chartshow*-Thema *Oldies* auf? Wer ganz konkret kommen wird, das verrät weder die TV-Zeitschrift noch die Website.

Die zweite Intention geht von meinem angeborenen Interesse am Fernsehen überhaupt aus. An so 'nem Bühnenbild für *Wetten, dass?* hätte ich auch gerne mitgebastelt – leider blieb es beim Schuhbänkchen für Christine. Ich selbst filme ja auch schon seit über 20 Jahren mit meiner Videokamera. Sogar für Hochzeiten wurde ich schon öfters engagiert, weil ich … Wie, bitte? Ach wirklich? Hatte ich schon erwähnt? Ja, ja, is ja gut!

Apropos TV-Oldies: Bitte nur noch diese eine Kurzgeschichte oder vielleicht auch zwei – danke!

Die Sache mit Emma Peel und Mr. Spock kennen Sie nämlich noch nicht. Nee, nicht, was Sie jetzt meinen, die beiden hatten nichts miteinander. Jedenfalls suchten und fanden die Produzenten in der Bühnenschauspielerin Diana Rigg eine Darstellerin, die eine gewisse erotische Ausstrahlung rüberbrachte, wobei die Vorstellung von Erotik in den 60er-Anfängen eine relativ keusche war. Mein Gott, was hatte ich als Kind diese Frau angehimmelt! Den *Bravo-Starschnitt* habe ich bis ins Erwachsenenalter hinübergerettet. Heute hängt er, penibelst plan aufgeklebt auf einer ausgesägten Sperrholzplatte, neben der Memorabilien-Vitrine. Macht sich prächtig über dem neuen Laminat, finde ich.

»Bist du bald fertig mit deinem kitschigen Museum«, fragt Chrissie liebevoll. »Wolltest du nicht mal das Balkongeländer frisch …«

Na, das gehört nun aber wirklich nicht hierher!

Zurück zu Sexy-Emma und ihren schlauen Produzenten: Das Phänomen der lustvollen Ausstrahlung übersetzen wir gerne mit *Sex-Appeal*. Doch der Brite differenziert weiter. Wenn eine Frau dem Manne gefällt, dann hat sie *Man-Appeal*. So, liebe erotischen Leser, nun lassen Sie sich mal die beiden Begrifflichkeiten *Man-Appeal* und *Emma Peel* langsam auf der Zunge zergehen. Ganz schön schlau, diese Produzenten!

Übrigens, weil Sie's eh nicht interessiert: Als Steppke in den 60ern schwärmte ich von dem Bentley, den es als Blechspielzeug mit John-Steed-Figürchen für 20 Mark zu kaufen gab. Meine Eltern waren nicht reich. Hätte mir meine Mutter den Wagen gekauft, wäre er sicher irgendwann unter die Räder gekommen. Sicher wäre ich nicht so stark gewesen wie Dave Dee, und wäre aus lauter Verzweiflung psychisch auffällig geworden.

Besser nie dieses Sammlerstück besessen, als es verloren zu haben!

1967 begann die Produktion zu *Raumschiff Enterprise*. Unter anderen waren die Schauspieler Leonard Nimoy nebst DeForest Kelley engagiert.

Ersterer (!) sollte den Pille Dr. McCoy mimen und Mr. Kelley war für die Rolle des Mr. Spock vorgesehen. Als Herr Kelley am Set – im wahrsten Sinne des Wortes – spitzbekam, dass man ihm spitze Ohren verpassen wollte, lehnte er die Rolle ab.

»Ihr seid wohl von allen guten Vulkaniern verlassen! Mit den Löffeln mach ich mich doch zum Deppen … Komm Leo, nimm du die Dinger.«

So oder so ähnlich muss der spätere *Pille* wohl gegen den Mummenschanz gebelfert haben.

Ich kenn das. Ich wollte die Hosen beim letzten Einkaufsbummel in Frieburg auch nicht haben – meine Vulkanierin fand sie indes faszinierend.

Können Sie sich das vorstellen? *Pille* hätte Mr. Spock sein sollen und umgekehrt?

Juckt Sie nicht sonderlich – stimmt's?

Sie haben völlig recht – es gibt wichtigere Dinge im Leben!

So zum Beispiel die Frage, wie viele Hemden ich einpacken soll!

»Vier reichen vollkommen«, dekretiert die Reiseleiterin unmissverständlich. Ich rechne ihr vor: Eins für die Hinfahrt am Mittwoch und abends zur Show; eins für den Stadtbummel in Köln am Donnerstag, und am Freitag fahren wir eh zurück – macht zusammen: drei!

»Du kannst doch unmöglich das Hemd vom Autofahren zu *Stern-TV* anziehen – Ausrufezeichen.«

»Das ist doch dem Günther Jauch wurscht.«

»Aber mir nicht! – Und die Chartshow?«

»Was ist mit der?«

»Na, ich bitte dich (es ist weniger eine Bitte, denn ein Befehl)! Du willst doch nicht in beiden Shows mit demselben Hemd rumlaufen?!«

»Nein, natürlich nicht. Ich will eher damit rumsitzen! Oh, ich seh's schon vor mir«, beginne ich zum Gegenschlag auszuholen, »Kamera eins erfasst mich in Nahaufnahme. Millionen von Fernsehzuschauern erkennen mich. Und das Hemd! Royal-blauer Grundton mit hellen und roten Streifen. Oli Geissen brüllt spöttisch ins Mikro: *Schaut her Leute, das ist der Schlamper aus Herbolshome, der nur drei Hemden mit hat! Leichter Schwenk. Und neben ihm seine Frau – sie hat das Drama zugelassen!*«

»Arschloch!«

In diesem Moment träume ich wehmütig von den empfohlenen Verhaltensregeln an die Gattin, aus dem alten Schinken *Das Reich der Hausfrau*. *Kluges Nachgeben dem Manne gegenüber unterbricht zu guter Stunde ein In-die-Länge-Ziehen etwaiger Verstimmungen.*

Stattdessen muss ich eine ganz spezielle moderne weibliche Logik über mich ergehen lassen.

»Schau mal«, macht sie einen auf Oberlehrerin, »am Mittwochabend sind wir zuerst bei der Chartshow – die wird aufgezeichnet. Anschließend bei Günter Jauch – live.«
»Mhm.«
»Die Aufzeichnung wird am Freitagabend ausgestrahlt.«
»Mhm. Und?«
»Was *und*?!«
»Tschuldigung, ich verstehe noch immer nicht das Problem«, beginnt es mir fas peinlich zu werden.
»Typisch Mann! Mittwoch bei Jauch, Freitag bei Geissen – im selben Hemd! Wenn das meine Hexen sehen, dann meinen die, der würde drei Tage lang sein Hemd nicht wechseln!«
»Du hast recht. Vielleicht sollte ich doch noch deine Strohschuhe anziehen. Hast du zufällig welche mit royalblauen Bommel mit hellen und roten Streifen?«
Meine Güte, wenn's denn der Erleuchtung dient! So packe ich vier Oberhemden in den passenden royalblauen Koffer. Ebenso die vier Paar Socken sowie gleich vier Garnituren Unterwäsche. Moment mal, da stimmt doch was nicht! Wer mit Miss Marple verheiratet ist, der lernt mit den Jahren (und bei uns kommen einige zusammen) auch die Abgründe des Menschen an seiner Seite kennen. Also schleiche ich mich, während Madame sich nun den eigenen Kleiderschrank vorknöpft, hoch ins Büro. Ihre eigene E-Mail-Adresse ist so geheim, dass ich ihr selbst das Passwort eingerichtet hatte.
Gelesene Mails:
fashion today: *Vielen Dank für Ihre Bestellung!*
Aha!
sonnenschein.de: *Bestätigen wir Ihnen hiermit zwei Übernachtungen im Hotel* AllStar *inkl. zwei Tickets zu* Stern-TV ... *Gesamtpreis von* ...
Okay.
ihre-beraterin.com: ... *werde ich gerne den gewünschten sechsteiligen Schüsselsatz* Aromawächter *persönlich am nächsten Donnerstag bei Ihnen vorbeibringen.*
Viele Grüße, Ihre TUPPER-Beraterin Gabriele
Hm, zu diesem Datum sind wir doch in Köln?
AllStar-Hotels.de: *Auf Ihre freundliche Anfrage, ob zu den beiden Übernachtungen kurzfristig evtl. eine dritte dazugebucht werden kann, dürfen wir Ihnen mitteilen* ...
Soso, *kurzfristig eventuell*! Falls ich meinen Alten dazu um den Finger wickeln kann, heißt das im Klartext!
Zuerst mich mit schöner Beatmusik und interessanter Studioatmosphä-

re in das Nobeo-Gelände locken, um mich anschließend statt einen gleich zwei Tage Einkaufstüten schleppen lassen. Sam Keen, Sie sind ein begnadeter Menschenkenner: Auf der Bewusstseinsebene gibt SIE sich unterwürfig und gehorsam, insgeheim aber handelt SIE manipulierend und grausam.

Man sollte meinen, dass für 14 Tage Flugreise mehr Gepäck vonnöten wäre als für zwei (oder drei?) Tage im Rheinland. Die grüne Feinstaubplakette päppt in der rechten Innenecke der Astra-Windschutzscheibe. Öl ist nachgefüllt, Luft stimmt. Der Vesperrucksack stiehlt die komplette Beinfreiheit des Beifahrers. Der Ausdruck vom Routenplaner wartet auf dem Armaturenbrett. (Oder müsste es mir peinlich sein, keinen Navi zu besitzen?)

410 Kilometer – *let's go!*

Brigitte spricht mich noch kurz in Sachen finanzielle Unabhängigkeit an. Sie fordert Verständnis, Freiheit und Selbstverwirklichung für die Frau.

»Ich weiß, dass ich gut bin.«

Als Mann wäre viel Geld und guter Sex das Wichtigste für mich. Jetzt wird's mir aber zu bunt! Ich reagiere auf diese Vorhaltungen mit aller Entschiedenheit, die mir meine Macht als starkes Geschlecht anheimstellt: Ich blätter einfach um! Denn der Artikel *Frauen wollen alles*, in dem das emanzipierte Frauenjournal Bezug nimmt auf aktuelle Untersuchungen ist nicht unbedingt die Lektüre, die ich mir als Beifahrer antun will – Christine hat eh schon das Steuer in der Hand! Also wechsel ich doch lieber zur regionalen *Badische Zeitung*.

Der Spielmannszug tagt heute in Endingen.
Mhm.
Forchheim lädt zum 95-jährigen Bestehen des Musikvereins ein.
Jo.
Heute Generalversammlung in ...

»Die Kinder haben sich noch gar nicht gemeldet«, unterbricht die Fahrerin mein regionaljournalistisches Studium, während sie erwartungsvoll auf einen Klingelton aus dem Handy in der Schalthebelablage stiert.

»Christine, lieber Schatz! Das mag daran liegen, dass wir erst vor gut fünf Minuten aus der Garage rausgefahren sind.«

Wir hatten uns übrigens, einigermaßen einvernehmlich, auf Christine als Fahrerin geeinigt. Erstens, weil es in meinem Corsa zu eng wäre, wenn man ihn mit zwei Kleiderschränken beladen wollte, und Frau Mamas bordeauxroter Astra als Familienkutsche gilt, zumal sie ja auch ständig die Kinder abholen muss, und das, obwohl sie ja soo viel um die Ohren hat und ich hingegen ja wegen jedem Käse ... Ich bin nur der Hauptverdiener – Sie kennen die Geschichte.

Zum Zweiten gibt sie das Astra-Steuer nur ungern aus den Händen. (Wenn

Schnittgut mittels Anhänger auf den Recyclinghof gekarrt werden muss oder es gilt, Getränke zu holen, bei Radwechsel oder Reparaturen, gewährt sie allerdings großzügige Ausnahmen.)

»Außerdem«, greife ich das Kinder-Thema wieder auf, »haben wir die beiden gut instruiert, die werden schon nicht verhungern. Obwohl: Die kochen ja eh nur wieder Spaghetti. Falls sie Zeit dafür haben.«

»Wie meinst du das? *Falls sie Zeit dafür haben*«, bohrt Chris.

»Na, hör mal – sturmfrei! Lass sie halt, sie sind doch anständig!«

Christines kritisches Schweigen veranlasst mich, Luises zufällig mitgehörtes Telefonat von gestern Abend ihrer Mutter nicht preiszugeben. (*Um neun wollen sie verschwunden sein. Ich ruf dich an, sobald sie weg sind. Ja, Schlafsack vielleicht. Ist genug Platz im Gästezimmer. Tschühüüss.*)

Es ist halb zehn, Chris gibt keine Ruhe. Ich soll schnell zu Hause anrufen – sicherheitshalber.

»Besetzt! Demnach leben sie noch«, antworte ich etwas trocken.

»Wen rufen die denn an um diese Uhrzeit? Vielleicht ist was passiert!«

Ich muss betonen, dass diese Reise die erste Erfahrung ist, unsere Gören mehrere Tage auf sich allein gestellt zu lassen. Trotzdem verspüre ich wenig Hingabe zu der Idee, kehrtzumachen, nur weil eine der beiden telefoniert. Also werde ich umgehend einen telefonischen Kontakt herstellen – obwohl weiter besetzt ist. Aber das muss die Mama ja nicht wissen ...

»Grüß dich, Luise, hier ist der Papa.«

Christine strahlt erleichtert.

»Ja, wir sind jetzt auf der Autobahn. Larissa schläft noch. Soso. Ach, Maren hat grad angerufen, wegen der Hausaufgaben. Ach deshalb war so lange besetzt. Mhm. Also dann«, sage ich und will den »Dialog« gerade beenden, als Christine hektisch mit ihrer Hand vor meiner Nase rumfuchtelt.

»Gib sie mir mal kurz!«

Aufgelegt!

Mit demonstrativ besorgtem Blick auf den Tacho – die Nadel zittert sich inzwischen um die 130er-Marke frei – lese ich aus der Zeitung vor, um vom »Telefonat« abzulenken.

Doch das Ablenkungsmanöver scheint fehlzuschlagen.

»Was für Hausaufgaben?«

»Hä, bitte?«

»Was für Hausaufgaben, und welche Maren?«

»Mathe, glaube ich. Maren Schmidt. Ja genau, Maren Schmidt, hatte Luise gesagt. Warum fragst du? Sind doch Freundinnen, oder?«

Christine macht wieder auf Mr. Spock, indem sie die linke Augenbraue hochzieht, was wiederum bedeutet: Ich trau dir nicht!

»Yes, Mr. Klugscheißerchen – Freundinnen! Freundinnen aus der Realschulzeit. Vielleicht kannst du dich vage daran entsinnen, dass die Abschlussfeier etwa ein Jahr zurückliegt. Mittlere Reife, sagt dir das was?«

Hätte sie doch lieber den *Pille* gespielt – würde viel besser zu der OP-Schwester passen! Wortlos greift die Vulkanierin zum Handy – bei Tempo 135!

»Du, Telefonieren während der Fahrt ist verboten«, moniere ich vorsichtig. Wahlwiederholung. Zurückblättern. Oha! Selbstgefällig triumphierend lässt sie mich lässig schweigend einen Blick auf das Display werfen, bevor sie selber erschrocken liest: GABRIELE.

Chrissies Ziel, mich zu blamieren, scheint nicht so recht funktionieren zu wollen.

Ich helfe ihr ein bisschen:

»Gabriele, so heißt doch deine Tupper-Tante.«

Für gewöhnlich hasst Christine diese Bezeichnung – Fachberaterin korrigiert sie sonst schnippisch. Im Moment hat sie andere Sorgen.

»Ähm, ja ich wollte einen Deckel umtauschen«, beendet sie ihren vermeintlichen Siegeszug doch recht knapp.

Anderthalb Stunden A5 bis Mannheim-Koblenz-Saarbrücken liegen vor uns. Zeit für das erste leichte Schokowäffelchen, morgens um zehn in Deutschland. In Land und Region versunken will ich soeben am Radio einen anderen Sender antippen, bevor mir die Astra-Pilotin hastig auf die Finger haut:

»Härsch nit – mach ä weng lüdder!«, zischt sie aufgeregt.

Also drehe ich lauter. Ich hätte es mir denken können – Brad Pitt!

»Zurzeit baut der amerikanische Schauspieler in New Orleans energiesparende Häuser ... Haben die Anwohner gemeinsam mit Pitt und dem ehemaligen US-Präsidenten Bill Clinton den Grundstein gelegt ...«

»Siehst du, ich sag's ja immer, der Pitt ist einfach ein anständiger Kerl – und, mein Gott, wie gut der aussieht!«

»Pff! Der zahlt halt in die Stiftung. Glaubst du, dass der tatsächlich selbst an der Golfküste Löcher buddelt und dabei sein Hundertdollarhemdchen verdrecken lässt?«

»Woher willst du denn wissen, was sein Hemd gekostet hat?«

»So halt.«

»Jedenfalls läuft *er* immer in anständigen Klamotten rum – nicht wie *andere* Schluris«, giftet sie, während sie mich abschätzig mustert. »*Den* muss seine Frau nicht nötigen, schöne Hemden zu kaufen!«, kartet sie voll in Fahrt hinterher.

»Ha, von der Dings – wie heißt sie doch gleich? –, von der Angolie würde ich mich auch mal gerne anziehen lassen. Die hätte doch Zeit, jetzt wo der Brad in New Orleans seinen Spaten sticht.«

Bissiger Blick von links.

»Mach dir keine Hoffnung, die Angelina ist schwanger.«

»Ich war's nicht, ehrlich!«, wehre ich mit beiden Händen ab.

»Nee, so bestimmt nicht«, lacht sie in übelster Weise, während ich das schlabbrige Wiener Würstchen aus der Folie fummle. Um mir die Kränkung nicht anmerken zu lassen, lese ich ihr aus der Sparte *Aus aller Welt* etwas Passendes vor.

»Du, da steht, horch mal, *Mitgefühl lässt sich trainieren! Wer Mitgefühl und Güte durch tibetische Meditation einübt, kann positive Emotionen trainieren, haben Kernspintomografien bei tibetischen Mönchen ergeben.* Du bist doch so für Städtereisen – wie wär's mal mit einem Bildungswochenende im asiatischen Hochland für dich?«

»Nun mach mal nicht so ein Geschiss. *Du* hast den Größten, ich weiß!«

Hm, das Wienerle schmeckt wieder besonders knackig, genieße ich die nun zurückeroberte Männlichkeit, während ich ihr mit freundlichster Miene bestätigend auf den Oberschenkel tätschle.

»Sag ich doch«, wiederholt sie liebevoll, »du hast den größten ... Appetit.«

»Arschloch!«

Au, der war gut – der Gag mit dem großen Appetit, obgleich er destruktiv gegen die Männerwelt angehaucht war! Also notiere ich: *Christine – Wienerle – großer Appetit* auf dem Notizblöckchen. Ich weiß, sie würde mir insgeheim den Block gerne zum Nachtisch in den Mund stopfen, aber sie gibt sich tapfer und hofft auf bessere Zeiten. Es muss wohl nicht ganz einfach sein, mit einem Neurotiker verheiratet zu sein, der seit ein paar Monaten der Zwangsvorstellung verfallen ist, unbedingt ein erfolgreiches Buch schreiben zu müssen!

Apropos schreiben – ich glaube, langsam sollten wir mal in Köln ankommen, sonst wird es meinen Lesern irgendwann langweilig. Die eine oder andere Info an Sie sollte ich allerdings noch loswerden, bevor Sie erfahren, wie ich den echten Günther Jauch persönlich kennengelernt habe.

Also raffen wir die vier Stunden Autofahrt plus Pause ein wenig zusammen!

Vorbei an der Tribüne des Hockenheimrings. Die A61 beginnt, sich am Rhein entlangzuschlängeln. Regierungsvertreter dichtet im Radio, dass die Konsolidierung der Staatsfinanzen gelungen sei. Vor Bruchsal am Nürburgring vorb ... Halt, so fix geht's nun doch nicht! Christine wirft energisch ein, ich dürfe aufschreiben, dass sie vor Jahren mit dem alten Kadett auf dem Nürburgring gerast sei. Spaßeshalber auf der Zuschauerstrecke. Sie fuhr damals mit den Kindern für vier Tage in Kurzurlaub, damit ich zu Hause Zeit für die Badrenovierung hätte.

»Ja, ja, schreib das nur, dass du wegen deinen Fischornamenten so viele Fliesen zerbrochen hast.«

»Dann schreib ich aber auch über deinen ungerechten Anschiss, weil ich bis dato nur die Dusche gefliest hatte, wo du dachtest – ich weiß nicht warum –, nach dem Kurzurlaub gleich in die Wanne hüpfen zu können.«

»Ja, ja, das Bad ist schön geworden. Ja, ja!«

Während der Rast verzehren wir die restlichen Rosinenmuffins, die Konditorin Chris für letzten Sonntag gebacken hatte. (Unter uns, verehrte Lesergemeinde, die Dinger sind inzwischen so dermaßen trocken, dass sie die grüne Feinstaubplakette nur unter Einsatz massivster Korruption erhalten würden.) Der Himbeerjoghurt garniert sich prächtig auf dem Revers vom Royalblauen mit den roten und hellen Streifen. Gottlob hat's Christine nicht bemerkt. Sie telefoniert mit ihren Töchtern. Noch ein Schinken-Käse-Weckle; die Äpfelschnitze sind auch alle.

»Schöne Grüße von den beiden«, richtet Frau Mama erleichtert aus; es ginge ihnen soweit ganz gut.

Sie wollten die Tage, wo wir weg sind, früher ins Bett gehen.

Das glaubt sie tatsächlich? Luise sei nämlich von den vielen Matheaufgaben sehr müde, wobei ich beim Wort *Matheaufgaben* wieder Mr. Spocks kritischen Augenaufschlag zu erkennen glaube.

»Prima!«, weiß ich schlagfertig zu kontern, »dann kann sie morgen gleich weiterrechnen, wenn die Lieferung kommt.«

»Was is los?«

»Na, soundsoviel Euro Gesamtbetrag geteilt durch 6 *Aromawächter* ist gleich wie viel pro Stück? Zusatzaufgabe: 500 Tupperdosen plus 6 ist gleich wie viel?«

»Gut, dass ich dir genügend Hemden eingepackt habe. Obwohl: Mit der Himbeergarnitur kannsch bei der Oldie-Show passend auf Hippie machen.«

Abbiegung Köln-Hürth. Hotel AllStar. Geschafft!

Die drei Flaschen Proviant-Sprudel sind ausgetrunken – die leeren Plastikflaschen liegen im Kofferraum (ist Pfand drauf!); ich hab 'nen Saudurst!

Herzlich willkommen; einchecken; rein in den Aufzug; erster Stock; raus aus den verschwitzten Klamotten.

Vier Euro für ein Miniflaschchen Mineralwasser – da ist ja im mitgeschleppten halb vollen Parfümflakon mehr drin! So durstig bin ich nun auch wieder nicht! Falls Sie Beziehungen haben zu juristischem Fachpersonal, liebe Leserinnen und Leser, so fragen Sie doch bitte bei Gelegenheit für mich: Ein Tablett mit völlig übertuerter Getränkeauswahl; daneben ein Körbchen mit kostspieligem Knabberzeug nebst Schokoriegeln. Das ist doch Nötigung, oder? Versuchen Sie dabei bitte in Anbetracht der arglistigen Verführung eines gefährdeten Schokoholiker wie mich eine besondere Schwere der Straftat zu erwirken!

Flüchtig suchende Umschau nach dem dritten und vierten Bett stoßen auf die finale Gewissheit: Wir sind alleine weggefahren – zwei Nächte ohne Kinder! Die Fantasie von Rabeneltern belastet uns dabei nicht wirklich. Für weitere Fantasien im Doppelbett bleibt uns kaum Zeit, schließlich sind wir, noch bevor Oli zu plaudern loslegt, zu einer Studioführung angemeldet. Darum tausche ich flugs Himbeere auf Royalblau gegen olive Blätterornamente auf beige-weißem Untergrund. Kaum ist eine Dreiviertelstunde verstrichen, schon ist Christine fertig mit dem Schminken.

»Jetzt schau dir das mal an«, flechtet sie entsetzt zwischen Lippenstift und BH-Träger ein: »Das Parfüm ist ja fast leer. Ich glaube nicht, dass der Rest für die Tage ausreicht!«

»Oh, armes, armes Fräulein!«

Warum denn nicht? Musst ja nicht baden drin, denkt sich der Zahlmeister ohne nennenswerte Hoffnung auf Planungsänderung.

Seit 20 Minuten probiert Christine noch kurz die beiden Abendkleider aus. Das gibt mir Gelegenheit, die Fernbedienung einzusetzen. Der WDR ist auf gleich drei Programmplätzen vertreten, Nachrichten, ein Tierfilm, Momentchen … Kommando zurück! Das tierische Stöhnen scheint mir gar nicht von einem Löwenrudel zu stammen – die haben doch keine strohblonden Mähnen! Ich bin etwas verwirrt – müssten es nicht die Männchen sein mit den Prachtlocken? Hastig setze ich die Brille wieder auf. Da haben wir die Bescherung! Mein lieber Herr Gesangverein, da ist was los! Die Beute, die sich die drei recht sommerlich gekleideten Weibchen teilen, ist gar keine Klapperschlange. Das Männchen richtet sich aus seiner ergebenen Stellung wieder auf, während die eine Raubkatze bereits mit beiden Vorderpfoten an …

»Mach üs, mach üs – des koscht ebbis«, hechtet meine Frischgestylte, wohl von der vertrauten Akustik hergelockt, um panisch auf sämtlichen Knöpfchen rumzuhämmern, bis sie endlich den Aus-Schalter voll getroffen hat. Mit den Händen wild gegen den Bildschirm gestikulierend macht sie mich eindringlich auf den ersten Teil der modernen Wortschöpfung *Bezahlfernsehen* aufmerksam!

Mal sehen, ob sie sich morgen beim Nur-mal-so-Schauen in der Parfümerie ähnlich geizig zeigt.

»Hm, riech mal an dem neuen *My Emotion* … Mach zu, mach zu – des koscht ebbis!«

Riesige Transparente von *Gottschalk & Friends, Richterin Barbara Salesch, Wer wird Millionär?* und anderen hängen an den Fassaden des Nobeo-Studios in der Kalscheurener Straße. Geil!

Nur drei Euro Parkgebühr für den ganzen Tag, das gefällt mir schon mal! In einer Art Kantine (was weiß ich, wie man das Foyer bei der High Society nennt) empfängt uns Stefan, ein eloquenter, pfiffiger junger Studioführer. Es berührt mich stets angenehm, wenn sich ein junger Mensch freundlich und anständig benimmt, und Stefan ist mir sofort sympathisch. Schier jeder Fernsehsender, dessen Name mir vertraut ist, ist mit irgendeiner Sendung hier vertreten. Ob Barbara Salesch wohl auch hier wohnt? Leider ist sie momentan nicht zugegen – sie ist bei Gericht. Schade, ich hätte sie gern auf die Mineralwasser- und Schokoladen-Nötigung im Hotel angesprochen.

Wir zwei dürfen Platz nehmen bei Frau Kallwass in *Zwei bei Kallwass*. Ist das nicht toll? Wir zwei in *Zwei bei Kallwass*?

Fotografieren ist verboten, weil die Requisite urheberrechtlich geschützt ist – schade. Hauptsache der Jauch ist nicht krank.

Ich gaffe interessiert zur Decke. Eigentlich ist es keine Decke – es sieht aus wie ein mit Scheinwerfern, Kabeln und Mikrofonen bestücktes Planetarium. Eine Folge würde so viel Strom wie ein normaler Haushalt pro Jahr verbrutzeln, sagt Stefan. Mir liegt die Frage nach Energiesparlampen auf der Zunge, doch meine innere Stimme befiehlt mir: Lass es, du blamierst dich nur!

Die unscheinbaren Stäbchen, die an dünnen Kabeln vom Planetarium runterbaumeln, erklärt Stefan als Atmosphärenmikros. Der Tonmeister müsse die Lautstärke vom Moderator mit dem Pegel des Publikums so mischen, dass für den Fernsehzuschauer ein angenehmes Zusammenspiel entstehe.

Ein vorlauter, fast kahler Anfangsfünfziger gafft altklug hoch zum Makrokosmos an der Decke. Ob man die Strahler nicht durch Energiesparlampen ersetzen könne, fragt er wichtigtuerisch.

»Gute Frage«, bestätigt Stefan; die technische Abteilung sei just dabei, innovative Lösungen zu entwickeln, lobt er den vorlauten Gast.

Ach ja, *Entern oder kentern* soll auf dem Gelände auch gedreht worden sein …

Auf dem kurzen Weg zur Bluescreen-Halle kaspert Markus Maria Profitlich in Zivil an uns vorbei. Er hat mich leider nicht erkannt. Christine muss unbedingt anmerken, dass der einen viel kleineren Hintern hat, als sie vorm Fernseh dachte.

Die Bluebox ist fantastisch, auch wenn sie gelegentlich grün angestrichen ist. Apropos angestrichen: Die Farbe wird extra aus England eingeflogen – kostet ein Schweinegeld (Stefan hatte es stubenreiner formuliert). Wenn nun, sagen wir, ein Nachrichtensprecher vor dieser Bluebox-Wand säße, könnte man auf den Hintergrund die Wetterkarte um ihn herum einfügen. Der Sprecher dürfte allerdings nicht mein royalblaues Hemd tragen. Nein, nicht wegen des Himbeerjoghurt-Fleckes! Sämtliche Unwetter und Schneeverwehungen würden sonst durch seine Brust rauschen! Auf Blau beziehungsweise Grün haben sich die Filmleute nämlich geeinigt, weil diese Farben am menschlichen Körper am wenigsten vorkommen.

Gut, die haben Christine noch nie nach dem Schminken erlebt!

Die Gruppe marschiert zum Top Act der Führung: *Wer wird Millionär?*

Alle sind im wahrsten Sinne des Wortes, darauf besessen, auf *dem* Stuhl Platz zu nehmen – was wegen des Plexiglasbodens nicht erwünscht ist. Stefan versteht allerhand von der Filmtechnik. Ich hätte ihn zu gern gefragt, warum bei meinem heimischen PC-Video-Studio *Ananas P. 9* die Clips beim Rendering so intensiv lange gecheckt werden, obwohl keine korrupten Frames implementiert sind. Er wüsste das bestimmt, aber der elektrische Stuhl von WWM wartet.

Ich will Ihnen nicht die Illusion rauben, vielleicht planen Sie ja irgendwann selbst eine Geländeführung bei Nobeo – ich kann's jedenfalls nur empfehlen. Aber sagen wir's mal so: Arg groß ist das WWM-Studio 7 nicht! Und spielen Sie dann bitte nicht an den A-B-C-D-Kästchen herum – alles empfindliche Technik. (Nur Christine kann's nicht sein lassen – hat man ja auch im Hotelzimmer gemerkt. Jetzt isses zu spät, Chris, der Tierfilm ist zu Ende!) Stattdessen dürfen Sie Herrn Jauchs Sessel und den des Kandidaten auf dem transparenten Podest bewundern – hier werden Millionäre gemacht!

Wir finden uns am Foyer wieder. Jetzt ist viel mehr los als vorhin! Piekfein aufgehübscht tummeln sich Weiblein und Männlein; die Bar hat geöffnet. Ich fühle mich irgendwie als Mitglied der High Society; Cocktail hier, gestylter Schopf da. Gleich wird ein *Bunte*-Fotograf sich auf mich stürzen und mich in meinem trendigen Oliv-Blättrigen ablichten. Das geordnete Gedränge, das vor dem Tor zur Halle 8, der Chartshow, langsam, aber sicher dichter zu werden scheint, wird wie das gesamte Foyer getragen von einer unsichtbaren, dennoch zuverlässigen Organisation. Schließlich findet *Die ultimative Chartshow* schon zum 47. Male statt.

Christine und ihre Begleitung schlürfen ihr erstes Kölsch in Kölle. So 'ne winzige Stange ist zügig ausgesaugt. Am Ticketcorner wollen wir umständlich erklären, dass wir bei der Kollegin per Mail zwei Tickets zurücklegen ließen, da wir nach der Studioführung eventuell etwas später kämen.

»Ah ja, gern. Viel Spaß bei der Chartshow und einen schönen Abend!«

Ich möchte gern meine Begeisterung zeigen, bin stattdessen baff ob der verlässlichen Ordnung! Immerhin tummeln sich hier drin inzwischen ein paar hundert Leute.

Ich war ja etwas skeptisch, was den Ablauf betrifft. Aber angenehm überrascht. Ich sag's mal kulinarisch: Stefans sympathische Kompetenz und die klare Verlässlichkeit der Ticket-Cornerin streichen sich wie zwei Scheiben Kräuterbutter auf das heiße Grillsteak meiner misstrauischen Erwartung.

»Sie haben für anschließend *Stern-TV* gebucht, sehe ich gerade«, fährt die selbstbewusst höfliche Stimme der brünetten Ticket-Frau fort. »Falls die Chartshow-Aufzeichnung länger dauern sollte – das ist immer mal möglich – werden wir Sie rechtzeitig abholen lassen und Sie ins Studio 6 begleiten.«

»Ja, aber, ähm, wie finden Sie uns unter 800 Gästen?«, will Christinchen wissen.

»Keine Sorge«, lächelt die Ticket-Frau, »wir machen das schon.«

800 mehr oder minder reizvolle Körper pressen sich geordnet durch Tor B, die Taschenkontrolle läuft zügig vonstatten. Wir haben weder Schirme noch Flaschen mit, wir sind erprobte Konzert-Hasen. Ein spärlich behaarter Anfangfünfziger (die »Energiespar-Leuchte« von vorhin) schiebt sich zum 47. Mal, wie wir uninteressiert von ihm erfahren, durch das Gedränge.

»Die Jabi Köster is jo krank jeworde. Et heeißt, de Verona würd komme«, schmatzt er zum Vordermann an meiner rechten Ohrmuschel entlang.

Hoffentlich setzt sich dieser Jeck nit nebbe misch!

Die mit Headset, schwarzem Käppi und Schreibblocks ausgestatteten Platzanweiserinnen (der Begriff soll nicht abwertend sein) verteilen die Zuschauer nach einem System, welches wir Provinzler nicht verstehen müssen. So setzt man uns auf die einzig richtigen Plätze: mittlerer Block B, oben links. Vielleicht doch eher unten; Block A unten Treppe wäre besser, aber: bitte! Hm, langsam wird das Grillsteak aber wieder kalt, leev Lück!

Oh Gott, die kleine Blonde mit dem Käppi schiebt Jeck und Kumpel in unsere Richtung! Ich sitze an der Treppe, daneben meine Frau – genau dahinter zwei freie Plätze.

Die Labertasche will sich gerade herniederprotzen – sein Kehlkopf spult munter das Band vom Thomas Stein ab, der ja alles über Musik wisse, viel mehr als der jute Dieter Thomas Heck –, da lenkt ihn ein weiteres Käppi nach ganz rechts unten um. Erleichtert begleiten ihn meine Blicke nach unten.

»Ah!«, klatscht mir meine angetraute Begleitung auf den rechten Oberschenkel, »weißt du, warum der weg muss? Schau mal, sein Hemd!«

Olive Blätterornamente auf beige-weißem Untergrund.

Alte Fernsehfüchse wie wir wissen: gleiche Oberbekleidung darf nicht nebeneinandersitzen, das stört beim Fernsehen.

»Schau mal die witzigen alten Reliquien (sie meint *Requisiten*) von früher!«, kommentiert Oldie-Chris die liebevoll angeordneten Flower-Power-Kissen in Orange-Rosa. Ein Riesenkübel mit Mandarinenbowle, eine nostalgische

Faltenschirm-Stehlampe im Hintergrund und eine *Bravo* auf einem Nierentisch aus den 50ern. Wie im Kolosseum blickt man in die Arena, wo alles ziemlich geschäftig wirkt. Drei Hauptkameras werden in Stellung gebracht, zwei Handkameras suchen den Kontakt zum Publikum. Hallo, hier ist der Mike, hoffentlich komme ich gut ins Bild! Die Kamera am Kran saust über die Köpfe wie ein gefräßiger Flugsaurier, der nach Beute sucht. Schau mal, der Glatzkopf in Oliv da unten – geh, hol dir das Fresschen!

Zehn Minuten später könnte es aber wirklich losgehen, finden wir beide. Stattdessen legt sich gespannte Ruhe wie eine stumme Kulisse über das 800-teilige Fernsehmosaik. Und da kommt er auch schon hereingetänzelt, der jugendliche sportliche TV-Moderator, der uns aus so zahlreichen Mittags-Talkrunden, Chartshows und Schuhwerbungen vertraut ist. Froh gelaunt hüpft er in seinen langen dunklen Haaren auf die Bühne. Alles klatscht frenetisch, und keiner weiß, warum – außer vielleicht die olivfarbene Glatze da unten. Fragende Gesichter.

»Das klappt ja schon ganz toll mit dem Applaus«, quittiert der Langhaarige den begeisterten Beifall. Nicht Oli Geissen wird das Stichwort sein für die nächsten Minuten, sondern Warm-up.

»Ich darf Sie alle recht herzlich willkommen heißen. Ich bin der Marco und möchte Ihnen ein paar Tricks zeigen, damit die Show ...

»Aha, Tricks. Ein Zauberkünstler also. Eigentlich wollten wir zu Geissen und nicht zu Copperfield.

Zugegeben, meine Skepsis verfliegt rasanter als sie gekommen ist – Marco ist klasse! Wir kriegen spielerisch witzige Einweisungen, woran zu erkennen ist, dass wir alberne Fratzen in die Kamera möglichst unterlassen sollen, und Buh-Rufe gegenüber den Stars seien ergo unfair. Bitte nicht gähnen oder in der Nase popeln und dann zum Nachbarn schnippen. Die dünnen Stäbchen übrigens seien Atmosphärenmikrofone, die den Geräuschpegel ermittelten. Hey, Marco, brauchst uns nix zu erzählen, wissen wir alles schon: Wir sind doch Profis! – Und immer klatschen!, fährt Marco fort. Wenn Oli *Danke, danke!* beschwört: schön weiterklatschen, bis er, der Warm-Upper, das Kommando zum Abreagieren gibt.

Jetzt wirft er ein paar neonfarbene überproportionierte Sonnenbrillen, bunte Lockenperücken und übergroße Peace-Halsketten in die Menge. Marcos Talent zum Entertainer wird umso deutlicher, je weiter sich der Show-Beginn verzögert. Er macht Witze, rennt hin und her wie Mick Jagger bei der *Voodoo Lounge Tour,* er singt, äfft Dialekte nach und bringt den Saal zum Grölen. Beim Eisenbahnspiel erhält unser Block A den Ratatata-Part, und rattert ekstatisch mit – herrlich laut, herrlich falsch! Das nenne ich wahre Stand-Up-Comedy – anders als die einstudierten Spontaneinfälle mancher Comedians.

Warm-up erinnert mich an die Bavaria Studios in München, vor etwa 14 Jahren. Dort hatte eine bis dato unbekannte Vera Int-Veen die ohnehin schon heiße Stuntshow aufgeheizt. Wann werden die Macher auf Marco Laufenberg aufmerksam? Der braucht unbedingt eine eigene Sendung! Es muss ja nicht eine weitere *Schöner-wohnen*-Soap sein. Wie wär's mal mit was Originellem, aber trotzdem Sinnvollem? Etwas, was zu ihm passen würde? Etwa *Heimwerken für die moderne Frau – Glühbirnen rausdrehen leicht gemacht*. Der kennt sich doch aus in technischen Sachen. Oder was für Männer: *Das Geheimnis Frau – Anfängerkurs in 600 Folgen*. Folge 1: *Warum sind Parfümflakons immer schon halb leer, aber nie noch halb voll?* Herr Laufenberg, falls Sie den Zuschlag für so eine Sendereihe bekommen – und dazu drücke ich Ihnen fest die Daumen – dann helfe ich Ihnen mit ein paar wissenschaftlichen Erhebungen gern aus. Eine Hand wäscht die andere – schließlich haben Sie mich gelehrt, wie man weiterklatscht, obwohl man aufhören soll.

Also los, Marco, probier's mal: Warum lieben Frauen Parfüm? Kamera läuft ...

Erster Tipp: Gehe das Thema nicht von der lächerlichen Seite an, sonst hast du die ganze Frauenbewegung gleich gegen dich am Hals. Probier's wissenschaftlich, damit es Frauen verstehen. Versuch's mal mit Vergleichen in der Tierwelt. Tierfilme sehen Frauen gelegentlich sehr gern.

Also, der gemeine Igel zum Beispiel.

Der gemeine Igel stellt eine der ältesten noch lebenden Säugetierfamilien dar. Er besitzt einen kurzen Schwanz. (Wir wollen uns hier eh auf die Weibchen konzentrieren.) Alle Füße haben fünf Zehen. An der Unterseite ist das Fell struppig. Kein Kommentar. Er lebt in Asien, Europa und Afrika. Bei der Begattung kreist das Männchen ständig um die Igelin herum. Sie haben einen sehr gut ausgebildeten Geruchssinn. Entdeckt die Igelin was Hübsches, sagen wir einen Tannenzapfen, so läuft ihr das Wasser im Mund zusammen. Sie leckt den Fund ab und beginnt zu schmatzen. Aus der Spucke bildet sich zunehmend Schaum. Diesen leckeren Schaum verteilt sie dann wie Parfüm auf ihre Stacheln – *Tannenzapfen-Summer-Edition* quasi. (Nur: Wie kriegt man Tannenzapfen in den Flakon?) Die Häppchen, die als Käse-Igel auf den Chartshow-Tisch dekoriert wurden, sind wohl ein eindeutiger Hinweis für unsere Igeltheorie.

Du merkst, Marco, wie die Frauenherzen höher schlagen – dann schieb gleich eine zweite Theorie nach.

Nun gut, die Treiberameise.

Die Treiberameisen – man nennt sie auch die Schrecken des Regenwaldes – sind zu Tausenden unterwegs. Das wiederum belegt, warum Frauen gerne in der Gruppe zum Pinkeln gehen. Sie sondern Duftstoffe aus den Drüsen des

Unterleibes ab. Wenn sie auf Beute stoßen, markieren sie den Weg dorthin mit ordentlich viel Signalstoff. Morgen, beim Altstadtbummel wird sich die Geschichte wiederholen: Die Königin treibt mich durch die Gassen des Kölner Drogeriewaldes; dabei wird sie viele Euronen-Eier ablegen. Übrigens legt die Königin der Treiberameisen bis zu 200.000 (!) Eier, und das in nur zehn Tagen – und Christine machte ein Riesentamtam wegen zwei Entbindungen!

Ein weiteres Beispiel zur Festigung unserer biologischen Dufthypothese gefällig?

Meinetwegen – der Bärenspinner.

Der Bärenspinner, ein Falter aus Mittelamerika, schäumt bei Gefahr giftiggelb und übelriechend aus dem Nacken. Damit schreckt er gefräßige Vögel, Frösche oder ähnliches Raubtier ab.

Was das mit dem Lockstoff der holden Weiblichkeit zu tun hat?

Füllen Sie mal spaßeshalber *sein* billiges Rasierwasser in *ihr* edles *Chantal Nr. 15*.

Kein Frosch wird *sie* mehr küssen wollen. Und Vögeln? Denen geht's ähnlich.

»Apropos Tiere – vielleicht könnte der blöde Autor seinen Gaul wieder einfangen, der ihm da wohl gerade durchgegangen ist!« Sie haben ja (ein bisschen) recht, liebe Leserinnen! Als Entschädigung erzähle ich Ihnen einen männerfeindlichen Witz – o. k.?

Also, ein Mann badet nackt am Baggersee. Er lässt seine Klamotten am Ufer liegen. Zwei Damen setzen sich frech neben seinen Klamottenhaufen. Sie denken nicht daran aufzustehen – auch nicht, als der Mann sie mehrmals darum bittet. Es wird langsam kalt, der Typ wird unruhig. Während er ungeduldig hin und her trippelt, tritt er auf einen Gegenstand. Gott sei Dank: eine Bratpfanne! Er greift sich die Pfanne am Stiel und hält sie sich vor die Entblößung. Er tritt misslaunig aus dem See und die Damen fangen an zu kichern. »Ha, ha, ich weiß, was ihr jetzt denkt«, gibt er errötet von sich. »Ha, ha, wir wissen auch, was du jetzt denkst. Du denkst sicher, dass die Pfanne auch einen Boden hat.«

Ende der Tierliebe: Oli kommt gleich! Gleich, sobald sein weiblicher Gast fertig gepudert ist. Aber das kennen wir ja.

»Einen wunderschönen guten Abend, meine Damen und Herren. Herzlich willkommen zur ultimativen Chartshow!«, lädt Oli Geissen zu einem gemütlich spannenden Oldie-Abend ein. Ich rechnete damit, dass er sein Sprüchlein x-mal aufsagen muss, bis die Sache im Kasten ist. Aber Oli ist Profi. Nahtlos verwickelt er Frank Ehrlacher in einen notariellen Plausch und lässt den Countdown bei Platzierung 25 runterrattern. Vorher muss das Musikkenner-Duo Mittermaier/Neureuther noch unbedingt seine Sachkenntnis unter Edelweißlächeln zur Schau stellen.

Rubettes, Troggs, Bay City Rollers werden kurz eingespielt – habe ich selbstverständlich alle schon live erlebt.

Ich will mich, obgleich mir zu fast jeder Platzierung irgendein *Bravo*-, wahlweise *Good-Times*-Kommentar einfallen würde, auf einige Live-Auftritte dieser Sendung beschränken. Der erste versprüht bemüht ein *really good feelin'*. Der Supermann Peter Kent ist ganz schön in die Jahre gekommen. Marco gibt, nach dem Song, mit beiden Armen flatternd das Zeichen: Applaus!

Der Hippie-VW-Bus hat inzwischen Thomas Stein, Ingolf Lück und Caroline Beil abgeladen. Die Steadycam lässt das Trio weich im Sofa landen. Carolines Papa Peter Beil war übrigens auch ein *Oldie – Der Blitz schlug ein*. Hitparade 1970. (Anmerkung von mir.)

Aus dem lockeren Pläuschchen leitet Oli zum nächsten Show-Act über. Seemannsmützen fliegen durch die Luft. Klar, wer jetzt kommt: Die britische Popgruppe Sailor! (*A Glass of Champagne* und *Girls, Girls, Girls*.)

Die Handkameramänner fangen sämtliche Leute ein, die ein Matrosenkäppi ergattert haben, inklusive der Oliv-Glatze dort unten – nur mich hier oben leider nicht!

Statt Werbepause kaspert Oli mit Marco rum. Die Kulissen werden umgebaut, sprich: Es wird das Halbrund um *Sailor* zurückgeschoben.

»Und hier ist für Sie Platz sieben: Chris Andrews!«

And so to whom it concerns ... Ja genau, wem kann ich klagen, dass permanent der Jeck rechts unten da ins Bild darf – und ich nicht!

Einige junge *pretty Belindas* tanzen fleißig auf den Treppenaufgängen. Ich sitze genau dort, wo der Bildschirm aufhört. Ich fürchte, es wird zu Hause wenig nützen, den Fernseher mehr nach links zu stellen.

Der Tontechniker hat nun sicher Mühe, die Euphorie aus den Stäbchen, mit den dünnen Kabeln über der Tribüne rauszufiltern. Denn *Sweet* haben sich angesagt, wie die Pause nach dem letzten Musikclip verrät. Der Saal tobt! Obwohl ein graublonder Frontmann noch lange keinen Brian Connolly macht. Andy Scott ist der Sympathieträger der Band, und *Co-Co* klingt immer noch klasse! Christine und ich und 800 Fans singen klatschend mit. Gut, dass ich die letzte *Good Times* gelesen hatte – ich weiß, wo Andys ehemaliger Kompagnon Steve steckt. Der hat angeblich in Amerika die neuen *Sweet* gegründet – schade! Andys Gitarre, das wär was für meine Vitrine, sage ich mir, latent übergeschnappt.

Hatte ich den Sänger in früheren Jahren nicht schon mal bei *Sailor* gesehen?

»Tja, liebe Zuschauer, das war's auch schon!«, sagt Oli plötzlich, und man ist ganz überrascht, dass schon Schluss ist.

Nochmals Riesenapplaus; Glitterkonfetti rieselt auf die ausgelassene Star-

Versammlung; farbige Wasserspielbälle regnen von der Decke. Sweet-Andy kickt einen davon, den gelben, unter den Nierentisch. Mike mit dem weißen *Sailor*-Käppi auf dem erhitzten Haupt wird unruhig – sehr unruhig! Ein vertrautes Schwarz-Käppi klopft mir mit seriöser Dringlichkeit auf die Schulter:

»Verzeihung! Dürfte ich Sie bitten, mir zu folgen?«

Nur weil ich in dem Gedränge vorhin vergessen hatte, die zwei Kölsch zu bezahlen, darf ich den Jauch nun hinter Gitter bewundern!

»Ich möchte Sie und Ihre Frau gern ins Studio 6 zu Stern-TV begleiten.«

Puh!

Christine folgt wie in Trance der attraktiven Aufforderung. Ich hingegen komme in bedrängende Bedrängnis: hinter mir die knusprige Blonde, vorne der Ball von Andy – *mein* Ball!

»Wir gehen sofort mit«, quittiere ich ihr freundliches Ansinnen, ohne sofort mitzugehen.

Stattdessen stürme ich, meine Gattin relativ behutsam wieder in den Sessel pressend, acht bis zehn (es können auch zwölf gewesen sein) unschuldige Zuschauer von mehreren Seiten anrempelnd, in den Fond. Dort, wo sich inzwischen die Stars, Herr Geissen, die Techniker, Redakteure und allerlei wichtige Leute zur gelungenen Sendung gratulieren. Ungefähr in der Mitte des Getümmels steht der junge Chefredakteur. (Leider habe ich seinen Namen vergessen.)

»Hoppla, nicht so stürmisch«, streckt er mir seine hilfreiche Hand runter.

Trotz bemühter Diskretion, ist ein gewisses Schmunzeln seinerseits nicht zu verkennen. Ich muss wohl das rote Kamerakabel übersehen haben.

»Entschuldigung, ich möchte nicht aufdringlich sein – darf ich als Andenken den Ball haben?«, sülze ich vorm Chef rum.

Derweil versuchen oben die headsetbestückte Blonde und Christine, durch feixende süßsäuerliche Grimassen gebotene Eile zu signalisieren. Der Chefredakteur greift spontan zum grünen Ball links neben ihm, was bei mir höchst unzufriedenes Kopfschütteln auslöst. »Den«, sage ich und zeige in Richtung Couch.

Hier scheint alles ein paar Nummern kleiner, auch das hellblaue Hemd aus dem Rucksack, das ich ja wegen des gefährlichen Wiedererkennungswertes, Sie erinnern sich, flugs aufm Klo anziehen musste.

Die Flughafendetektoren, mit denen uns die Herren Security abgrabschen, sind wohl nicht zum Fliegenfang gedacht. Dafür schauen die *Men in Black* viel zu entschlossen. Den Einmalfotoapparat mit reinschmuggeln – keine Chance! Günther Jauch muss ein ganz schön kostbares Juwel sein!

Statt unter 800 Leuten, fühlen wir uns unter 180 fast wie in einem vertrauten familiären Kreis. (Ich hab nachgezählt: Es sind genau 178 Zuschauer.) Keine Stäbchen an dünnen Kabeln. Ich dürfe sitzen bleiben, aber meine Frau müsse weg! Nicht, dass sie was Schlimmes ausgefressen habe, aber ihr dunkles Abendkleid sei zu dunkel. Also, huschhusch nach oben! Hier sitzen wir im wahrsten Sinn des Wortes unter einem guten Stern. Eine gesittete Ruhe macht sich breit in der Großfamilie.

Kein Warm-Upper.

Bis der Aufwärmer vorkaspert, wird das Spiel Deutschland : Schweiz (4:0) auf der breiten Leinwand übertragen, die uns genau gegenübersteht. Alles genießt für ein paar Minuten die doch eher ausbaufähige Leistung der Eidgenossen. Die rückseitige Silhouette des gestriegelten schlaksigen Herren im dunkelgrauen Anzug vor der Leinwand wird eher als störend wahrgenommen. Von hinten wirkt er wie der vermisste Schiedsrichter, dessen Spieler einfach ohne ihn angefangen haben.

»Wie steht's denn im Moment?«, bestätigt er sein sportliches Interesse.

»Des isch er, des isch er doch!«, boxt mir mein standesamtlich und kirchlich angetrauter Ellbogen in die Seite.

Tatsächlich, des isch er doch – der Jauch!

Liebe Leserin, lieber Leser, wie soll ich Ihnen nur meine Entzückung mit Worten erklären? Es ist nicht nur die Überraschung, dass er so unangekündigt dasteht, sondern auch unsere Ehrfurcht, *den* Fernsehsuperstar, nach dem sämtliche Sender sämtliche Antennen ausstrecken, leibhaftig vor Augen zu haben. Mit dem Respekt vor seinem philanthropischen Habitus ist es nur ungenügend erklärt. Eher überrascht die gänzlich fehlende Arroganz, was ihm so viel Menschlichkeit hinter einer professionellen Führung verleiht.

Gut, dass wir bei Marco waren, wir applaudieren schon richtig selbstständig, auch die anderen 176 machen mit. Wie gesagt, bei *Stern-TV* geht's deutlich seriöser ab als vorhin. Das Klatschen flaut brav ab, als sich Herr Jauch freundlich bedankt.

»Sie haben sich das Studio hier größer vorgestellt, stimmt's?«, beginnt er das Eis zu brechen. Dass die Live-Sendung ganz strukturiert aufgebaut sein müsse, erklärt er ebenso ungezwungen wie die Zuversicht, dass jeder mal ins Bild komme. Im Zuschauerrund werde er nämlich bei jedem Beitrag woanders sitzen beziehungsweise stehen.

Exakt auf die Sekunde läuft der Trailer ab, der uns vom häuslichen gelben Kanapee so vertraut anheimelt. Konzentriert und doch offen moderiert er den ernsthaften ersten Beitrag an. Die betroffene Frau wird mit äußerstem Respekt und menschlichem Wohlwollen befragt. Das schafft er bestens, der Jauch! Der Journalist vermittelt ihr das Gefühl, als wären sie privat unter sich.

Die Werbepause nutzt der Protagonist nicht etwa, um sich mit extravaganten Drinks backstage verwöhnen zu lassen. Nein, er mischt sich lässig unters Volk. Wer Fragen hat zum Fernsehen allgemein, oder was der Gottschalk so verdiene, bekommt sachliche beziehungsweise pfiffige Antworten.

Im nächsten Beitrag kommen Betroffene eines Familiendramas zur Sprache. Der Profi entdeckt, aber entblößt nicht. Die Handkamera führt die Porträteinstellung in sensiblem Abstand: nah, aber nicht zu nah; keine Sensationsgier.

»Vielen Dank, dass Sie trotz der schlimmen Erlebnisse Zeit für uns hatten ...«

Neues Thema. Der Chef in der Manege hält die morgen erscheinende *Stern*-Ausgabe vor sich; der LIDL-Skandaltitel ist unübersehbar.

ACHTUNG, ACHTUNG, liebe Leser, jetzt kommt's! Ja nicht überblättern! Nun werden Sie Zeuge MEINES PERSÖNLICHEN GESPRÄCHES MIT GÜNTHER JAUCH, wie es am 26.03.2008 tatsächlich stattgefunden hat!

Der Herr Jauch steht also locker vor mir (wir sind trotz der beinahe freundschaftlichen Plauderei noch per *Sie*). Ich sitze ihm gegenüber, oben unterm Stern. Er fuchtelt locker mit der Zeitschrift und fragt, wer von den Zuschauern den längsten Anfahrtsweg habe. Wer den weitesten Weg in Kauf genommen habe, bekäme das neueste *Stern*-Magazin von ihm geschenkt.

»250 Kilometer? Uii! Mehr als 300? Hier vorne. Wer hat mehr als 400? Mhmhm. Und Sie? 410. Aha. Sie 460 sogar?«

Wir enden bei knapp 600 km.

Na, wie war ich? Ich schreibe Ihnen den gesamten Gesprächsverlauf zwischen Günther Jauch und mir noch mal wörtlich auf:

Also, der echte Günther Jauch zu mir:

»Und Sie?«

Ich, locker vom Hocker:

»410!«

Günther Jauch hakt interessiert nach:

»Aha!«

Schließlich geht das Heft an den 600-km-Mann. Aber der Herr Jauch ist ja kein Unmensch: Am Ende der Sendung bekommt jeder ein Exemplar geschenkt.

Bis dahin führt er routiniert weiter durchs Programm, indem er mit nun ernster Miene zum eigentlichen LIDL-Skandal überleitet. Eine ehemalige Filialleiterin bekräftigt ihren Zorn über die missbräuchlichen Aktiväen des Discounters. Während Günther Jauch seinen Gast weiter befragt, dreht er sich sporadisch nach links und rechts zu den Zuschauern, die solidarisch das Gespräch verfolgen.

Ich mag ja gern diese technischen Spielereien wie das Teil an Jauchs Revers. Ich frage mich, ob man solche winzigen Krawattenmikrofone kaufen kann. Vielleicht erkundige ich mich per Gelegenheit bei LIDL – die sind doch spezialisiert auf solche Sachen. Wie sagte doch gleich der LIDL-Firmengründer: *Fairness ist ein Gebot gegenüber jedermann.*

Werbepause – haben wir auch nötig! Das bis dato so geduldige Publikum muss sich wegen der LIDL-Gemeinheiten Luft verschaffen. Viele Leute beschreiben kollektiv die netten Kassiererinnen »ihrer« Filiale daheim, und dass es die Bosse doch wohl einen Scheiß angehe, ob man auf dem Klo ein kleines oder großes Geschäft mache. Die wirklich großen schmutzigen Geschäfte werden sowieso ganz oben gemacht, aber die filme halt keiner!

Die Werbespots dauern noch ein paar Minuten. Herr Jauch erkundigt sich, was man morgen in Köln noch anschauen wolle.

»Den Dom und das Schokoladenmuseum, stimmt's?«, beantwortet er spitzbübisch selbst seine Frage.

Der smarte Moderator in den großen Schuhen (von hier oben wirkt es halt so) nimmt wieder Position ein.

5...4...3...2...1... Der Filmbeitrag *Telecom – unbeantwortete Beschwerdebriefe* wird eingespielt. Ich persönlich mag den Vorwurf der Langsamkeit an die alte Post nicht bestätigen. Bei mir ist die Telecom immer schnell! Von denen kriege ich die gesamte Monatsabrechnung, zum Beispiel die Rechnung von April 2008 schon in den letzten Märztagen.

Herr Jauch hält, was er verspricht. Beim Ausklang der Sendung, während er aktuelle Zuschauer-Mails verliest, fährt die Kamera die Ränge ab. Ein jeder kommt mal ins Bild – auch Christine und ich. Am heimischen PC wird das Video durch das *Ananas P. 9*-Studio laufen – das gibt ein schönes Foto für die Memorabilien-Vitrine: Ich und Christine und Günther Jauch.

Christine und ich geleiten uns gegenseitig zum Parkplatz und steuern, um viele TV-Erfahrungen reicher, per Astra zurück zum Hotel. 176 Gäste machen sich ebenfalls auf den Rückweg, und auch Herr Jauch stellt seine Schuhe in die Garage.

»Also, wenn wir vom Knabberzeug und den Schokoriegeln der Minibar satt werden wollen ...«, stöhne ich in quälendem Hunger auf, »dann können wir uns morgen kein Shopping mehr leisten. Komm, greif zu«, fordere ich sie auf und strecke ihr großzügig das Tablett entgegen.

»Ach du!«, fegt sie mein hoffnungsloses Ansinnen mit einer lässigen Wischbewegung weg und verlautbart, dass wir doch für morgen gar nichts fest planen, sondern einfach ä weng durch die Altstadt flanieren wollen. Den Dom müssten wir uns natürlich unbedingt von innen anschauen – wenn wir schon mal hier seien, und die Tünnes-und-Schäl-Skulptur würde mir sicher auch gefallen, und das Schokoladenmuseum hätte uns der Jauch doch persönlich empfohlen! (Er hatte es lediglich erwähnt!) Und wenn ich wollte, könnten wir ja das Grab von Willi Millowitsch besuchen. (Ich will nicht!) Und falls - nur falls –, also falls es grad sich ergebe, könnten wir ja schließlich auch noch nach Schuhen für mich gucken.

Für *mich*? Haha!

Außerdem habe sie noch eine Überraschung für mich geplant.

Oh je, oh je!

Mozart muss ein guter Menschenkenner gewesen sein: *Cosi fan tutte* – so machen's alle Frauen ...

»Gott sei Dank haben wir noch Würstchen und Eier vom Livepack von der Herfahrt im Kühlschrank!«, sage ich.

»Äh, apropos«, beginne ich nach dem zweifelhaften Festmahl auf dem Bett mich an ihr Negligé zu kuscheln.

Leider reagiert sie nicht wunschgemäß. (Sie scheint sich aus dem vorletzten Satz nur *Kühlschrank* gemerkt zu haben!)

Mike: Er gibt so schnell nicht auf, zieht den Matrosenhut aus dem Rucksack und schwingt ihn kreisend um den Zeigefinger.

Chris: »Was ist, frierst du am Kopf?«

Mike: »Nee, siehst du nicht? Ich würde gern in See stechen!«

Chris: rümpft lediglich die Nase.

Mike: »Na, auf dem Schifferklavier ä weng klimpern, hm? Nach deiner Perle tauchen, verschtehsch?«

(Ist mit zielstrebigen Fingern unterwegs.)

Chris: »Heut wird nicht mehr geklimpert – weder mit noch ohne Hütchen!«

Mike (sülzt einen auf *frisch verliebt*): »Aber warum denn nicht, meine liebe Meerjungfrau?«

Chris: »Wir haben einen anstrengenden Tag vor uns.«

Mike: »Oh herrjemine!«

Chris: »Da kann ich dich mit weichen Knien nicht brauchen!«

(Zieht die Decke bis zum Kinn hoch.)

Mike: »Ja, ja, so sind sie halt, die Girls, Girls, Girls.«

Die obsessive Langschläferin blickt schon bei Sonnenaufgang aus dem Fenster. Sämtliche Bad- und Toilettenlampen sind illuminiert. Das Negligé liegt auf der Matratze. Mein erster lahmer Augenaufschlag, unheilvoll forciert durch aufgerissene Vorhänge, fungiert als eine Art Sprachsteuerung.

»Und so schönes Wetter draußen. Bin gespannt auf die fröhlichen Rheinländer – kein Wunder wird der Karneval hier großgeschrieben.«
»Komm, wir gehen frühstücken«, trompetet meine Holde Hände klatschend in Richtung Doppelbett.
»Meinst du, vom Hotelservice ist schon jemand wach?«
»Na ja, vielleicht hat der Nachtportier ja noch ein paar *Köllnflocken* übrig«, konter ich.

Die Göttin begleitet ihren Göttergatten zu Nektar und Ambrosia am reich gedeckten Buffet. Alles, was Molkerei, Schlachthof oder Obstbäume hergeben, versammelt sich geschnitten, gewürfelt, als Aufstrich und zum Auslöffeln im frühlingsgeschmückten Frühstücksraum. Müslis in einer Auswahl, die Larissa die Sprache verschlagen würde (was eigentlich nie vorkommt).
Zwei Tische gegenüber hat sich ein sehr bleicher, rothaariger, sommersprossiger junger Mann mit Rührei, Toast und Schinken auf schwer beladenem Teller, niedergelassen. Irritiert schreckt er umgehend wieder auf, irrt suchend um das reichhaltige Büffet umher, lupft einen viereckigen Metalldeckel überm Rechaud. Sein Gesicht erhellt sich, als hätte er das Ungeheuer von Loch Ness aufgespürt. Was will er jetzt mit der Schöpfkelle anstellen – lebt Nessie noch? Das Bleichgesicht schöpft dreimal ordentlich. So ertrinken unschuldige Rühreier, Toast und Schinken unter einer roten Lava weißer Bohnen. Very britisch!
Very ärgerlich, dass er beim Hochheben seiner Bohneninvasion den Teller so schön unter meinen Ärmel hebt, dass selbiger bis fast zum Ellbogenbereich in die Suppe getaucht wird.
»Oh, sorry! I am very …«
»Is ja schon gut, is ja nur Bohnensuppe!«
Nur gut, dass ich zu Hause an ein viertes Hemd gedacht hatte! Wieder mal umziehen! Der Mann an der Rezeption – es muss der Hotelmanager sein – hat das Malheur beobachtet. Er wirkt völlig aufgebracht. Mit dem frischen braunbeige Gestreiften aus dem marineblauen Koffer kann's endlich losgehen.
Ordentlich gestärkt; eine Handvoll Nougatportionen diskret eingesackt - eine alte liebenswerte Gewohnheit aus den Halbpension-Urlauben. Raus aus dem Frühstücksraum, rein in den Bus.
Mein Rucksack wird Gott sei Dank die erste Weile leer bleiben, denn im Kölner Dom gibt es nichts zu kaufen.
Als erstes kauft Christine im Dom sechs Opferkerzen für uns, zündet sie an und stellt sie besinnlich zu den anderen.
»Für uns und für die Kinder und für Mausi und fürs Haus«, flüstert sie, als wäre das die klarste Sache der Welt.

»Drei Euro!«, flüstere ich unhörbar vor mich hin.
Wenn ich das gewusst hätte – wir haben noch so viele Teelichter daheim!
»Damit den Mädels nichts passiert«, rechtfertigt ihre Mutter das flammende Inferno.
»Hm, damit die Stimmung zünftig brennt, wenn sie sturmfrei zu Hause die Sau rauslassen«, sage ich ganz leise.
Meine Feuerwerkerin ist fasziniert vom farbenprächtigen Mosaik der Südquerhaus-Fenster, die magische Lichtspiele in das Gebäudeinnere zaubern sollen. Im relativ unscheinbaren goldenen Schrein liegen angeblich die Gebeine der Heiligen Drei Könige. Der katholische Glauben meiner Frau verbietet es mir, Bedenken bezüglich einer über Jahrtausende wirksamen Konservierung anzustellen. Obwohl, kühl ist's ja schon hier drin, und die Opferkerzen heizen auch nur bedingt.
Die damaligen Statiker waren ganz schön pfiffig. Aus Pisa sind die wohl nicht gekommen. Larissa hätte, wenn sie seinerzeit gelebt hätte, die Bauleitung auch nicht übernehmen dürfen, sie hatte schon als Kind Probleme mit dem Tupper-Stapeln!
»Mensch Mike, ist das nicht fantastisch, wie die das damals schon vor 600 Jahren geschafft haben, und alles ohne Maschinen.«
»Und ohne Baumarkt«, ergänze ich.
»Nicht mal Strom hatten die gehabt – alles unverändert. Alles Requisiten aus längst vergangenen Epochen.«
»Au ja«, bestätige ich meinem Domspatz. »Und die schöne spätromantische elektrische Deckenbeleuchtung! Hasch recht, Schatz, Strom hatten die im 13. Jahrhundert noch keinen, aber vielleicht hatten die damaligen Bauherren sicherheitshalber schon mal die Leitungen gelegt«, stelle ich kühl in den Raum.
»Echt?«, mustert mich das Christinchen nur kurz, weil sie ihre Verunsicherung nicht offenbaren will.
Sie tut das, was Frauen in solchen Situationen gerne tun: Sie lenkt ab.
Die Mannsbilder von damals, so sie, hätten jedenfalls kein Jahr gebraucht, um ein Bad zu fliesen!«
»Die hätten auch keine Weibsbilder auf der Baustelle geduldet, die ihnen ständig dazwischengebabbelt hätten!«
»Pff, Frauen haben mehr Sachverstand als du meinst!«
Tatsächlich?
»Schau mal«, sage ich, »das halbrunde Deckengewölbe da vorne! Ob die wohl schon Spannbeton verwendeten? Der Teer als Dehnfuge – meinst du, der hätte den Kältebrücken so lange standgehalten? Die Verbundstoffe – hätte man die seinerzeit …«

»Wolltest du nicht mal ein Bild von draußen machen?«
So muss ich, leider, leider, die nächste Stunde auf dem Domplatz verbringen. So lange dauert nämlich Christines Rundgang durch die Domschatzkammer in den unterirdischen Gewölben. Eine letzte Zigarillo und ein Kölsch, das mir die äußerst ansprechende brünette Französin serviert, macht die Einsamkeit erträglich. Am schmiedeeisernen Tischchen kann ich die heutigen Erfahrungen zu Papier bringen. Mit allerlei unchristlicher Fantasie schiele ich meiner Brünetten hinterher. Ich habe ihr ein nettes Trinkgeld spendiert. Meine kurz gelockte Schwarzhaarige zerrt mich Schulter klopfend in die Realität zurück. Begeistert referiert sie von der imposanten Architektur und den herrlichen Gewölberäumen. Wo sie recht hat, hat sie recht ...
So, die erste Sehenswürdigkeit für heute wäre abgehakt – und hat gar nicht mal viel gekostet! Für 40 Cent Trinkgeld kann man doch wirklich nicht maulen.
Vom Dom führt tatsächlich eine Shoppingstraße zur Altstadt. Shopping-Marathonstrecke wäre passender gewesen, wie sich heute noch herausstellen wird.
Während sich ein Alphaweibchen mit seinem unfreiwilligen Globalplayer durch die Mainstream presst, warten schon zwei Herren an der ersten Ecke. *Dominice D. & Stefano G.* wollen uns unbedingt die Gürtel mit den großen silbrigen Schnallen aufdrängen.
H&M for Men, Mode, Schuhe, Kuckucksuhren, Cafés, Drogerien, Boutiquen, Fashion-Shops, Beauty and more, und noch vieles more. Auf einer Karl-Valentin-Postkarte, die eigentlich nicht in dieses westdeutsche Rondell gehört, steht:
Jedes Ding hat drei Seiten: eine positive, eine negative und eine komische.
In *Douglas* brauche sie nicht extra reinzugehen – die gebe es ja daheim auch, winkt sie mondän ab. So dauert es auch nur eine knappe halbe Stunde, bis sie mit zwei Sonderangeboten und einem breiten Grinsen wieder rauskommt.
»Mit Wasser und Seife hat man auch schon gute Erfahrungen gemacht!«, frotzele ich halbherzig.
All zu frech sollte ich nicht werden, sonst lässt meine Süße den Matrosen heut Nacht wieder frieren.
Apropos Süße: Das Schokoladenmuseum wollten wir uns heute auch noch vorknöpfen. Und das 4711-Haus. Und shoppen und Tünnes & Schäl und kleine kulturelle Wichtigkeiten, die so auf dem Weg liegen. Und urig Essen gehen. Und diese fragwürdige Überraschung für mich. Und wie wär's mit Mittagessen?
Etwas abseits liegt ein Tattoo-Studio. Da könnte sich meine liebe Ehefrau doch was Nettes einstechen lassen. Ich bin ja eher der praktische Typ. Wie wär's mit, sichtbar auf dem Unterarm, *Mein Mann hat Hunger!*?

Vor dem Schokomuseum steht die Wurstbräterei, eine unscheinbare Currywurstbude, die ich hier in Köln nicht zwingend aufsuchen will. Schließlich möchte man ja was Landestypisches probieren: Himmel und Äd, Rheinischer Sauerbraten oder so was. Christine jedoch, als orientierungsfeste Reiseleitung unschlagbar, den Städteführer stets zur Hand, weiß einen TV-Souvenir-Jäger wie mich glücklich zu machen.

»Kommt dir die Bude nicht bekannt vor? Das ist die vom Kölner *Tatort*.«

Stimmt, der Ballauf und der Schenk ermitteln doch hier. Einmal Curry für Kommissar Mike, bitte! Bin ich gut drauf auf dem Bild?

Ich hatte Ihnen bisher die zahlreichen Handytelefonate der Holden mit ihren Töchtern ganz unterschlagen, aber da war nichts besonders Erwähnenswertes bei: Larissa weigerte sich, Sprudel aus dem Keller zu holen, weil gegenüber der untersten Treppenstufe eine Riesenspinne warte (der Angst nach zu urteilen muss das Vieh etwa die Größe eines Krokodils haben), und Luise habe den Küchentisch nicht ordentlich sauber gewischt. Wir hatten zwar vereinbart, wer die graue Tonne runterstellt, nicht aber, wer sie wieder hochschiebt. (Hanglage!) Der aktuelle fernmündliche Stand muss also prompt in der Warteschlange des Museums geklärt werden:

»Larissa zieht nie die Rollläden rauf«, beschwert sich Luise via Funk übers mütterliche Smartphone. »Die hat die Tomatensoße wieder so scharf gewürzt! Wann kommt ihr wieder heim?«

»Wann wir wieder heimkommen?«, wiederholt die Trägerin des mütterlichen Smartphone sichtlich unentschlossen. »Äh, bald!«

Voll geilomat! Loll!

Seelisch und moralisch habe ich mich insgeheim schon längst damit abgefunden, dass die ganzen oben genannten Nur-mal-so-schauen-Planungen bis zur geplanten Abreise morgen Mittag niemals zu bewältigen sind. Aber warum sollte ich mir das anmerken lassen oder gar kampflos einwilligen? Nach 23 Ehejahren lernt man, ich will nicht sagen, mit gezinkten Karten zu spielen, so doch gelegentlich die Trümpfe diplomatisch einzusetzen. Quasi verlängerter Landurlaub, nur wenn der Matrose auf seine Kosten kommt – Sie verstehen?

Am Schokoladenbrunnen reihe ich mich brav in die Reihe und warte, bis auch ich ein Gratis-Versörcherli (badisch für *Probierstückchen*) abstauben darf. Die angestellte Schokofee stellt sich etwas ungeduldig an, als ich zum dritten Mal in der Kindergartengruppe vor ihr warte. Auch Chris' gestrenges Vulkanierface bedeutet mir, dass eine vierte Runde unerwünscht ist. (Schon mal was von Schokoholiker gehört?)

Wohin mit den braun verschmierten Fingern?

»Hallo, wie geht's? War toll, gestern in der Chartshow, gell?«

So begrüße ich sympathisch einen unsympathischen Glatzkopf, der sein Olives inzwischen gegen ein Weißes getauscht hat, mit einem ausführlichen Klopfen auf die Schulter. Als ob ich nicht ganz sauber wäre, mustert mich Jeck kritisch von unten aufwärts und geht kopfschüttelnd seines Weges.

Mein Buch soll zwar keine Schleichwerbung beinhalten, trotzdem: Falls Sie als Fremder mal in Köln sein sollten, gehen Sie unbedingt ins Schokoladenmuseum! Für 6,50 Euro Eintritt erfahren und sehen Sie alles Wissenswerte über Anbau, Tradition und Produkte rund um die Kakaobohne. Darüber hinaus sehen Sie Walzen der Firma Stollwerck aus Gründertagen, rare Plakate aus Emaille, Täfelchen-Herstellung live und liebevoll nachgestellte Kolonialwarengeschäfte. Und Zitate. Eines auf etwa 1665 datiertes, das einem gewissen Herrn James Wadsworth zugeschrieben wird, lautet:

Alte Frauen werden frisch und jung
der Fleischeslust verleiht's ganz neuen Schwung
es stärkt das Begehr – du weißt schon Bescheid
der Schokolade scharfe Süßigkeit.

Und weil Sie inzwischen wissen, dass ich Zitate so liebe – noch eins:

Was auch geschieht:
Nie dürft Ihr so tief sinken,
von dem Kakao, durch den man euch zieht,
auch noch zu trinken.

(Erich Kästner, 1930)

Zum Abschluss ruhen wir die Gebeine im musealen Kakao-Café aus. Christine schlotzt Trinkschokolade mit Haselnuss und Sahne. Ich nehme einen *Geist der Azteken*. Hinter der Dessertkarte kann mich die so unfreundlich suchende Glatze da vorn nicht erkennen. Mit Ausblick auf die Krimibude tropft mein angetrautes Schoko-Krossie ein Schlückchen Schoki auf das Tischtuch. Verschämt die Tasse drüber getarnt verlassen wir gestärkt den Tatort. Zuvor hat der Schokoholiker noch schnell für 45 Euro ein Tütchen im hauseigenen Fabrikverkauf günstig erworben, schließlich muss man den Kindern auch was mitbringen. Rucksack umgeschnallt – Abmarsch!

Zwischen den nach Konrad Adenauer und Gustav Heinemann benannten Straßen macht so manches Detail auf den Flair einer Großstadt aufmerksam. Da wechseln die U-Bahn-Rolltreppen die Richtung, da fahren Niederflur-

Busse, und gibt es Riesenpommes. Sexuelle Höhepunkte gibt's für 1,50 Euro gegenüber – so viel jedenfalls kostet ein *Orgasmus* in der Cocktailbar.

Übrigens, Respekt vor eurem alten Oberbürgermeister Konrad Adenauer. Apropos Wirtschaftswunder: Aus der Wirtschaft gegenüber riecht's wunderbar nach Schweinshaxen.

Als BW-Gast in NRW geht's mich ja nichts an, aber die hiesigen Stadtväter hätten straßenschildermäßig andere Politiker ruhig auch würdigen können.

Auch die Leistungen des einstigen Bundespräsidenten Gustav Heinemann in kirchlichen und politischen Ämtern sind unbestreitbar.

Ergo hätte Kurt-Georg Kiesinger, es ist ja nur meine ganz persönliche Meinung, zumindest ein kleines Seitengässchen verdient – da wo das Pelzgeschäft steht zum Beispiel. Er trage seine Kanzlerschaft wie ein Hermelin, schwärmten seine Fans damals. Auch sonst hätten die Herren Dolce & Gabbana viel Freude an »Silberzunge« Kiesinger gehabt. Mit seinen Socken in Badeslipper wäre er heute richtungsweisend.

Und der Herr Franz Josef Strauß wäre nicht typisch für Köln, meinen Sie? Aber Postkarten verkaufen vom Karl Valentin! Zum rheinländischen Humor hätte Franz Josef gut gepasst. Er spottete mal im Bundestag in Richtung Kiesingers elaborierter Rhetorik:

»Ich habe heute meine Hängematte mit.«

Etwas abgelegen der Schildergasse (über 12.500 Leute passieren stündlich diese Einkaufsmeile – die meisten freiwillig) lockt das beste Gulasch Kölns in der *Pusztahütte*.

»Zweimol Zupp mit Röggelsche?«, stellt der Kööbes die Frooch – ohne eine Antwoot abzuwarten. »Un zwei Kölsch för dä Doosch?«

»Alaaf!«, rufe ich etwas unsicher, aber begeistert.

Ob der Kööbes wohl merkt, dass wir Touris sind? Ich glaube, ja! Denn gerade hier in Costa Calma auf Fuerte, wo ich das Konzept für das vorliegende Köln-Kapitel schreibe, schlage ich im Lexikon *Kölsch – Deutsch* (habe ich natürlich mit) nach, was sein Ausruf bedeuten könnte:

Ich künnt misch besecke vör Laache = Ich könnte mir vor Lachen in die Hose pinkeln!

Da wir gerade bei der Entschlüsselung des rheinischen Dialektes sind, hier für Sie, falls Sie mal gefragt werden, eine kurze Hitliste der wichtigsten Begriffe:

Köbes = Sagen Sie niemals *Kellner* zu ihm!
Zupp = Suppe
Röggelsche = kleines Roggenbrötchen (aber auch: *Hintern*)
Doosch = Ja, Durst haben wir auch!

Sonst noch en Frooch, liebe Leser? Ach ja, *dat Kölsch*:

Die dreifache Bedeutung dieser Vokabel (*Kölner Mundart, Kölner Bier* und *Kölner Schleimhusten*) einem süddeutschen Provinzler verständlich zu machen, gelingt am besten, wenn man es gar nicht erst versucht, sondern sich mit dem ersten, siebten und zehnten Köln-Gebot arrangiert: *Et es, wie et es! Wat wellste maache? Drink noch eene met!*

Übrigens weiß ich seit heute, dass nicht nur beim Bier, sondern auch bei der Schokolade eine Art Reinheitsgebot festgelegt wurde – Kakaobutter, Eiweiß, Zellulose, Kohlenhydrate, Koffein und noch einige weitere Stoffe – aber gefälligst nur 5 % Wasser! Denn schon vor 3.000 Jahren, als die Kakaofrucht zum elitären Handelsgut zählte, ließen Schlauberger die Bohnen mittels nassem Lehm aufquellen. Aber das nur nebenbei.

Kein Wunder, dass Chris auch bei der zweiten Stange tapfer mithält, schließlich wurde das Bier von einer Frau erfunden. Echt! Da hatte eine Hausfrau vergessen (sicher mit der Nachbarin gequatscht; Anm. d. Verf.), den Brotteig zu versorgen. Was passierte? Er begann zu gären. Wohl eines der wenigen historischen Beispiele, wo der Mann Nutznießer weiblicher Zerstreutheit wurde.

Klar, gibt's auch noch andere bedeutende weibliche Erfinder. Die Amerikanerin Linda B. Buck zum Beispiel. 2004 erhielt sie dafür sogar den Nobelpreis. Raten Sie mal für was. Die männlichen Leser können es sich sicher denken! Für die Erforschung des Riechsystems! Frauen wollen also gar kein Parfüm kaufen – es sind die Geruchsreize, die sofort an das Gehirn weitergegeben werden. Dieses wiederum gibt den Befehl direkt an den Geldbeutel weiter – und schon sind die Eurozellen verduftet.

Das Gulasch war, nebenbei bemerkt, lecker scharf, und die Nachschlag-Soße gab es gratis.

D & G werben in der nächsten Boutique mit Blaulicht, von dem sich meine Chris sogleich eine Flasche einpacken lässt. (Was kann ich dafür, dass die beiden Trendsetter *light blue* nicht auf Deutsch draufschreiben können?)

Ob ich es ihrem angenagten finanziellen Gewissen um den »Blaulicht-Alarm« verdanke, der Christine spontan ausrufen ließ: »Wart mal kurz hier draußen. Ich hab dir doch noch eine Überraschung versprochen!«, weiß ich nicht, jedenfalls kommt Surprise-Chrissie schon nach zwei Minuten freudestrahlend aus dem Tabakgeschäft raus, ihre Rechte hinterm Rücken verschränkt.

»Hand auf und Augen zu«, macht sie's besonders spannend! »Tatatata! Augen wieder aufmachen!«

»Uiii, ein Päckchen Zigarillos, und auch noch meine Hausmarke. Na, da hat sich das Shoppen ja richtig gelohnt für mich!«

Ich glaube fast, sie nimmt meine Ironie für bare Münze!

»Hab doch gesehen, dass du vor dem Dom die letzte geraucht hast«, sagt sie, mir spendabel auf die Schulter klopfend.

Mir kommt urplötzlich ein uraltes deutsches Volkslied in den Sinn:

Die Gedanken sind frei
wer kann sie erraten?
Sie fliehen vorbei
wie nächtliche Schatten.
Kein Mensch kann sie wissen,
kein Jäger erschießen
mit Pulver und Blei:
Die Gedanken sind frei!

Ich denke, was ich will
und was mich beglücket,
doch alles in der Still'
und wie es sich schicket.
Mein Wunsch und Begehren
kann niemand verwehren,
es bleibet dabei:
Die Gedanken sind frei!

Die dritte Strophe ist mir nicht mehr so recht präsent. Sie müsste ungefähr so lauten:

Es geht mir auf den Keks
Das Hair, Style und Fashion.
Den ganzen Tag unterwegs
wie flüchtige Menschen.
Kann's nicht mehr erwarten:
Werkstatt und Garten.
Wenn's Shopping vorbei,
bin ich wieder frei!

Vor manchen Schaufenstern stehe ich zugegebenermaßen etwas überfordert. Ist das ein Juwelier oder ein Geschäft für Haushaltswaren? Zwei Weingläser für knapp 300 Euro! Silvanski, Suwaschki oder so ähnlich.

Den westafrikanischen Schnellimbiss kapier ich auch nicht: Unentwegt laufen hier Passanten mit Frikadellen, Käsebrötchen und Butterbrezeln in den Händen raus. Das sind doch alles deutsche Produkte, obwohl *SNACKS TOGO* groß am Fenster steht!?

Aber es kommt noch bunter! An einer Kreuzung zwischen Heumarkt, Neumarkt und irgendwo im Gedränge taucht ein Souvenirladen auf. Mit Dom-Nippes? Nein! Tünnes & Schäl als Miniaturen? Nein! Kuckucksuhren? Ja! Nach den ganzen Verwirrungen in der Shoppingstraße und den Seitengässchen bin ich endlich wieder korrekt orientiert: Köln liegt im Schwarzwald!

Die Japaner, die den Laden betreiben, die müssen's ja wissen!

Neugierig betrete ich den Laden, während Chris an der Westküste der USA, sprich New Yorker und Manhattan verweilt.

»Kommen Sie, sauen Sie!«, lädt mich der freundliche Besitzer ein.

(»Sauen Sie!« – Mensch Chris, da könntest du hemmungslos dein Schoki verkleckern!)

Er führt tatsächlich Postkarten von Köln. Vier Stück kaufe ich ihm glatt ab und will bezahlen.

»Noch Mehl kaufen?«

Junge, was soll ich denn hier als Tourist in der Innenstadt mit Mehl!

Ich schüttle den Kopf.

»Also viel?«

Mein Kopfschütteln wird energischer.

»Dann doch Mehl kaufen?

Sonst noch Flaggen? Was heißt *schwerhörig* auf Japanisch?

»Kein Mehl! Keine Flaggen! Nur Postkarten!«

Ich lege ihm entnervt die vier Karten samt Fünfeuroschein auf den Tisch.

»Nicht auflegen! Nicht auflegen, bitte!«

»Ja, verdammt!«, sage ich, »Wenn ich den Schein nicht auf den Tisch legen soll, soll ich Ihnen das Geld in den Bommelhut stecken, oder was?!«

Seien Sie beruhigt: Der Kaufvertrag konnte schließlich dann doch noch abgeschlossen werden, indem ich dem Japaner mit der Linken mit den vier Postkarten rumwedelte und mit der Rechten den Fünfeuroschein auf Hochmast flaggte. Sie müssen zugeben: Deutlicher konnte ich dem Japaner nicht klarmachen, dass hier ein Kaufakt auf seinen konkreten Abschluss drängte.

Christine schlendert mir strahlend mit einer *New Yorker* Einkaufstragetasche entgegen.

»Guck mal, den Kajalstift kann man rausdrehen, braucht man nicht mehr extra anspitzen.«

»Toll! Und die beiden Lippenstifte muss man wohl auch nicht mehr extra schräg anschneiden! Hey, und das Parfüm da! Hast du das etwa in dem abgepackten Flakon gekriegt? Muss man das jetzt nicht mehr aus Eimern umfüllen?«

»Apropos im Eimer: Kannsch mir noch ä weng Geld gä? Langsam füllt sich mein Rucksack zur schweren Pferdesatteltasche. Derweil übernimmt meine liebe Einkaufsberaterin die Last des Geldbeutels.

An der Auslage eines großen Verlagshauses erlaube ich mir, etwas zu verweilen. Wie schon erwähnt, bin ich gar keine ausgesprochene Leseratte, indes das reduzierte Werk für Grillrezepte schon mit sollte. Ebenso, wenn man schon mal im Ausland ist, das *Liliput-Kölsch* von Langenscheidt. Ob es ein *Badenser* wohl auch zu kaufen gibt? Da könnten die Kölner dann nachlesen, was Ebflbuzge, Spinnhobble oder Guggälä bedeutet.

By the way: Wie wär's mit einem kleinen Alemannentescht? Die Auflösung steht im Buch. Irgendwo. Also, was meinen Sie?

1. *Ebflbudzge*
   a) liebenswerte Oma
   b) Blechgießkanne
   c) Apfelstrunk

2. *Spinnhobble*
   a) Spinne
   b) Schreinermesser
   c) Verwirrtheit

3. *Tschobä*
   a) Blasinstrument
   b) Kleidungsstück
   c) Würfelspiel

4. *Underumbambele*
   a) Hängt unten rum
   b) Beschwipst sein
   c) WC-Bürste

5. *Guggälä*
   a) Tüte
   b) Hüte
   c) Güte

6. *Ännewääg*
   a) trotzdem
   b) herübersteigen
   c) Entenpfad

7. *Schiefili*
   a) Letzter Ziegel
   b) Kleine Schaufel
   c) Arroganz

8. *Klefeeri*
   a) Schlauberger
   b) Kuh
   c) Kleiner Hund

9. *Bämsl*
   a) Pinsel
   b) Glocke
   c) Lehrer

Eine Ecke weiter, Hohe Gasse: *Ute Popcorn*!
Der mahnende Hinweis auf die fortgeschrittene Stunde bewirkt grad so wenig wie die vorsichtige Nachfrage nach Barem.
»Du, ich hab doch das Kärtchen extra dabei.«
Jetzt ist es das blauweiß Gestreifte aus T-Shirt-Stoff, das zufällig so wunderbar passt.
»Steht dir super, der Matrosenlook. Dann können wir heute Nacht ja wieder in See stechen!«
»Pssst! Setz dich hin und halt die Klappe!«
Tee gibt's heute leider keinen an der Sitzecke. Dafür ein adrettes Körbchen mit Keksen – so eine Art einzelverpackte kleine Schickimicki-Knäckebrotscheibchen. Was ein richtiger Mann ist, der hat natürlich ein Taschenmesser dabei! Die Verkäuferinnen fangen an zu tuscheln. Leider bin ich kein Hellseher! So bestreiche ich auch den sechsten Keks mit dem Nutella, das ich noch vom Frühstück in der Hosentasche gelagert hatte. Dazu noch ein Schluck Apfelschorle aus dem Rucksack – nett haben die's hier!
»Du, ich hab da was entdeckt, das möchte ich dir gern zeigen«, säuselt sie. Klingt zwar nach beratungswürdigem Diskussionsverhalten, aber das Top in Mint ist schon so gut wie gekauft!
Verstehen Sie mich bitte nicht falsch, liebe Leserinnen, Übergewicht ist für mich nicht das Problem, schließlich kommt es auf den Charakter an. Es ist eher das akute Untergewicht des Geldbeutels nach so einem Nur-mal-Reinschauen!
Kaum ist die Moderatorin der ultimativen Modeshow wieder in der Kabine verschwunden, öffnet sich schon der Vorhang wieder. Platz eins – schauen Sie bitte!

Ein mächtiger gelber Wellensittich präsentiert sein neues Gefieder.
»Und?«, lauert sie auf eine positive Resonanz.
»Is vorne so unvorteilhaft geschnitten, dass es hinten so schräg abfällt.«
Noch niemals in meinem doch reichen Leben hatte ich einen solchen Tinnef von mir gegeben. So als ob ein Betonmischer über klassische Musik referiert. Aber es wirkt! Drei Verkäuferinnen kreisen konzentriert um meine gelbe Versuchung und bestätigen, dass es vorne doch etwas unvorteilhaft geschnitten sei, was wiederum den schrägen Abfall nach hinten bewirke.
»Komm, das wäscht sich wieder raus«, beende ich genervt die Diskussion, und bezahle den ganzen Haufen!
»Also, wenn wir heute noch ins 4711 wollen und zu Tünnes & Schäl und essen«, kalkuliert mein Flunkermariechen verlogen erschrocken und setzt ebenso skrupellos fort: »Hat halt doch ein bischen lange gedauert, bis du dein Grillbuch gekauft hast.«
Reiseführer raus (beziehungsweise ist der permanent draußen) – Stammhaus 4711, Glockengasse, da vorne müsste es sein.
Da vorne ist es! Mal kurz reinschauen, läuft natürlich nicht. Erst mal etwas Theoriestunden. Ob ich müde bin, interessiert ja keinen!
»1796 ordnete der französische Kommandant während der Besatzung die fortlaufende Nummerierung der Häuser an. Die geheime Rezeptur des *Aqua Mirabilis* war ein Hochzeitsgeschenk eines Kartäusermönchs an das Ehepaar Mühlens«, liest die Reiseleitung routiniert vor.
Unten ist der Verkaufsraum, oben ein wunderschönes, kleines Museum. Zum Beispiel steht da ein Originalfläschchen von 1880 hinter Glas. Was lernt die *Domina Mirabilis* daraus: Das riecht sicher nicht mehr so toll – kauf mir lieber ein neues!
Zu jeder vollen Stunde ertönt ein nostalgisches Glockenspiel an der Fassade. Ich zücke den Fotoapparat.
»Musst du denn alles fotografieren!«, mault mein Kölnisch Wässerchen.
»Als Andenken halt. Von Ute Popcorn brauch ich ja keine Souvenirs, da haben wir ja genügend Kassenzettel!«, konter ich.
Schlag 18 Uhr.
DINGDONG!
Ein Vogel wollte Hochzeit machen, spielt romantisch das Glockenspiel vom Turm.
Christine darf sich drinnen anschließend die neue erfrischende Kreation *ICE* kaufen. (Vielleicht lohnt sich diese kleine Investition als Gute-Laune-Bonus für heute Nacht. Fidirallala.)
Sie liegen richtig, verehrte Leser, das Thema Einkaufen hatten wir schon mal in diesem Buch! Aber wie soll ich's Ihnen recht machen? Schreibe ich zu

ausführlich, dann fängt irgendjemand an zu nölen – halte ich das Thema zu knapp, dann hätten Sie nie erfahren, dass es Kajalstifte ohne Anspitzen gibt. Und außerdem: *Ich* wollte ja *nicht* einkaufen gehen!

Für heute belassen wir's dann (endlich) mit Tütenschleppen – hab auch nur zwei Hände. Gehen wir Abendessen!

Wehe, Sie sind zum ersten Mal in Köln und besuchen keine urige Kneipe oder nostalgisches Brauhaus, das wäre, als ob Sie nicht im Dom gewesen wären. Und Kölner beleidigen wollen wir doch nicht! Also rein ins Brauhaus.

Sie dürfen dort gerne einen *halven Hahn* bestellen – auf ein halbes Hähnchen dürfen Sie dann lange warten! Dafür kommt das Roggenbrötchen mit Käse und Senf (*Mostel*) umso schneller. Dass gekochte Kartoffeln vermischt mit gekochten Äpfeln genießbar sein könnten, hätte Gourmet Chris vorher nie geglaubt. Zusammen mit gebratener Blutwurst und Röstzwiebeln schmeckt *Himmel un Ääd* schlicht und ergreifend hausmannsköstlich! Ich nehm *dicke Bunne mit Salz-Äädappel. Un zwei Kölsch för dä Doosch!*

Der Köbes in dunkelblauer Schürze und hellblauem Hemd gibt sich als rheinische Frohnatur umgehend zu erkennen. Er babbelt mit uns über *Fruhsenn un fließisch* seiner Artgenossen. Seiner *Hölp* ist es auch zu verdanken, dass wir *Tünnes & Schäl* in Bronze doch noch gefunden haben. (Die beiden habt Ihr aber gut versteckt, liebe Kölner! Na ja, mäht nix.)

Nebenbei bemerkt, die Kobolde haben sich gleichsam gut versteckt. Chris will wohl die kleinen nackten Männchen mit ihren roten Zipfelmützchen finden. So stehen wir suchend vor dem Heinzelmännchenbrunnen. (Tja Chris, vorletzte Nacht haste ja nich angebissen – da hättste ein nacktes Männchen mit Mützchen haben können!, denke ich mir.) Das Heinzelfrauchen blättert nur kurz im Reiseführer, so zielgerichtet, als hätte es ihn selbst geschrieben. Es beschreibt das heimliche Wirken der Kölner Hausgeister, indem es mir einen kleinen Wunsch erfüllt und das Gedicht von 1836 des Malers und Dichters August Kopisch vorliest:

Wie war zu Cölln es doch vordem,
Mit Heinzelmännchen so bequem!
Denn, war man faul: ... man legte sich
Hin auf die Bank und pflegte sich:
Da kamen bei Nacht,
Ehe man's gedacht,
Die Männlein und schwärmten
Und klappten und lärmten
Und rupften
Und zupften

Und hüpften und trabten
Und putzten und schabten ...
Und eh ein Faulpelz noch erwacht,
War all sein Tagewerk ... bereits gemacht!

Vielleicht könnte ich so einen Wichtel einfangen und daheim auf die Speichertreppe sperren – da, wo das Putzzeug unserer lieben Töchter steht. Aber im Rucksack ist eh kein Platz mehr.

Shopping-Chris muss auf dem Hotelparkplatz erst noch eine rauchen. Mir selbst ist die Lust auf Zigarillo bei eingeschnittenen Einkaufsfingern vergangen. Kaum habe ich mich an der Rezeption zu einem müden *Guten Abend!* aufgerafft, überschlägt sich der Hotelchef von heute Morgen fast vor Freundlichkeit.

»Oh, Herr ... Einen schönen guten Abend wünsche ich ebenfalls! Lassen Sie nur, der Einkauf wird selbstverständlich sofort auf Ihr Zimmer gebracht! Vielleicht dürfte ich Sie und ihre verehrte Gattin zum Abendessen einladen«, bekniet er mich weiter.

Hat der mich mit Brad Pitt verwechselt? – Nee, kann nicht sein, meinen Nachnamen hat er korrekt ausgesprochen! Außerdem: So schön ist mein Hemd nun auch wieder nicht. Aber genau darum geht es wohl.

»Wissen Sie, es ist mir, also uns allen natürlich, ja so peinlich, das Malheur von heute Morgen. Sehen Sie, der Schüler aus England, einer unserer internationalen Praktikanten – wir sind sonst durchaus zufrieden mit ihm. Wissen Sie, er ist der erste Tag bei uns. Es wäre ihm gar nicht gestattet gewesen, im Gästerestaurant zu speisen!«

Langsam dämmert es mir – der in Bohnen getaufte Ärmel!

»Aber die Jugend halt!«, fährt der Rezeptionsterminator fort. »Natürlich kann das keine Entschuldigung sein. Natürlich nicht! Selbstverständlich übernehmen wir die Reinigung. Wir möchten uns unbedingt dafür erkenntlich zeigen, dass Sie sich so diskret verhalten haben. Andere Gäste an Ihrer Stelle hätten womöglich ein großes Aufsehen ...«, flüstert er mir nun schon beinahe freundschaftlich zu.

»Aber nicht doch! Missgeschicke passieren nun mal«, gebe ich mich weltmännisch (außerdem bin ich müde).

»Das mit der Reinigung wird eh nichts mehr werden – wir reisen morgen Mittag ab.«

Irritiert zieht der Rezeptionsthekenwirt den Kopf zurück und beginnt verunsichert in seinen Unterlagen zu wühlen.

»Aber wir bestätigten doch ihrer Frau Gemahlin, dass eine Verlängerungsnacht ...«

»Sie möchten sich dafür revanchieren, dass Sie mein nagelneues Designerhemd von Dolce & Gabbana ruiniert haben?!«, reagiere ich unversöhnlich, meine Position schamlos ausnutzend.

Den strengen Vulkanier-Blick habe ich von Chris gelernt. Sie ist just im Anmarsch! Schnell einige ich mich mit dem Chef. Relativ konfus und sprachlos bestätigt er mit einem Nicken unseren Deal.

»Was wollte der an der Rezeption vorhin von dir?«, will sie wissen.

»Ach du, ich habe ihm nur gesagt, wie schön's hier ist in Köln und wie gut die rheinländische Küche ist. Netter Mann!«

Sie schaut mich perplex an. Wahrscheinlich denkt sie: Und wir waren noch längst nicht in jedem Geschäft. Den krieg ich für eine zweite Tour schon noch rum heute Nacht!«

»Ich glaub, wir schlafen gleich, schließlich haben wir noch eine lange Heimfahrt vor uns. Die Kinder werden sich sicher freuen«, spiele ich den müden Sexmuffel.

So, der Boden ist bereitet, nun kann der Samen keimen. Abwarten!

Abwarten dauert etwa eine halbe Minute, bis sich die Herzallerliebste mit einem lasziven *dühüü* (= duhuu) an meine Schulter zu schmiegen beginnt.

»Isch noch was?«, frage ich betont schläfrig.

»Ich bin gar nicht müde«, haucht sie und grabscht zielorientiert fort.

Der Kerl neben ihr reagiert überhaupt nicht!

»Dühüü, ich schau noch ä weng Fernseh.«

Politische Talkrunde – zapp: Werbung – zapp: Musikkanal – zapp: Expedition ins Tierleben – stopp. Das Löwenrudel ist wieder unterwegs. Doch ich schlafe schon. Jedenfalls soll's so aussehen! Die ersten zwei Minuten sind frei, ab dann kostet die Tierschau 12,50 Euro. Ich liege so zur Seite, dass ich, obwohl die Brille schon auf dem Nachttisch liegt, den Wecker einigermaßen gut lesen kann. Zwei Minuten sind um. Hm. Die Löwen kämpfen immer noch. Hm. Mit verschränkten Händen hinterm Kopf, das Kopfkissen hochgewurschtelt, scheint die inzwischen ausgepackte Frau Nachbarin die Angst vor dem Des-koscht-ebbis-Fluch überwunden zu haben. Man sollte kaum glauben, wie schnell sich so eine Brille wieder aufsetzen lässt!

Im Fernseh bemüht sich gerade wieder ein blondes Weibchen um ein beneidenswertes Männchen. Die Paarungsbereitschaft ist bei beiden deutlich zu erkennen. Die Wüste lebt! Er auch! Der King zieht sich, nach getaner Pflicht und zerzauster Mähne vom Weibchen zurück. Das Paarungsspiel scheint ihn etwas derangiert zu haben. Auch seine Brille ist etwas verrutscht.

»Dühüü, apropos Verlängerung: Wir könnten ja noch mal Fernseh schauen, verschtehsch? Morgen Abend zum Beispiel. Hat dir doch auch gefallen, oder?«

Erkennt Ihr, liebe männlichen Leser, den tiefenpsychologisch manipulativen

Trick? Das mit dem *Fernseh* war ja okay, aber das *oder*! Man(n) verpflichtet sich, nach der Paarung mit Ja zu antworten. Dieses Zugeständnis impliziert hingegen ein Einverständnis zum morgigen Shopping!
Cosi fan tutte!, kann ich dazu nur sagen.
»Also gut, Schatz. Dann bleiben wir noch eine Nacht hier«, verspreche ich, mit der heimlichen Sicherheit des Hoteliers, das Versprechen nicht einhalten zu müssen.
Das zweite Frühstück im Paket *2 Personen – 2 Übernachtungen mit Frühstück – 2 Karten für den Besuch bei Stern-TV* ging dieses Mal unkompliziert vonstatten. Vor dem Abmarsch in die Innenstadt sollte die Verlängerungsbuchung an der Rezeption eigentlich nur noch Formsache sein.
Entgegen ihrer bequemen Gepflogenheit, den Aufzug zu nehmen, hüpft meine verhinderte Sportskanone shoppingfreudig die Stufen hinunter. Der Erfinder der Treppenstufen hatte sein Werk unter der Voraussetzung konzipiert, dass der Benutzer immer schön einen Fuß vor den anderen setzt. Diese Praxis hat sich über Jahrtausende bewährt. Auch die Blickrichtung nach vorne, während einer Treppenbenutzung ist kaum an Effektivität zu übertreffen. Dagegen verbessert die Drehung des Kopfes während des Abganges bei gleichzeitiger Aufforderung, einem bitte zu folgen, die Ausgangslage nicht wirklich! Auch nicht bei Christine! Auch nicht, wenn man obendrein den Handlauf ignoriert!
Wie soll ich es formulieren? Sprudelkisten schleppen, dafür ist sie daheim zu zerbrechlich, aber mit verstauchtem Knöchel durch Köln marschieren, das will sie tapfer durchhalten!
Diskret halte ich mich hinter meiner Frau, als diese schmerzverzerrt und verdutzt das Bedauern des Hotelchefs entgegennimmt:
»Oh, das tut mir sehr seid«, knirscht er verlegen etwas von einem Kongress, der sich für heute kurzfristig angemeldet habe. Am liebsten würde meine Liebe jetzt gegen den Tresen treten, doch sie kann sich eh nur schwerlich aufrecht halten!
»Was für ein Kongress denn?«, zischt sie schmerzerfüllt.
»Ja, also, Frau...«
Demonstrativ zupfe ich, im Hintergrund drohend, am Hemdsärmel – er hat verstanden!
»Bischofskonferenz!«
Chris gibt so schnell nicht auf.
»Und wozu brauchen diese Herrschaften unser Doppelbett?!«, schimpft sie ungläubig.
»Ach, man ist da ja heute nicht mehr so verkrampft«, fällt dem Hotelchef eine spontane Antwort ein, die ich mit fast unmerklichem Nicken wohlwollend quittiere.

»Da kann man wohl nichts machen«, heuchele ich mitleidig. »Was macht denn dein Fuß?«

Könnte ihr der Hotelier nicht einen Rollstuhl anbieten, wo er doch eh ein schlechtes Gewissen hat? Und könnte Mike sie nicht in einem Akt touristischer Fürsorgepflichterfüllung mit dem Rollstuhl durch die Shoppingmeile führen?, mag sich manche mitleidserfüllte Leserin jetzt spontan vielleicht fragen.

Liebe mitleidende Leserin!

SIE mit Respekt zu behandeln, hatte ich mich im ganzen Buch wirklich redlich bemüht. Ich hatte die Milchpackungen selber getragen, obwohl meine Frau gar nicht so schwächlich ist; ich hatte über mein Auto klettern müssen, weil die Frau Tochter ihr Rad wütend in den Hof gezwängt hatte; ich hatte Tampons im Supermarkt besorgt; ich hatte Zucchini runtergewürgt; statt einen familiären Penisneid zu spüren, hatte ich mich lächerlich gemacht; ich hatte mir selbstständig Unterwäsche aus dem Trockner gesucht; ich hatte eine Wagenladung Müslipakete gekauft und musste mir anhören, dass ich wegen jedem Käse einkaufen gehe, und, und, und. Aber es gibt Grenzen!

Ich mache Ihnen einen Vorschlag zur gütlichen Einigung:

Ich gestehe Ihnen hiermit, dass die ganze Geschichte vom Engländer mit den Sommersprossen und der Deal mit dem Hotelmanager erstunken und erlogen war. Ich habe lediglich nach einem Plan gesucht, wie ich den zweiten Einkaufstag umgehen könnte. Dass das Schicksal mir so gnädig, äh, ich meine, dass dieser tragische Unfall auf der Treppe passierte, konnte ich ja nicht ahnen!

Und Sie, Sie vergessen bitte ganz schnell die Idee mit dem Rollstuhl!

Bänderzerrung meint der Doktor, bevor seine Sprechstundenhilfe eine halbe Tube Antiphlogistikum um den geschwollenen Knöchel wickelt.

»Noch mal Glück gehabt«, spricht der Arzt – und denkt sich der Ehemann.

Der Royalblaue geht zwar nicht mehr zu, doch das ist kein Problem: Im Kofferraum finden sämtliche textilen sowie duftigen und schokoladigen Tüten noch Platz.

Gaspedal und Bremse tun doch mehr weh, als sie zuerst zugeben will. Statt Manhattan oder New Yorker reicht die Kraft allenfalls noch für Aldi-Süd. Von dort wird noch ordentlich Proviant nachgeladen.

Meine Frau erweist sich als eine recht gesellige Beifahrerin. Ich fahre auch nicht mehr so dicht auf, nach der zehnten Mahnung innerhalb der ersten zehn Minuten. Den Innenspiegel zu verstellen wage ich selbstverständlich auch nicht – sonst muss sie zu Hause wieder »alles« neu einstellen. Ach, warum sollte ich nicht auch die letzten zwei von vier Stunden ohne Trinken auskommen? Schließlich will ich die Bedienung nicht »laufend« stören. Vielleicht hätten wir doch den Zug nehmen sollen – da kann man ab und zu weglaufen.

Ein roter (wie auch sonst?!) Ferrari braust links vorbei. Unser beider Übereinkunft, dass eine Anhängerkupplung an so einem Sportwagen doch reichlich blöd aussehen würde und der Ferrari demnach für den Transport von Schnittgut zum Recyclinghof völlig ungeeignet sei, schafft wieder eine harmonische Basis im Fond.

Ihr Astra ist noch ziemlich gut in Schuss, stellen wir fest.

»Schön war's, gell?«, resümiert Christine trotz ihres lädierten Knöchels.

»Und ich habe nebenbei ganz schön viele Eindrücke für mein Buch gesammelt. Im Urlaub auf Fuerteventura werde ich aus den Stichworten das letzte Kapitel *Köln für Insider* schreiben und daheim dann im PC ins Reine tippen. Und dann geht's ab die Post! Mal sehen, wie viel mir die Verlage für mein Buch anbieten.«

Es ist auf einmal so befremdlich still zu meiner Rechten!

»Wär schon toll, wenn's verlegt würde, dann könnte ich mir endlich mal einen neuen Spanabsauger für die Holzwerkstatt leisten«, gebe ich in naiver Vorfreude laut kund.

»Unser Astra macht's auch nicht mehr lange. Hörst du das komische Geräusch?«

Ich höre nichts!

»Also, wenn sich unser Buch gut verkauft – wir wollten uns doch schon lange mal so'n Thermomix anschaffen.

Nun wird es einen Moment ruhig zu ihrer Linken!

»Hä?! Unser Buch?«

Mit unnachahmlicher weiblicher Logik erklärt sie mir, wie sie mein Vorhaben, in die Autorenliga aufzusteigen »aktiv geduldet« habe und ihr somit ein gerechter Anteil zustünde (ein Auto und eine Küchenmaschine).

Man sollte sich nicht aufregen, wenn man einen Wagen steuert. Da hilft gelegentlich die Weisheit, dass Frauen nicht auf der Erde sind, um verstanden, sondern um geliebt zu werden.

Ich erzähle Ihnen jetzt noch kurz, dass wir gut angekommen sind, dass die Kinder vorher noch schnell alle Spuren von ihrer Party verwischt haben, bevor wir uns alle herzlich in die Arme nahmen, dass wir ihnen von unserer Köln-Tour so leidenschaftlich ausführlich erzählt haben, als ob wir eine Weltreise hinter uns gebracht hätten, dass sich die beiden über die mitgebrachte Museum-Schokolade gefreut haben, dass ich das Leergut von der Hinfahrt gegen Bares eintauschte, dass Gabriele das *Aromawächter*-Sextett pünktlich ablieferte, dass wir im Schlafzimmer mit dem hundertsten Flakon Jubiläum feiern dürfen, dass wir den Kindern erzählten, dass ein Glatzkopf in olivem Blättermusterhemd bei Oli Geissen ins Bild klatschen durfte, dass dafür die Kinder freudig erwähnten, wie sie uns bei Günther Jauch gesehen hätten – *Ananas P. 9* hat inzwischen eine Vergrößerung von uns dreien ausdrucken lassen –, und es soll darüber hinaus eben noch kurz erwähnt werden, dass Christines Knöchel ziemlich anschwoll und sowohl ein weißes Matrosenkäppi, als auch ein gelber Ball, den zuletzt das einzige Original-Mitglied der *Sweet* in den Zuschauerraum gekickt hatte, inzwischen die Memorabilien-Vitrine ziert.

Ein ganz anderes Andenken, was in dieser Vitrine nie Einzug finden wird, halten Sie in diesem Moment in den Händen, liebe Leserinnen und Leser!

Es ist ein Andenken an meine Schulzeit, die schon so erschreckend lange zurück liegt. An meine Lehrerin Frau Orth, die schon vor 35 Jahren an mich geglaubt hatte, in dem sie, obwohl sie mir eine ordentliche Berufsausbildung angeraten hatte, trotzdem an mein Talent für lustige Aufsätze glaubte.

Humorvolle Lehrerbeurteilungen in der Schülerzeitung, Liebesgedichte an meine Frau, berufsinterne Ausarbeitungen, Fachreportagen in der immerhin größten deutschen Video-Fachzeitschrift und manches mehr sind durchaus ehrenwerte Bemühungen. Jedoch der Kindheits- und Jugendtraum, irgendwann einmal ein eigenes Buch zu schreiben, war damit nicht wirklich befriedigt.

Der wiedererwachte Glaube, die Initialzündung gewissermaßen, entbrannte (es stimmt tatsächlich) vor dem Wäschetrockner auf der Suche nach einer Unterhose mit Eingriff!

BH, Tanga, Spitzen, drei Frauen – und wo bin ich?

Ein Autor, ich weiß leider nicht mehr, wer es war, wurde mal von einem Journalisten gefragt, ob sein Buch auch autobiografische Züge enthalte.

»Jedes Buch ist in irgendeiner Weise autobiografisch«, lautete seine Antwort.

Was hingegen das omnipotente Weltthema *Frau und Mann* betrifft, so lassen Sie uns mit Mark Twain schließen:

Männer, die behaupten, sie seien die uneingeschränkten Herren im Hause, lügen auch bei anderer Gelegenheit.